하늘과 바다 그리고 여인

오승록 장편소설

청어

하늘과 바다 그리고 여인

오승록 지음

발행처·도서출판 **청어**
발행인·이영철
영　업·이동호
홍　보·최윤영
기　획·천성래 | 이용희
편　집·방세화 | 이서윤
디자인·김바라 | 서경아
제작부장·공병한
인　쇄·두리터

등　록·1999년 5월 3일
(제321-3210000251001999000063호)

1판 1쇄 인쇄·2015년 9월 20일
1판 1쇄 발행·2015년 9월 30일

주소·서울특별시 서초구 효령로55길 45-8
대표전화·02) 586-0477
팩시밀리·02) 586-0478

홈페이지·www.chungeobook.com
E-mail·ppi20@hanmail.net
ISBN·979-11-5860-346-5 (03810)

이 도서의 국립중앙도서관 출판시도서목록(CIP)은 서지정보유통지원시스템 홈페이지
(http://seoji.nl.go.kr)와 국가자료공동목록시스템(http://www.nl.go.kr/kolisnet)에서
이용하실 수 있습니다.(CIP제어번호: CIP2015021794)

하늘과 바다
그리고 여인

　『하늘과 바다 그리고 여인』은 가감과 첨삭 없는 실화소설이다. 나의 자서전이자 선언문 그리고 유언장이기도 하다.

　누구보다 어려운 처지에서도 바르게 성장하여 꿋꿋하게 자신의 길을 개척해 나가는 두 아들에게 한없이 고마움을 전한다. 더불어 삼부자 지킴이 자은 씨에게 감사와 함께 빠른 시일 내에 완전하게 건강회복이란 축복이 주어지길 간절히 소망해 본다.

　인생이란 시련과 역경의 소용돌이를 헤쳐 나가는 여정이라고 본다. 쓴맛도 보고 달콤한 향기도 맛본다. 나는 아플수록 더욱 웃었다.

　글이란 가슴속에서 솟구쳐야 한다. 그리고 행동하는 양심에서 우러나와야 한다.

　정권이 바뀔 때마다 권력의 시녀, 시대의 기회주의자가 되어 TV나 신문 등 대중적인 지식인으로 행세하면서 맥도 없는 글을 모아 출간하고 밥벌이용으로 선전하는 것은 간도 쓸개도 없는 파렴치한 기생충의 생리나 다름이 없다.

글은 양식이다. 글은 생명이다. 그리고 글은 영혼을 울려야 한다. 재주만 가지고 양심이나 생명이나 영혼을 모독하는 글을 써서는 안 된다. 정의나 지각의 부재인 기준치 미달의 사람들을 들먹이며 한국의 지성, 한국의 거장을 운운하는 것은 참으로 허울 좋은 명분이다. 독자가 두 눈 부릅뜨고 심사숙고할 필요가 있다.

끝으로 이 소설이 기성세대에게는 위안과 추억이, 미래세대에게는 삶의 디딤돌과 용기가 되길 바란다.

간혹, 절망이 힘들게 하지만 끝내는 희망이 승리한다. 모두가 희망이다.

소용돌이치는 서울 복판 풍랑서재에서

오승록

여자로 태어나서 여인으로 추앙받고 살아가기는 쉽지 않다.
신사임당, 성춘향은 여인상의 본이다.

　자은이가 이대목동병원을 다녀왔다. 오후 3시에 갔다가 7시에 돌아온 것이다. 이전에 동네병원에 몇 차례 갔는데 아무래도 큰 병원에 가보라면서 의사가 이대목동병원을 소개했다는 것이다. 자은이는 말이 없는 편이다.

　"자궁에 이상이 있나 봐요."

　어디가 불편하냐고 애써 묻는 나에게 이 짤막한 답이 전부다. 그럼에도 평소와 다름없이 여전히 웃는 모습이다. 별일 없어야 할 텐데……. 나는 작은 탄식을 토하며 자은이에게 아무 일 없기를 마음속으로 간절히 기원한다. 저녁 10시에 가게 일을 마쳤다. 문을 나서다 말고 자은이가 되돌아서 멈춘다. 할 말이 있는 듯했다.

　"뭐 할 얘기 있어요?"

　나는 한 발짝 다가서며 물었다.

　"얘기해 봐요. 부담 갖지 말고. 못할 얘기가 뭐 있어요?"

순간 자은이의 얼굴이 어두워진다. 나는 다소 당황했다. 햇살처럼 밝은 모습만 보아왔기 때문이다. 정말 큰 문제가 생긴 것일까? 덜컥 겁이 난다. 안 돼! 자은이만은 안 돼! 나는 마음속으로 반항하듯 외치며 더욱 강렬한 눈빛으로 자은이를 바라보았다.

"얘기해 봐요. 어서!"

나의 목소리는 약간 떨리면서 힘이 들어가 있다. 자은이에게 예상치 못한, 그리고 말하기 거북한 변화가 있다는 판단에서였다. 다시 말해 불행의 서막일 수 있다는 불길한 예감, 결코 그래서는 안 될 일이 이미 발생했다는 직감이라고 할까, 그 또한 자은이가 꼭 할 말이 있는데 망설이고 있다는 생각이 더더욱 확신을 부추겼다.

"어서!"

조급한 나머지 나는 명령하듯 다그친다. 이런 돌출 언행에도 자은이는 약간 그늘이 드리우진 표정일 뿐, 자태는 유연하다. 그녀는 애간장 녹이듯 가냘픈 웃음마저 보이고 있지 않은가. 얼굴이 마주친 채 침묵이 흐른다. 자은이는 여유마저 보이지만 나는 재촉하는 입장에서 몹시 부자연스러웠으리라. 잠시 후 한없이 섬세한 그녀의 입술이 무겁게 움직인다. 그리고 나지막이 말문이 열린다.

"입원 날짜를 잡자고 했어요."

말이 끊긴다. 순간 그녀의 온몸이 천근만근 고뇌의 전율에

휩싸인 듯 긴장감이 팽배해진다.

"입원?"

내가 되묻자 그녀가 가볍게 고개만 끄덕인다.

"입원 정도면 병명이 나와야 할 텐데?"

"네, 자궁에 문제가 있는 것 같다고 했어요. 정밀검사가 필요하다고 했어요."

그녀가 입술을 꼭 다문 채 뭔가 아쉬운 듯 눈웃음을 져 보인다.

"해야지요. 의사 시킨 대로 하세요. 지체 말고."

나는 선뜻 동의했다. 그러자 잠시 생각에 잠긴 듯하던 자은이가 서서히 고개 들어 나를 바라본다.

"가게 문을 닫을 수 없잖아요? 사람을 구해 보세요."

또박또박 또렷한 목소리지만 약간 떨린다.

"뭐라고?"

뜻밖의 소리에 목청이 높았다.

"아니, 사람을 구하다니? 문 닫고 기다리면 되지. 나는 자은 씨 아니면 누구와도 함께 하지 않아요. 열흘이고 한 달이고 기다릴 거요."

나의 대답은 단호했고, 사실 그랬다. 나는 자은이 아니고서는 그 어떤 사람과도 더 이상 가게 일을 하지 않겠다고 스스로 다짐해 왔다. 차라리 가게를 정리했으면 했지 더 이상 자은이 이상의 파트너는 만날 수 없다는 것이 신념이 되어 버렸다. 자은이는 그만큼 나의 모든 것을 용해하고 있다고 판단하고 있기 때문인지도 모른다. 자은이는 이미 나의 하늘이고 바다가 되어 있다. 이자은, 그녀는 나에게 어떻게 다가왔는가. 그리고 나는 어떻게 그녀에게 다가섰는가. 아, 나는 엉겁결에 자은이의 손을 잡고 있었다.

"너무 걱정 말아요. 부족하지만 내가 함께할게요. 의사가 시킨 대로 하세요. 이참에 정밀검사 받아서 본인의 신체에 대해 확실히 알아두는 것도 여생 건강관리에 도움이 될 거요. 자은 씨가 입원하게 되면 나는 휴가다 생각하고 고향 좀 다녀오리다. 과수원 밭 측량문제도 있고, 박물관 부지 매입건도 이번 기회에 알아볼 겸, 어쩌면 잘 됐소. 그동안 고생 많았는데 우리 두 사람, 특별 휴가 낸 셈 치고 편안히 맞이합시다……."

나의 진심과 설득이 먹혔는지 한참 후 자은이가 가볍게 고개를 끄덕였다.

"그래요. 의사 선생님이 시킨 대로 하고, 상의해서 입원날짜 당장 잡아요."

나는 자은이의 손을 꼭 쥐었다. 작고 거친 손이지만 온 세상을 안은 듯 자랑스럽다.

"고맙고 미안해요. 경기도 안 좋은데 입원하게 되면 단 며칠이라도 문을 닫게 될 텐데……."

"걱정 말래도. 휴가! 휴가라니까요. 허허허."

내가 호탕하게 웃자 자은이도 덩달아 웃는다. 그렇다. 저 해맑은 웃음, 영원히 보전시키리라. 세상 모든 여자가 울상을 해도 자은이 만큼은 먹구름 속 찬란한 햇빛처럼 그 웃음 영원케 하리라.

2015년 1월 1일. 나는 자은이에게 신년 문안 메시지를 보냈다.

새해 벽두 벅찬 감동 자나 깨나 그리운 사람이여! 붉은 햇덩이 가슴에 품고 줄기찬 건강, 타오르는 희망 우러르며 연년세세 승승장구 누리소서.

곧 자은이가 응답해 왔다.

아무리 어려워도 절대 꿈 포기하지 마시고 올해도 돌담 쌓듯 하나하나 소망 이루시길 간절히 기원합니다.

2015년 1월 4일. 오후 3시에 가게 일을 마쳤다. 자은이가 저녁 무렵 입원을 하기 때문이다. 약 일주일쯤 걸리겠다 하여 '내부 수리' 명분으로 사실상 휴무에 들어간 것이다.

"사정도 안 좋으면서 그렇게 문을 닫아 놓으면 어떻게 해요? 사람을 구했어야 하는데…….."

자은이는 자신의 건강보다 가게 걱정이 더 큰 모양이다.

"걱정 말래도. 덕분에 나도 좀 쉽시다. 머리도 식힐 겸 고향 좀 다녀오겠소. 허허허…….."

가게를 나선 자은이의 손을 잡고 나는 웃어 보였다.

"그래요. 아무튼 식사 거르지 말고 챙겨 드시고 잘 다녀오세요."

그녀의 자상함은 이 순간에도 여전하다. 나는 자은이의 모습이 사라질 때까지 우두커니 서 있었다. 자은이는 나와 두 아들에게 있어 얼마나 큰 언덕이며 절대적 존재로 자리매김

했는가. 그녀는 한 가정의 주부이면서 또 다른 가정의 보모라고 해도 과언이 아니다.

2009년 12월 17일, 아내 가출 후 자은이는 가게를 책임져 오면서 삼부자를 뒷바라지해 왔다. 작은 체구지만 빈틈없이 강단진 모습, 말수가 적고 매사에 완전무결한 책임감, 깔끔한 정리정돈에 손색없는 음식 맛이며 정직, 근면, 성실 그 무엇 하나 흠잡을 데 없이 자기관리에 철저한 사람. 나는 이런 자은이와의 인연, 그리고 아낌없는 후원과 지킴이 있었기에 그토록 무미건조한 처지와 어려운 상황 속에서도 결코 포기하지 않고 생애 마지막 꿈을 실현키 위해 2010, 2014년 지방선거에 두 번이나 출마했다. 이는 자은이가 곁에 있었고 적극 지지해 줬기 때문에 가능한 일이다.

이처럼 나에게 있어서 너무도 소중한 사람이 자궁에 이상이 생겨 입원하겠다니 어찌 그 안타까운 마음 말로 다 표현할 수 있겠는가? 나는 기도하고 기도한다.

'천지신명이시여! 자은이에게만은 고통을 주지 마소서!'

2015년 1월 5일. 나는 이른 새벽 용산역으로 가 6시 30분 순천행 무궁화호에 몸을 실었다. 고향 가는 목적은 두 가지다. 하나는 박물관 부지 매입 건이요, 다른 하나는 과수원 밭 경계 측량 건이다.

나는 2011년에 이미 30평 도서관을 고향 마을에 지었다. 학창시절부터 꿈꾸던 소망을 이룬 셈이다. 정확히 고2 때부터 책을 구입하기 시작했고, 현재 1만5천여 권을 소장하고 있다. 도서관이 마련되자 이번에는 아예 박물관마저 하고 싶다는 욕심이 불뚝 용솟음쳐 2012년부터 틈나는 대로 신설동 풍물시장, 동묘역 그리고 인사동을 누비며 그림, 각종 골동품 등을 사 모으기 시작했다.

이런 작품들이 쌓이다 보니 적재량이 포화상태가 되고, 마치 도서관 위 집터가 텃밭으로 사용되고 있어 그 터를 매입하여 박물관을 지으면 위아래, 그 조화로움이야말로 금상첨화일 것 같았다. 특히 매입을 염두에 둔 약 150평 남짓 집터는 한때 천석꾼이었고 저 나름대로 상징성이 크다.

나는 이미 소유주인 최대철 형한테 나의 꿈을 소상히 말씀드린바 있다. 대철이 형은 현재 순천에서 운수업을 하고 있으며 상당히 긍정적으로 받아들였다. 그래서 이번 기회에 대철이 형을 만나 아예 매매계약서를 작성하고 등기이전까지 마칠 계획이다.

다른 하나는 측량 건인데 마을선배 정종팔 형이 측량을 의뢰한바, 기존의 우리 과수원 밭 약 300평이 종팔이 형 소유지로 드러났다는 것이다. 50년 이상을 윗대부터 농사를 지어

왔고 밭두렁 등 경계가 확실히 구분 지어 왔는데, 이대로 뒀다가는 20년산 매실나무가 가차 없이 뽑히고 조상님들의 선혈이 배어있는 땅마저 뺏길 현상이다. 나는 이에 행여 측량착오가 아닌가 싶어 이번 방문을 계기로 나름대로 조사를 해보겠다는 것이다.

2015년 1월 6일. 내가 연락을 취하자 주저 없이 친구 종재가 왔다. 종재는 초등학교 교사다. 종재는 고향 지킴이고 홀로 계신 어머니를 모시고 산다. 종재는 붙임성이 좋고 큰 키에 왕년 배구선수다운 용모가 출중하다. 노래 솜씨가 수준급이고 늘 웃는 모습이 신선하다. 함께 있노라면 내내 웃음보따리가 바닥나지 않는다. 익살스러운 유머에 원만한 대인관계가 장점이고, 재능이 다양한 친구다. 나는 종재가 도시에 가지 않고 자원하여 시골학교에 근무하고 있는 것을 자랑스럽게 생각하고 있다.

차에 오르자 종재는 행선지를 묻지도 않고 출발한다. 말하지 않아도 척 하면 삼천리, 소통이 잘된 사이이기 때문이다. 나는 바다를 좋아하고 특히 고흥반도 해변도로를 일주하는 게 무엇보다 즐겁다. 고향을 찾을 때면 어김없이 되풀이된 일과 중 하나다. 차량은 강산리를 지나 빠른 속도로 간천마을에 들어서면서 해풍을 맞이한다.

곧 우미산 자락에 똬리를 튼 어촌인 우암 동네가 나타나고 여자만 파도 소리가 귓전에 울려 퍼진다. 2019년에 완공을 앞둔 적금리와 쇠머리간 연륙교가 우아하게 한눈에 들어오고, 갈매기 떼들이 허공을 가로지르며 고깃배 위를 맴돈다. 참으로 말로는 표현할 수 없도록 아름다운 바다의 향연은 언제나 와도 가슴 설레게 하고, 적자생존지대와 다름없는 도심 속 찌든 삶에 주눅이 들어 나약해진 심신을 위로하듯 가일층 원기를 북돋아 주는 것도 늘 파아란 저 바다가 아닌가.

특히 고흥반도는 삼면이 청정해역임과 동시에 수많은 섬이 옹기종기 드넓게 깔려있는 풍광이야말로 이곳이 바로 지상 무릉도원이 아닌가 싶다. 더군다나 한반도 끝자락에 자리한 지정학적 덕분인지 외지인 발길이 뜸하고 개발에 연연하지 않는 자연 그대로의 태곳적 맛, 그게 축복의 땅이 아니고 무엇이겠는가. 나는 바로 이러한 고장, 고흥에서 태어난 것을 영광으로 생각하고 살아오고 있다.

그럼 나는 누구인가? 그렇다. 나는 이 소설의 주인공 하동민이다. 나는 이제부터 본격적으로 독자 여러분과 이 소설이 끝맺을 때까지 함께 하고자 한다. 굳이 소설이라고 말하고 싶지 않다. 내가 살아온 삶과 과정을 여러분에게 솔직 담백하게 들려주면서 위로도 받고 싶고 응원도 바란다. 더불어 동민이가 여생을 더더욱 보람 있고 가치 있게 발자취를 남길 수 있도록 아낌없는 격려까지 보내주면 무량 고맙겠다. 하동민!

"나는 눈만 뜨면 하늘을 우러러 한 점 부끄럼 없는 삶을 살자고 다짐한다. 나는 틈만 나면 드넓은 바다의 향연을 즐겼고 바다처럼 모든 것을 포용하는 넉넉한 사람이 되고자 부단히 노력한다."

이러한 나와 종재를 태운 차량은 용바위가 있는 용암마을을 지나 구절양장, 해변도로를 따라 용흥사 고갯길을 치닫고 있었다. 용흥사는 기바위골에 터를 잡은 암자인데 영험하다고 소문이 자자하여 소원성취 비는 중생의 발길이 끊이지 않고 있다. 용흥사 아랫길을 따라가면 몽돌해안이 나오고 그곳에는 집채만 한 사자바위가 위용을 과시하며 먼 수평선을 마주하고 있다.

"동민이! 절 냄새가 나니 불현듯 해괴한 중놈 일화가 생각나네."

종재가 곁눈질하며 배시시 웃는다. 이 친구 또 무슨 싱거운 얘기하려나, 나는 은근히 기대하며 맞장구쳤다.

"무소유 법정 스님처럼 훌륭한 선각자도 있지만 잔재주 부린 땡중도 널려 있는 세상 아닌가?"

"그러게 말이네."

종재는 입맛을 다시더니 이상야릇한 미소를 머금은 채 말문을 열었다.

옛날 하고도 아주 먼 옛날 세상 물정에 어둑한 한 처녀가 수도승이 되고자 심산유곡 산사를 찾았는데 그 속에 변강쇠 스님이 있었고, 둘이 마주한 날이 늘어갈수록 욕정이 불타올라 주체할 수 없는 어느 날, 중이 화끈거린 얼굴로 입을 연 게 아닌가.

"자네가 수도승이 되려면 반드시 관문 하나를 통과해야 하는데 처음엔 몹시 고통이 따를 것이네. 그러나 반복될수록 고통은 사라지고 짜릿한 맛, 영혼을 울리는 희열을 느끼게 될 것이네. 바로 그 순간이 해탈의 경지에 이르니, 그 길을 택해 보는 게 어떤가?"

스님의 간곡한 권유에 처녀는 망설임 없이 스님이 시킨 대로 하겠다고 맹세한다. 스님이 이마에 굵은 땀방울을 흘리면서 이르되,

"나에게 악마가 있어 괴롭고 힘드네. 이 악마의 기를 꺾어 놓아야 하는데 유일한 방법은 악마를 지옥에 빠트려야 하네."

스님의 애끓는 한탄이 처녀의 심금을 울린 게 아닌가.

"아니, 스님! 그럼 빠트리면 되잖아요. 제가 도와드릴게요. 그 지옥이 어디 있어요?"

처녀가 바싹 다가가 스님의 장삼 자락을 움켜쥐며 되물었다. 잠시 후 스님이 무겁게 입을 열었다.

"그 지옥은 자네 몸 안에 있네."

"네? 제 몸 안에요? 제 몸 어디에요?"

호기심 가득 처녀의 눈빛이 번뜩거린다.

"그렇다면 어서 악마를 지옥에 처넣어요. 그래야 고통이 멈출 것 아니에요?"

이리하여 스님의 작전은 수월하게 진행되고 인두처럼 벌겋게 달아오른 악마를 지옥에 빠트리면서 목적을 달성했다는 얘기다.

"허허허……. 그럴 싸 하군."

나는 웃으면서 종재를 쳐다본다.

"뭐, 심심해서 해본 얘기네. 허허허……."

종재도 껄껄 웃는다.

잠시 후 영남면 소재 우주발사전망대 주차장에 차를 세우고 나와 종재는 주변 경치에 몰입한다. 전망대 아래는 남열리 해돋이 해수욕장이 늘 푸른 솔밭을 끌어안은 채 거센 파도를 맞이하고, 반대쪽 계곡에는 천수답 다랑논들이 층층겹겹 한 폭의 산수화인 양 시선을 집중시키고 있다. 어디서나 쉽게 볼 수 없는 이곳만의 독특한 자연 그대로의 조화로움과 경이로움이 어울려 가히 환상적이다. 이러한 고흥반도는 미래지향적 고장이며, 무궁무진 잠재성장 동력이 풍요롭다고 얘기할 수 있지 않겠는가?

어느새 차량은 전형적 어촌마을인 남열리를 지나 다도해 중심부 태양섬을 바라보며 질주하고 있었다. 나는 지난해 여름휴가 때 만났던 여경이를 그려 보았다.

  최여경. 작년 여름, 나는 휴가차 고향집에 와 있었다. 특별히 갈 곳도 없고 아무래도 시골에 오면 내키는 대로 골라 읽을 책들이 꽉 찬 도서관이 있고, 조상의 얼이 깃든 선산이 있고, 더불어 여생을 보낼 항구적 쉼터라고 이미 마음 굳혔기에 홀로 와 있어도 쓸쓸하거나 무료하다는 느낌은 별로 없다.
  그날은 유난히도 동녘 햇빛이 찬란했다. 습관이나 다름없을 정도로 나는 신새벽 잠자리를 박차고 뒷동산 장갓재로 뛰었다. 그곳에 이르면 마치 호수와 같이 고요한 아침바다가 한눈에 들어오고 눈부시도록 아름다운 해오름을 만끽할 수 있다. 붉은 햇덩이가 깊은 바닷속에서 용솟음쳐 오름은 그야말로 말로 형용할 수 없을 정도의 벅찬 감동이다.
  또한 이런 기적과도 같은 신비로움은 희망이자 소원성취의 대상이 아닌가? 나는 바다와 고향 마을 그리고 고흥반도의 정기를 마름 없이 줄기차도록 혁혁히 뿜어내는 팔영산을 배경 삼아 두 손 모아 가슴에 댔다.

"천지신명이시여! 바르게 사는 사람에게는 한없는 축복을 베풀어 주소서. 그렇지 못한 사람에게는 사랑의 채찍으로 거듭나도록 인도하여 주소서……."

나는 기를 받기 위해 한동안 두 팔 크게 벌려 찬란한 아침 햇살을 맞이했다. 집으로 돌아와 컵라면으로 간단히 요기를 때우고 약 20여 분 걸린 천년 고찰인 능가사로 향했다. 그곳에 가면 인근 마을 아낙네들이 삼삼오오 모여 앉아 각종 농산물이나 약초 등을 팔고 있다. 나는 담금주에 필요한 버섯, 더덕, 산도라지 등을 구해 집으로 돌아와 물로 깨끗이 씻은 다음 햇볕에 말리는 과정에 이르렀다. 벌써 태양은 중천에 떠올라 온 세상에 생명의 빛을 발하고 있다.

"오빠!"

누군가의 나지막한 부름이다. 나는 고개를 갸우뚱했다. 오늘 같은 평일 누가 이토록 한적한 곳을 찾아온단 말인가, 더군다나 나를 찾아. 나는 반신반의하면서 하는 일에 몰두했다.

"오빠! 뭐 하고 있어?"

또렷한 목소리에 인기척마저 확실하다. 나는 서서히 고개를 들었다.

"나야, 여경이!"

"아니, 여경이가?"

나는 반가움에 버선발로 다가서 여경이를 꼭 껴안았다. 그녀는 말없이 한동안 안겨 있었다. 여경이의 가슴팍은 따뜻했다. 심장도 제대로 뛰고 있다. 약간 숨결이 거칠 뿐, 여성으로서 나무랄 데 없이 성숙한 체위다. 뜻밖의 만남 그리고 너무 반가워서일까 벌써 내 눈가에는 따뜻한 온기의 눈물이 배어 흐른 듯하다.

"반갑다 여경아, 많이 힘들지?"

"그래 오빠, 힘든 건 사실이지만 잘 이겨내고 있어."

"그래야지. 넌 이겨낼 수 있을 거야. 해내고말고. 여경이가 얼마나 대찬 여성인데……."

"고마워요, 용기를 줘서."

여경이는 가냘프게 미소를 지었다.

"언제 시골에 왔지?"

"며칠 됐어. 심심해서 동네 한 바퀴 도는데 오빠 집 대문이 열려 있어 행여 오빠 왔나 들러 본거야."

"그래, 잘 왔다. 그렇지 않아도 근황이 어떤지 궁금하기도 하고 보고 싶기도 했는데……."

사실이다. 여경이는 바로 내 손 밑 동생 미령이와 동갑내기 친구이고 어릴 적 단짝이었다. 그녀가 출가외인이긴 하지만 친정어머니께서 살아계시기 때문에 자주 찾아뵙고 있었다. 이 시대 보기 드문 효녀라 해도 과찬이 아니다.

그런데 지금은 다소 상황이 달라져 있다. 슬프고 기막힌 일이 생긴 것이다. 여경이는 재작년 췌장암 진단을 받고 곧바로 수술했다. 그래서 지금은 요양차 시골에 온 것이다. 누구보다 본인이 가장 당황하고 분했을 것이다. 믿고 싶지 않았을 것이다. 그러나 거부할 수 없는 현실 앞에 많이도 울었을 것이다.

여경이는 어렸을 때부터 당찼다. 또래 애들의 리더였고 집안일도 어른 못지않게 한몫 거들고 나설 정도로 야무졌다. 그럼에도 가난 구제는 나라도 못 구한다는 속담이 있듯이 겨우 중학교를 마치고 일찌감치 객지와 살면서 독학으로 검정고시도 합격하고 스스로 문맹을 퇴치하여 자랑스러운 여장부로 발돋움했다. 그리고 좋은 남자 만나 다복한 가정을 꾸리면서 '봉추찜닭' 상호를 걸고 판교, 신림동, 광명시 등 세 군데를 운영하면서 경제적으로도 무난한 환경에 있다.

이런 여경이가 날벼락을 맞은 것이다. 얼마나 기가 막히고 원통하고 절망했겠는가? 나 역시 맨 처음 여경이 소식을 듣고 말문이 막혔다. 그리고 지금 나는 여경이와 함께 있다.

"오빠! 우리 드라이브나 가자. 답답하기도 하고 바닷바람이나 쐐 자고……."

"그래 좋지."

나는 흔쾌히 동의했다. 여경이가 운전을 하고 나는 옆 좌석에 앉았다. 쉰이 넘었는데도 피부가 곱고 이목구비가 수려한 여경이는 아직도 사내들의 눈을 흘길 만큼 매력을 지니고 있다. 아무렇게나 살아온 사람도 막상 생명을 위협하는 난치병 진단을 받게 되면 발버둥 칠 텐데, 모든 조건을 갖추고 행복을 누릴 날들만 남아있는 자신이 암 진단을 받았다니 얼마나 억울할까? 나는 말없이 운전을 하고 있는 여경이의 옆모습을 바라보면서 안타까운 마음에 눈시울이 붉어옴을 느낀다.

'왜 하필 여경일까? 정말 여경이가 제 수명대로 살지 못하고 암 덩이에 굴복하여 일순간 먼 나라로 가고 없다면 그리하여 영영 다시는 볼 수 없다면……'

나도 모르게 탄식이 절로 나온다.

"오빠! 왜 그래? 웬 한숨이야?"

"뭘?"

나는 엉겁결에 대답하고 여경이를 쳐다본다.

"오빠! 뭐 고민 있어?"

여경이가 살포시 웃으며 묻는다.

"고민이 있긴. 속이 답답했나 봐."

나는 뚝 시치미를 뗀다.

"오빠! 웬만한 근심걱정은 훌훌 털어 버리고 살아. 나도 살아가고 있잖아."

어느새 여경이의 표정은 사뭇 진지하다.

"암 선고받을 때 참 막막하더라. 온 세상이 어둠이야. 특별히 붙잡고 하소연할 대상이 없지만 왜 하필 나냐고 아우성치고 원망했지. 열심히 살아온 죄밖에 없는데 일부종사하고 이웃과 오순도순 살려고 노력해 왔고……"

그녀는 한숨과 더불어 입술을 깨물더니 다시 말문을 연다.

25

"글쎄, 아버지가 무슨 죄 있다고, 아버지 무덤 찾아 펑펑 울면서 왜 벌써 나를 데려가려 하느냐고 따져 물었지. 그런데 오빠!"

그녀가 나를 쳐다본다. 조금은 여유로운 모습이다.

"그래 얘기해 봐."

나는 고개를 끄덕인다.

"이제 받아드리기로 했어. 인명은 재천이란 걸 이제 깨달은 거야. 태어나고 죽는 것은 자신의 의지와는 별개이고, 선택의 자유도 없다는 걸 알고부터 솔직히 평온을 되찾은 거야. 물론 몸부림도 쳤지. 자살도 시도해 봤어. 고통, 고민 안고 구차하게 사느니 깨끗이 떠나고 싶었어. 그런데 그것도 맘대로 안되는 거야. 어떻게 알았는지 119대원들이 창문을 깨고 집 안으로 들어와 구한 거야. 호호호……."

그녀는 쓸쓸히 웃었다.

"그래서 나는 오래 사는 것만이 대수인가에 방점을 찍었고, 이제 운명을 하늘에 맡기고 얼마나 남았는지 모르지만 남은 생 유유자적 즐기기로 마음먹었어. 솔직히 지금은 편해. 그리고 이미 암자에 내 유골함 둘 곳도 계약해 놨어. 오빠! 여경이 죽고 그립다 싶으면 꽃 한 송이 들고 한 번쯤 찾아줘. 육신이 사라져도 혼백은 펄펄 살아 오빠 간절한 소망 들어줄 테니까……."

여경이는 생사를 초월한 듯 거침없이 얘기하고 있었지만 정말 내 마음속에는 안쓰러움과 슬픔의 강물이 쉼 없이 흐르고 있었다. 무슨 말로나 무슨 행동으로도 마땅히 여경 이를 위로할 것이 없다는 게 더더욱 가슴 아팠다. 나와 여경이는 우주발사전망대 7층 미르마루 카페에 들어섰다. 손님들이 절 반쯤 테이블을 차지하고 있다. 우리는 수평선을 바라보며 자리를 잡았다.

"오빠는 언제까지 혼자 살 거야?"

불쑥 여경이가 물었다. 의외의 질문에 다소 당황했지만 나는 곧 냉정을 되찾았다.

"왜? 관심 있어?"

내가 씩 웃어 보였다.

"관심도 있고, 걱정도 되고. 마냥 홀아비 신세로 살 수는 없잖아? 오빠가 뭐가 부족해서."

"글쎄."

나는 입맛을 다시며 여경이를 쳐다본다.

"글쎄, 글쎄 해본들 세월이 마냥 기다려 주지 않는 거야. 그리고 스쳐 가는 바람 되돌아오는 것 봤어?"

목소리에 힘이 들어가 있다. 여경이는 나의 처지를 잘 알고 있다. 서울 하늘 아래 같이 살다 보니 향우회 모임도 잦고, 개인적으로도 친하다 보니 웬만한 속사정은 흉금 없이 털어놓고 지낸 사이다.

"오빠! 나도 여자야. 불륜을 저지르고 가출한 사람이 돌아오겠어? 돌아오겠다는 언질 받았어? 꽤 됐잖아. 미안한 얘기 같지만 언제부터인가 그토록 당당하고 멋있게 보이던 오빠한 테서 가엾게도 홀아비 냄새가 나는 거야. 당연하지. 당사자는 아무리 감추려고 해도 은연중 드러나게 돼 있어. 나이 더 먹어봐. 불 보듯 초라한 모습이 날로 더 할 거야……."

여경이가 김이 차오른 커피잔을 입술로 가져간다. 나는 고개 돌려 망망대해를 바라본다. 심해섬 하나가 있다. 옆으로 배 한 척이 지나가고 있다. 내 곁에는 여경이가 있다. 그런데 별안간 외롭다는 생각이 든다. 외딴섬이나 홀로 가는 배처럼. 그리고 왠지 갈증이 경련을 일으키듯 목이 타든다. 나는 찻잔을 든다.

"오빠! 내 가슴속에 꼭꼭 묻어온 비밀 하나 고백해도 될까?"

순간 여경이의 눈동자가 영롱하게 빛을 발한다. 마치 앳된 소녀의 눈빛인 양 청순함 마저 감돈다. 잠시 동안 다정다감한 연인처럼 서로의 눈이 마주친다.

"고백?"

"응."

"궁금한데, 내용이 뭘까?"

나는 전혀 감을 못 잡고 귀를 기울인다.

"사실 요즘 갑자기 오빠가 그립더라. 죽기 전에 꼭 한 번만 이라도 봐야 할 텐데. 간절히 염원한 덕분인지 오늘 이렇게 만나니 목적을 이룬 셈이지. 차분한 목소리로 말을 이은 여경이가 다시 찻잔을 든다.

"왜 자꾸 죽는다는 얘기를 하지. 인명은 재천이라고 했잖아. 큰 병이라고 해도 제멋대로 고귀한 생명을 쉽게 앗아가지 못하는 거야. 극복해서 건강을 되찾아 장수하는 사람도 많잖아. 불치병이라고 해서 현대의학마저 포기한 환자들 말이야. 철석같은 의지와 긍정적 사고로 대처하다 보면 놀라운 변화가 일어 날거야."

"고마워, 위로해 줘서. 그런데 오빠! 내가 동민 오빠를 무지하게 좋아했다. 지금 생각하면 짝사랑을 했다고 할까? 어려서 오빠 집에 자주 갔던 것도 물론 친구 미령이가 있었기 때문이지만 사실은 오빠 보고 싶어 살다시피 했지. 그럼에도 쉽게 고백할 수 없고 홀로 끙끙 앓다 객지로 떠났고, 하기야 어린 나이에 고백한들 먹히기나 했겠어. 오빠는 공부도 잘하고 운동도 잘하고 짱이었잖아. 아무튼 오빠를 향한 마음은 꽤 오래갔었지. 때늦은 지금 고백한 걸 보면 아직도 흠모의 씨앗이 남아있는 것 같아."

차를 한 모금 마신 여경이가 빤히 쳐다보며 소리 없이 웃어 보인다.

"고마워. 못난 나에게 좋은 감정을 가졌다니."

나는 여경이의 손을 꼭 쥐었다. 온기가 있다. 생명이 약동하고 있다는 증거다.

"오빠! 진작 고백하지 못한 걸 후회도 했지만 오늘 이쯤만
해도 마음이 후련한 걸. 아마 죽어도 여한이 없을 거야. 나
먼저 가거든 기다릴게. 못다 한 사연 저 하늘나라에서 즐겨
보자고 호호호……."

속은 타들어 가겠지만 애써 웃는 모습이다. 누가 이 고달
픔 함께 나눠 가질까. 마음이 무척 아파온다. 전망대를 내려
와 주차장으로 가는 길목, 서산에 걸린 일몰 직전의 황금 노
을이 눈부시도록 아름답다. 여경이의 아픔이 저 석양빛에 말
끔히 녹아 사라지길 간절히 기원한다.

"오빠! 나의 고백은 마이동풍, 한 귀로 흘려버리고, 진짜 새
겨들을 게 있어. 언젠가 귀띔했지만 소개해 주고 싶은 친구
가 있어."

차를 몰면서 여경이가 말문을 연다.

"좋은 친구야. 은행원 출신인데 4년 전 남편이 뇌졸중으로
먼 나라 갔어. 먹고살 만하고 무엇보다 심성이 착해. 내가 아
프지만 않았어도 진작 맞선 보게 했을 텐데. 그 애도 책을 좋
아하고 오빠 취향과 비슷해. 교회 집사이고 진실한 신자야."

여경이는 진지하게 얘기하고 나는 듣고만 있었다.

"오빠! 기대할 것을 기대해야지. 월담한 여편네는 기다리지
말라고 했어. 남편 끼고도 바람 피우는데 홀로 살면서 오죽하겠
어. 깨끗이 잊어버리고 새 출발 해."

"기다린 게 아니야. 사정이 있을 뿐이지."

"사정? 글쎄 그 사정이 무엇인지 모르지만 중 팔자 아니거 든 이쯤 정리를 서두르고 재혼하는 게 나을 거야. 보란 듯이 살아봐."

여경이는 나를 무척 염려하고 있는 모양이다. 제 아픔도 잊고 고맙고 갸륵하다. 어느새 차량은 해창만 긴 방조제를 지나 곡창지대 너른 들판을 가로 지르고 있었다. 여름날의 가마솥더위는 기승을 부리는데 차창 밖 바람은 시원하다. 벼들은 키 재기 하듯 하늘로 솟고, 낮 태양의 뜨거운 열기를 받아 삼라만상의 푸른 생명은 저토록 윤기 자르르 약동하는데 아무래도 여경이의 고통을 생각하면 신의 처신이 불공평하다는 생각이 든다.

우리는 드디어 포두면 길두리에 위치한 고센에 도착한다. 고센은 지역에서 소문난 음식점이다. 갑자기 허기가 도진다. 하기야 컵라면 달랑 하나 먹어서일까 지체 없이 발길이 식당 안으로 향한다. 여경이는 돈가스를 주문하고 나는 산채보리밥을 택했다.

"맛있다. 오빠!"

그녀는 해맑게 웃어 보인다.

"그래 많이 먹어. 명약이 따로 없어. 삼시세끼가 보약이고 잘 먹는 게 장수비결이야."

"응, 근데 오빠! 우리 자주 만나자. 정말 오늘 같은 날만 있으면 아프지 않을 것 같아. 할 얘기 다 하고 차도 마시고 좋은데 구경하고 맛있는 식사도 하고 이게 행복 아니겠어? 정말 행복한 순간이야."

그랬다. 이 순간만은 전혀 여경이가 암 환자라고는 믿고 싶지 않았다. 건강하고 활기차고 구김살 없이 살아가는 행복한 중년 부인이라고 해야 마땅하다. 그녀는 그럴 자격이 있다고 나는 확신했다. 나는 또다시 마음을 가다듬어 기도한다. 여경이 바람대로 자주 만나 오늘 같은 애틋한 추억을 많이 남기자고. 그날 저녁 왠지 밤늦도록 잠이 오지 않았다. 소중한 그 무언가를 잃은 것만 같다는 불안감, 나는 펜 가는 대로 시 한 수를 써 내려갔다.

장맛비보다 긴 이별의 눈물 흘려 본 적 있나요
그 눈물 가누지 못하고 가슴 쥐어짠 슬픔 맛본 적 있나요
올여름도 아린 추억의 상처가 어김없이 돋아나는데……

2015년 1월 8일. 정오. 다소 찬바람은 불었지만 화창한 날씨다. 나는 어제 해변도로를 일주해준 종재가 고마워 식사나 대접하고자 점암면 소재 들판에 자리한 유성식당을 찾아 친구를 기다린 동안 탁자에 놓여 있는 신문을 펼쳤다. 이영일

시사평론가의 기고문이다.

　프랑스의 소설가 빅토르 위고가 1862년에 발표한 장편소설 〈레미제라블〉의 주인공 장발장은 굶주린 7명의 조카를 위해 빵 한 조각을 훔쳤다는 죄로 징역 5년의 형을 받고 탈옥을 시도하면서 총 19년의 형을 살게 된다. 힘없고 억울한 자로 대표되는 안타까운 장발장. 그로부터 150년이 지난 지금, 한국 사회에 장발장이 출연하고 있다.

　장발장이 다시 화제가 되고 있는 것은 얼마 전 분식집에 몰래 들어가 주린 배를 채우기 위해 라면을 끓여 먹고, 라면 10개를 훔친 도둑이 징역 3년 6개월을 선고받은 소식이 알려 지면서부터다. 신문, 방송 등 언론에서도 70억을 횡령한 청해진해운 유병언 전 회장의 장남 유대균 씨가 징역 3년을 받았는데, 라면 10개를 훔쳤다고 이보다 높은 3년 6개월을 받았다며 소위 '장발장법'이 존재함을 지적하고 나섰다.

　도둑질은 이유여하를 막론하고 정당화될 수 없다. 생계형 범죄라 하여 감성적으로 이를 묵인할 수도 없다. 그러나 생계형보다 더 악질적이고 사회를 농간하는 범죄에 대해서 법이 관대하고, 상대적으로 안타까운 사연의 범죄에 대해선 엄격하고 되레 형량이 높은 경우가 있어서는 안 된다. 법이 사람을 위해 존재해야지 사람이 법을 위해 존재하는 듯한 불균형한 법의 존재는 오히려 사회를 분란케 하고 과도한 전과자를 양산할 뿐이다.

'장발장법'의 문제가 지적된 것이 비단 이번만은 아니라고 하는데, 왜 이런 황당한 법이 계속 존치하여 왔는지 이해하기 힘들다. 재벌 총수가 죄를 지어도 '국가발전을 위해 풀어주는 것이 좋지 않겠냐'라는 이야기를 공공연히 하는 정치권이, 이런 불합리한 특정범죄가중처벌법(특가법)이 존재해 한국판 장발장이 양산되는 것에 대해 일말의 신경이라도 썼을는지는 눈감아도 빤히 보이는 일이다. 생계로 고통받는 서민의 눈물은 갈수록 증가하고 있는데, 진정으로 그 고충과 애환을 다독거리고자 하는 정치와 법은 그 진정성을 상실하고 부재해 보인다.

법의 관용은 가진 자에게로 향하고 법의 엄중함은 안타깝고 힘없는 자들 앞에서 그 위엄을 과시한다. 사람의 행복한 삶을 위해 존재해야 하는 법이 마치 사람을 단죄하기 위해 존재하듯 이렇게 경직되고 불평등하게 행사된다면, 그렇다면 대한민국은 법치국가가 아닌 것이다.

나는 크게 공감한다. 친구 종재가 왔다. 음식 맛이 좋고 찬만 해도 스무 가지다. 풍성한 식탁이다. 이래서 유성식당은 불황인데도 잘되는가 보다.

식사를 마친 나는 종재와 작별을 고하고 과역터미널에서 여수행 동방고속직행버스에 올랐다. 순천까지는 약 40분 소요된다. 순천역 4시 20분 무궁화호, 상행선이다. 막상 열차에 오르자 누구보다 자은이가 걱정된다. 물론 문자메시지로 서로 간 안부를 물었지만 하얀 가운을 걸치고 입원해 있을 그녀를 그려보자 가여운 모습, 숨 막히듯 가슴이 답답해 온다. 만에 하나, 만에 하나 나는 고개를 세차게 흔들었다. 절대 자은이는 여경이의 전철을 밟아서는 안 된다. 안 돼!

잠시 눈을 감았다 떴다. 나는 속 주머니에서 수첩을 꺼냈다. 그 속에 자은이 사진 한 장이 있다. 지난해 여름, 식당 앞에 놓여있는 화분에 물을 주고 있는 장면을 카메라에 담은 것이다. 해맑은 미소를 짓고 있다. 화초도 그녀의 정성과 열정에 호응하듯 밝고 아름답게 피어 있다. 그 모습 그대로 영원할 수만 있다면 얼마나 좋을까?

한편 이번 고향방문의 목적인 박물관 부지 건은 대철이 형이 구정 전까지 확실히 답을 주기로 했다. 또한 과수원 측량건은 협상의 여지가 있어 종팔이 형을 만나 의견을 제안했다. 측량결과를 인정할 테니까 분할 측량하고, 기존의 땅을 매입하겠다고 했더니 종팔이 형은 한 필지 그대로 소유하겠다면서 사실상 거부했다. 아무튼 이번 고향방문의 결과는 만족한 사항은 못되지만 친구 종재와 잠시나마 함께하면서 여경이를 그려보고 안부를 기원하는 것으로 위안을 삼고 싶었다. 그럼 에도 마음 한구석이 무겁게 짓눌러 온다.

이자은, 그녀가 지금 어디에 있는가. 어쩌면 두려움에 떨고 있을지도 모른다. 자궁에 이상이 생긴 것은 기정사실이고, 그런 이유로 정밀검사를 받고자 병원에 입원하지 않았는가? 괜 찮을 것이다. 괜찮을 것이다. 자은이만은 큰 이상이 없을 것 이다. 이처럼 되뇌어도 불안은 떨칠 수가 없다. 난치병이 하도 득세하기 때문이다. 나는 자은이의 안전을 두 손 모아 빌면서 그녀와의 돈독한 인연을 회상해 본다. 어둠을 뚫고 질주하는 상행선 무궁화 열차 안에서.

2008년 4월. 나는 일과를 마치고 식당 2층에 있는 서재 에서 장편소설 『바다』를 집필하는데 몰두하고 있었다. 늦은 밤 11시쯤 노크 소리가 들리고 오주희가 들어온다. 주희는 야 간 근무자이고 홀을 전담하고 있다.

"웬일이오? 이 시간에?"

나는 펜을 놓고 주희를 맞았다. 주희는 약간 긴장된 표정 으로 말없이 다가선다. 내가 빈 의자를 권하자 다소곳이 앉는다. 주희는 잠시 나를 바라본다. 뭐라고 할까? 매우 안타까운 시선으로. 아무래도 서먹서먹한 분위기를 내가 풀어야 했다.

"뭐, 일하는데 애로사항이라도 있소? 기탄없이 말해보시오."

내가 웃으며 말문을 열었다.

"그게 아니고요, 저……."

주희는 또다시 망설인다.

"허허, 나와 못할 얘기가 뭐가 있소? 함께 일해 온 지가 하루 이틀도 아니고."

"저, 사장님."

다시 말문이 끊긴다.

"허 참, 편하게 얘기해 봐요. 평소 오 여사답지 않게 뭐가 어려워서 주저하는 거요?"

주희는 나보다 연상이고 교회 권사다. 집안이 온통 진실한 기독교 신자다.

"네, 얘기하겠어요."

주희는 마치 각오라도 하듯 긴장감이 고조된 표정으로 말문을 열었다.

"제가 이곳에 와서 일 한지도 벌써 2년이 됐어요. 처음 와서 사장님과 사모님 보고 부러웠어요. 사모님은 미인인 데다 애들도 잘 키우고 있구나 싶고요. 특히 사장님의 진취적 기상과 뭔가 큰일을 할 수 있겠다는 기대감에 도움이 되고자 저 나름대로 열심히 일해 왔어요. 간혹 벽에 써 붙인 사장님의 시(詩)에 매료되기도 하고. 그런데 근래에 와서 사모님한테 큰 실망을 느꼈어요."

주희의 목소리가 약간 떨리면서 울먹인 듯 순간 표정이 어두워진다. 나는 도무지 감히 오지 않아 묵묵부답 다음 얘기를 기다렸다.

"사장님! 저는 진심으로 사장님 가정의 화목을 위해 이 말씀을 드리고자 기도 많이 했어요. 할까 말까? 이대로 모른 척 넘어갈까? 하지만 더 이상 침묵했다가는 제 신앙의 양심이 허락하지 않고 어쩌면 더 큰 불행이 닥칠 수 있다는 판단에 용기를 낸 거예요. 저는 제가 처음 느꼈던 그대로 사장님 가정이 행복하기를 바라요. 제가 보아 사모님만 자중하고 제자리만 지켜준다면 아무 문제 없을 것 같은데요."

주희는 다시 말을 멈추면서 가늘게 긴 한숨을 내 뿜는다. 그리고 애처로운 눈빛으로 나를 쳐다본다. 그녀의 두 눈에 눈물이 고이고 있다. 도대체 무슨 일이 있었을까? 가슴이 끓인 물 데워지듯 뜨거워진다. 결코 좋은 일은 분명히 아닌 것 같다. 그 불안적 요소가 가슴에 불덩이를 발화시킨 것이다. 모르면 약이요 알면 병이라는 말도 있지만 나는 주희의 고백을 중단시키고 싶지 않았다. 나이도 있고 신중한 사람인데 허튼 소리 할 리 만무하고 뭔가 도를 넘어선 일이 이미 발생했다는 암시로 받아들일 수밖에 없었다.

"사장님이 큰맘 먹고 인내하면서 슬기롭게 대처하세요. 그래야만 가정의 평온을 유지할 수 있을 거예요……."

주희는 몇 가지 뜻밖의 비밀을 전해준다. 집사람에게 남자가 있다는 것이다. 그리고 승용차도 구입하고, 골프도 치고 다닌단다. 금시초문이다. 상상도 하지 못했던 소식을 접한 것이다. 아니, 언제 남자를 만나고 무슨 돈으로 승용차를 사고 누구랑 골프를 치고 다녔단 말인가. 선뜻 납득이 가지 않고 주희 말이 거짓말 같았다.

"제가 보고, 또 사모한테서 직접 들은 얘기를 전한 거예요. 남친이랑 여행도 다녀왔다고 했어요. 정말 인내하면서 슬기롭게 풀어가세요. 사모님은 너무 깊이 빠져 있고 들떠 있는 것 같아요."

주희는 힘겹게 고해성사하듯 눈물까지 흘렸다. 주희의 말과 눈물은 진실이라고 나는 믿었다.

🌿

서지혜. 지혜가 또다시 불행을 자초했다는 생각이 들자 분노보다는 한탄이 앞서고 온몸이 기진맥진 끝없이 추락한 느낌이다. 시계를 보자 자정이다. 나는 혼미한 정신을 가다듬으면서 주희가 전해준 얘기를 되짚어 본다. 골프를 치고 차를 구입했다는 것은 쉽게 증명될 수도 있고, 따지고 보면 큰 문제가 되지 않을 것 같다. 문제 삼을 것은 내연남이 있고, 함께 여행을 다녀왔다는 것이다. 이것은 부인하면 증거 찾기가 쉽지 않다. 설령 증거가 있다 해서 지금 내가 무슨 조치를 취할 수 있겠는가?

사실 우리 가정은 주희 말대로 단란한 가정이고 이상 기류 없는 완전한 부부다. 나는 누구보다 지혜를 사랑하고 그녀의 노고를 인정하고 있다. 특히 서울에 정착하면서 남들 못지않게 주야를 가리지 않고 열심히 일해 왔다. 지혜가 있었기에 나는 두 차례 시집 출판기념회를 가질 수 있었고, 지금도 지혜가 가정을 지켜주고 있기 때문에 나 역시 안정감을 가지고 틈나는 대로 서재에 눌러앉아 글을 쓰고 있는 게 아닌가.

잘 키워 낸 두 아들의 어머니, 그리고 아직은 바닥에서 발버둥 치고 있지만 한시도 꿈을 포기하지 않고 비상하려는 이 하동민의 아내 서지혜! 그녀는 밝은 성격에 자타가 인정하는 미녀다. 순천에 거주할 때는 미용실에 모델 삼아 지혜의 사진이 걸려 있을 정도니 이런 여자를 남자인 내가 사랑 못 할 이유가 없다. 첫 만남에서부터 지금까지 그리고 앞으로도 영원히.

그런데 주희 말을 듣고부터는 기분이 엉망진창이 된 것이다. 그렇다고 섣불리 다가서 우격다짐으로 이실직고를 요구할 수 없지 않은가. 나는 내 나름대로 가정의 소중함 그리고 부부간의 인연을 존엄으로 생각하고 있다. 쉽게 이뤄질 수 없고 쉽게 깨트릴 수도 없는 막중한 사안이 아닌가? 이럼에도 문득 떠오른 사건이 있다. 2006년 10월, 어느 날 밤으로 기억된다. 그날도 서재에서 글을 쓰고 있는데 핸드폰이 울려 받았다.

"고모부! 지혜 남자친구란 놈이 제 뺨을 후려치고 함께 도망갔어요. 고모는 나쁜 년이에요. 어서 이쪽으로 와 봐요."

뜬금없는 막내 처남댁 김희숙의 목소리고, 술기가 있어 보였다. 나는 즉시 지혜와 통화를 시도했지만 받지 않았다. 잠시 주저 하다가 택시를 잡아타고 처남댁이 일러준 일산으로 향했다. 도대체 무슨 일이 벌어졌을까? 처남댁의 다급한 목소리는 꽤 분노에 차 있었다.

나는 목적지에 거의 도착 직전에 차를 돌렸다. 지혜는 이미 사라졌고 술 취한 처남댁을 만나 이런저런 얘기를 듣는 것보다는 어쩌면 지금쯤 집에 와 있을지 모를 아내를 만나 자초지종 직접 해명을 듣는 게 낫다고 판단되었다. 부부간의 문제는 당사자 간 푸는 게 바람직하다고 생각했기 때문이다.

지혜는 새벽 4시에 귀가한다. 참으로 지루한 기다림이었다. 술 냄새가 진동하고 비틀거린 모습이다. 나는 부추겨 안방으로 들어갔다. 지혜는 평소 술을 입에도 안 댄다. 처음 보는 추태고 처음 있는 날 샘 귀가다. 전에 단 한 번도 보지 못한 기이한 현상이다.

"여태 누구랑 있었어?"

"응, 희숙이랑 한잔했어요. 고민이 있다 하길래 얘기도 들어주고 쇼핑도 하고 희숙이 단골집 가서 한잔하다 보니 이렇게 늦었네요. 미안해요……. 여보."

혀 꼬부라진 소리로 더듬더듬 말을 흘렸다. 막내 처남댁인 김희숙은 부동산업자다.

"알았어."

몹시 피곤해하는 지혜를 침대에 눕히고 나는 바닥에 이부자리를 펴고 눈을 감았다. 더 이상 캐묻지 말자. 이렇게 귀가하고 곁에 있는 것만으로 다행으로 여기자. 나는 처남댁 말보다 아내의 말에 비중을 뒀다. 지혜는 누가 뭐래도 나의 부인이자 한 가정의 주부다. 그리고 사랑스러운 두 아들의 어머니가 아닌가. 그렇게 정리함으로써 아슬아슬하게 한고비를 넘겼다.

다음은 여행 건이다. 지혜는 큰아들 대영이 강동고등학교 자모회 활동을 적극적으로 했다. 그리고 자모회에서 중국여행을 간다면서 5박 6일을 다녀왔다. 나는 모처럼 해외여행을 진심으로 축하하고 경비도 보탰다. 또 다른 기억은 1박 2일로 순천을 다녀왔다. 순천이야 우리 가족이 7년간 산 곳이고 고향이나 다름없을 뿐 아니라 친구가 어디 한둘뿐이겠는가. 이게 내가 아는 전부다. 무엇 하나 의심할 바 없다.

그런데 주희 말에 의하면 남자와 같이 여행을 다녀왔다고 했다. 남편 아닌 다른 남자와의 여행? 나는 이점에 대해서도 크게 의구심을 두지 않았다. 주희가 잘못 들었을 것이다. 지혜가 바람도 쐴 겸 친구 보고 싶다면서 순천을 다녀왔고, 자모회에서 중국여행을 갔다 왔다고 분명히 얘기했다. 나는 아내의 말을 100% 믿었다. 추호의 거짓말 아님을 확신했다.

다만 지혜는 평소 시간적 여유를 가졌다. 직원 누군가가 쉬는 날이면 땜빵 정도로 가게 일을 도왔고, 나머지 시간은 수영, 헬스, 자전거 하이킹 등 건강관리에 꽤 열중해 왔다. 나는 적극 지지했다. 남편과 두 아들의 중심에 서 있는 한 여자, 아내요 어머니인 지혜의 중추적 역할은 소중하다. 지혜가 건강을 잃으면 세 남자가 온전치 못하다. 그야말로 지혜의 건강이 곧 가족 전체의 건강이요 행복이 아닌가? 가정은 삶의 원동력이요, 가족은 삶의 원천이다. 진리다.

물론 아직은 숨 돌릴 만큼 생활여건이 녹록하지는 않지만 지혜가 건강을 해치면서까지 무리할 정도로 옹색하지는 않았다. 내가 철가방 들고 좀 더 열심히 배달하다 보면 지혜의 몫까지 보충될 것으로 보았다. 이게 그동안 지혜에 대한 믿음이요 동향이 전부인데, 골프를 치고 남자까지 있다는 생소한 얘기는 바싹 긴장을 곤두세웠다. 주희의 말이 헛소문이길 간절히 바랐다. 그럼에도 처남댁의 얘기가 또다시 선명하게 되살아난 게 아닌가?

'고모부! 지혜 남자친구란 놈이 제 뺨을 후려치고 함께 도망쳤어요. 고모는 나쁜 년이에요.'

그때 지혜는 새벽 4시에 귀가했다. 2년 전에 있었던 일이다. 그렇다면 지혜는 지금까지도 누군가하고 교제하고 있다는 말인가? 나는 가능한 한 상상을 줄이고 감정도 억제했다. 지금 집에는 지혜 혼자 있다. 큰 애 대영, 둘째 소망이는 대학을 다니다 휴학계를 내고 자원입대했다. 대영이는 연천 5사단에 배치되고, 소망이는 고성 22사단에 복무 중이다. 둘 다 보병이다. 연년생인 데다 형이 군대 가겠다 하니까 소망이도 서두른 것이다. 나는 두 아들에게 철석같이 약속했다.

"너희 전역 기념으로 제대로 된 우리 가게 하나 만들어 놓겠다."

사실 나는 그때까지 선배 가게의 대리사장으로 있었다. 아무튼 불시에 두 아들이 입대하고 나자 다소 집 안이 썰렁했다. 20여 년을 한날한시 떨어짐 없이 네 사람이 가족 구성원으로 단란한 보금자리를 꾸려 왔는데 이토록 공허함이 클 줄 알았더라면 차라리 소망이를 좀 더 늦게 입대 시킬걸 하는 아쉬움이 있었지만 이미 그들은 조국을 지키는 명실상부 대한의 국군이 되어 있었다.

애지중지 키운 자식을 군에 보낸 모든 부모의 심정은 한결같은 것이다. 한마디로 짠한 생각이다. 나 역시 한시도 겨를 없이 두 아들의 모습을 그리며 하나님에게 기도한다. 몸 성히 복무 잘해라. 곧 면회 가마. 사랑한다. 사랑한다. 이렇게 가슴 조이며 날밤을 지새울 때도 있었다. 이런 마당에 설상가상 아내 신상에 대해 부조리한 얘기를 듣고 나자 온몸의 기가 소진된 듯 맥이 빠졌다.

자랑스러운 두 아들과는 달리 부적절한 어머니의 모습, 신음이 절로 난다. 나는 서재에서 궁리를 거듭하다 새벽 3시에 귀가한다. 조용히 안방 문을 열었다. 아마 지혜도 나처럼 애들 그리다 어렵게 잠들었을 것이다. 모정이란 무엇인가? 어머니의 눈물은 수소폭탄보다도 강하다고 했다. 애들이 이만큼 건강하게 자라 군인이 되기까지 누구보다 어머니의 사랑이 가득했기 때문이 아닌가?

지혜는 연년생인 두 아들을 안고 업고 키웠다. 스무 살 갓 넘은 나이에 아이를 가졌고, 온갖 어려움을 극복해 오면서 지극정성 키워낸 것이다. 여기 오기까지 지혜의 수고에 대해 누구보다 내가 산 증인이고 그 고마움에 대해 평생 기억하면서 보답할 사람이 있다면 또한 남편인 이 하동민이 아닌가? 나는 약간 허리 굽혀 모로 잠든 지혜의 모습을 잠시 바라본다. 깊은 잠에 빠진 듯 내가 온 줄 모르고 있다.

지혜는 처음 만난 순간부터 지금까지도 내 마음을 사로잡고 있다. 특히 고요하게 잠자는 모습을 볼 때면 천사가 하늘에만 있는 게 아니고 바로 내 곁에 있구나 할 정도로 지혜는 아름답다. 향기롭고 아름다운 꽃에는 벌 나비가 날아든다. 아마도 지혜를 보고 눈독 들여 한 번쯤 프러포즈하고 싶다는 생각이 들지 않는다면 그는 건강한 사내라고 볼 수 없다.

나는 첫눈에 반해 적극적으로 구애를 하고 다소 나이 차이가 있었지만 우리는 연인에서 부부 사이로 발전한다. 그리고 눈에 넣어도 아프지 않을 건강한 두 아들을 가졌다. 이 모든 게 지혜가 있었기 때문에 가능한 일이다. 나는 우리 가족에 대해 대단한 자부심을 가졌고, 그런 힘의 원천이 펄펄 끓어 고단한 내색 없이 철가방 들고 치열하게 종횡무진 누벼왔다. 가족은 나의 희망이고 절대적 존재다. 아무 탈 없이 만세반석 위에서 행복을 누려야 할 영원한 구성원이다. 나는 지혜의 잠든 모습을 한동안 바라보며 또다시 기도한다.

"여보, 그대로만 있어 줘. 힘든 일은 내가 도맡아 할 테니까. 제발, 제자리 그대로만 있어 줘. 대영, 소망 어머니로서 이 하동민의 아내로서 더 바라지 않을 테니까 있는 모습 그대로 제발 제자리만 지켜주오……"

나는 발밑 이불을 잡아 가슴 부위까지 덮어주고 안방을 나섰다. 거실로 오자 가족사진이 눈에 들어온다. 4인 가족. 누구 한 사람 이탈해서도 안 될 구성원이다. 누구 한 사람 아파서도 안 된다. 누구 한 사람 슬퍼서도 안 된다. 제발 4인 가족이 영원히 함께하기를 간절히 염원하며, 3층 애들 방으로 올라갔다.

곧 새벽이 올 것이다. 동 터오는 새벽은 여명이요, 또 다른 희망의 메시지가 아닌가. 제발 더 이상 불행의 단초가 발생되지 않기를 기원하며 침대에 누웠다.

마광수. 약 보름 후, 밤 10시쯤 마광수가 가게에 들어섰다. 처음 있는 일이다.

"응. 하 사장 있었네."

약간 취기가 있다. 나는 그와 구면이라 손을 내밀어 악수를 청했다.

"어서 오시오."

내가 그를 맞았다. 오늘은 야근 주방장이 쉬는 날이다. 지혜가 땜빵하고 있었다.

"어. 와이프는 안 보이네?"

마광수는 주방에 있는 지혜를 미처 발견하지 못하고 의자에 앉으며 혼잣말인 듯 중얼거렸다. 그때 지혜가 주방에서 나왔다.

"오셨어요. 회장님! 한잔하셨네요?"

각별한 사이처럼 친절이 넘친다.

"오! 있었구먼."

그는 고개 들어 지혜를 빤히 쳐다본다.

"한 잔이 아니라 꽤 마셨지. 지나가는 길목에 들려 본 거야."

반말투다.

"네. 잘 오셨어요. 속 풀이하게 우동이라도 시원하게 해드
릴까요?"

지혜가 다정히 말한다.

"우동?"

그가 다시 지혜를 바라본다. 의미심장하다.

"좋지. 우리 서 여사가 손수 해준다니 마다할 리 있나."

"네. 금방 해 올게요. 조금만 기다리세요."

지혜가 주방으로 들어간다.

"참, 애들 군대 생활 잘하고 있어요?"

그가 나를 쳐다보며 묻는다.

"그럼요. 오늘도 통화했어요."

"음, 다행이오."

잠시 후 우동이 나오고 그는 절반 정도 먹은 후 일어섰다.

"하 사장! 자주 봅시다. 술도 한잔 나누고 우리 사이 친구
라면 친구 아니겠소!"

나는 또렷한 대답 대신 웃으며 고개만 가볍게 끄덕였다.

"수고해요, 서 여사. 이토록 아름다운 사람이 주방에 틀어
박혀 구정물이나 만지다니……."

그가 들릴 듯 말 듯 말꼬리를 흘린다. 그리고 나와 지혜를 번갈아 쳐다본다. 나를 향해 무슨 말인가 하려다 말고 문을 열고 나선다. 지혜가 뒤따라간다.

약 10분 후, 그는 가고 지혜가 가게로 들어선다. 야근 홀 담당 오주희는 아무 말 없이 자기 일만 하고 있다. 다음날 늦은 밤, 주희가 2층 서재로 나를 찾아온다. 그녀는 약간 흥분 상태다.

"사장님! 바로 어제 그 남자예요. 마 회장이란 그 사람이 사모와 사귀고 있어요. 사모가 일한 날 밤이면 찾아오고, 말도 함부로 해요. 골프 얘기도 하고 희희낙락거려요. 건방지기도 해요. 사장님 시를 보고 수준 이하라고 빈정대며 깔아뭉개기도 하구요. 겉치레는 멀쩡한데 소갈머리 없이 웃기는 양반이에요."

주희는 마치 자기 일처럼 분통이 차 언성이 높았다. 도무지 용납해서는 안 된다는 제스처다.

"그러니까 우리 가게 찾아오는 게 오늘이 처음 아니라는 거요?"

"그럼요, 아현동 가게든 여기든 사모 근무한 날이면 수시로 들락거렸어요. 특히 사모가 아현동 가게 전담했기 때문에 그곳 직원들이 모든 걸 생생히 알 거예요. 나도 내가 직접 보기도 하고 얼마 전 그만둔 영숙이가 더 깊은 내막을 소소하게 알고 있어요."

윤영숙은 아현동 가게에서 주방 보조로 1년쯤 일하다가 수원으로 이사 갔다.

"알았어요. 고마워요."

나는 주희를 돌려보내고 마 회장이란 사람을 떠올려 본다. 그의 이름은 마광수다. 그는 합정동에 7층 건물을 소유하고 있고 《시민의 소리》라는 잡지사 회장직을 맡고 있다. 그리고 주방용품 일체와 인테리어 사업을 겸하고 있다. 억만장자는 아니지만 부동산 소유 등 수백 억대 재산가라고 한다. 나는 아내 소개로 그를 알게 되었고, 명함도 건네받았다. 그리고 몇 차례 만나 술도 마시고 나의 성향과 비슷하게 그도 정치에 뜻이 있고 또 동년배라서 그런지 소통한대도 많았다. 이심전심 대화의 벗으로는 무난한 친구라고 생각되었다.

첫 만남. 작년 여름, 지혜가 할 얘기가 있다기에 찻잔을 놓고 식탁에서 마주 앉았다.

"은숙이 고향 선배라는 사람이 합정동에 사무실을 두고 있는데, 꽤 인맥이 좋다고 해요. 구관우, 김승호 둘 다 대영이 친구들인데 이 애들은 선배라는 사람이 힘을 써 편안한 데로 배치됐어요. 관우는 국방부에 근무하고, 승호는 해군사령부

투스타 운전병이에요."

김승호는 은숙이 아들이다.

"기무사 쪽에 막역한 인맥이 있나 봐요. 여보! 우리도 부탁하면 어떨까요? 제가 한 번 운을 뗀 적은 있는데, 당신과 함께 가서 정식으로 얘기해 봐요. 제가 은숙이와 친구라는 걸 알기 때문에 쉽게 거절하지는 못할 거예요."

아내는 적극적이다.

은숙이는 가게에서 몇 차례 뵌 적이 있다. 지혜가 큰애 고등학교 자모회에서 만나 여러모로 통한 데가 있어 지금은 절친이다. 전은숙. 그녀는 지혜보다 약간 큰 키에 고운 피부를 갖고 있다. 지혜는 간간이 은숙이 살아가는 얘기를 하면서 부러워하는 눈치다. 남편은 사업가이고 은숙이는 불광동에서 큰 고깃집을 하면서 경제적으로 여유롭고 취미생활도 다양하다고 한다. 같은 또래에 은숙이도 아들 둘, 닮은꼴이 많은데 생활 수준은 차이가 난다면서 소외감을 피력한 바 있다.

아무튼 나는 아내로부터 애들 입대문제를 듣고 단박에 아니라고 할 수 없었다. 아무리 호랑이 근성을 가진 사람이라도 자식 신상에 관해서라면 매몰차게 할 수 없을 것이다. 특히 사회적으로 돈 많고 배경이 튼튼한 집안에서는 아예 군대를 안 보내는 작전을 쓰는데 금쪽같은 자식을 보다 안전하고 편안한 데로 보내주겠다는 걸 바보천치가 아닌 이상 여느 부모가 마다하겠는가. 인지상정, 할 수만 있다면 품에 넣고 다니면서 전역을 시키고 싶은데 말이다.

그러나 우리 애들은 이미 스스로 지원한 상태다. 하지만 나는 아내, 아니 모정의 애틋한 눈빛이 하도 간절해 함께 합정동 사무실을 찾았다. 3층에 전용 사무실이 있었다. 창가로 책상이 가로 놓여 있고 오른쪽 벽 쪽에는 목재 책장이 있다. 약 15평 규모다. 나와 지혜를 보자 반갑게 맞이하는 사람이 있다. 나는 처음 대하지만 이미 방문 사실이 알려졌고, 지혜와 사전 교감이 있어서일까 왠지 낯설지만은 않았다.

"어서 오시오! 대영이 아빠!"

언제 큰애 이름까지 기억했을까? 그는 매우 민첩하고 호탕했다. 나와 비슷한 키에, 비슷한 연령 그리고 인상이 밝고 살집이 좋아 보인다.

"네, 처음 뵙겠습니다."

내가 정중히 인사를 하자 그가 선뜻 손을 내민다. 악수를 한다. 힘이 넘친다.

"반갑소. 편안하게 대해요."

"네, 감사합니다."

"자, 그쪽으로 앉으세요."

그가 자리를 권한다.

"고맙습니다."

나와 지혜는 밤색 소파에 앉았다. 꽤 안락하다. 잠시 후 그가 맞은편에 앉으며 명함을 건넨다. 화려한 경력이고 대단한 인물 같다. 지혜 말처럼 합정동 유지에 마음만 먹으면 뭔가 큰일을 이룰 수 있는 내용이 꽉 찬 명함이다. '회장 마광수'. 첫 만남이지만 그가 금세 친근감마저 드는 이유는 무엇일까.

"우리 정식 인사 나눕시다. 나 마광수요."

재차 그가 불쑥 손을 내민다.

"아, 네. 하동민입니다."

"하하하. 나는 익히 들은 바 있어 하 사장에 대해서 조금은 알고 있소. 문학을 좋아하고 시인이라면서요. 그리고 정치에도 꽤 관심이 깊다고 들었소. 좋은 현상이요. 문학도 하고 정치도 하고……. 사내라면 한 번쯤 정치 물을 먹어볼 필요가 있소. 정치판이 크고 큰 그릇은 정치판에서 노는 거요. 나도 그쪽으로 진출해 보려고 고민 중이요. 기반은 조성되었지만 막상 출사표를 던지자니 벽이 만만치 않소. 공천이 곧 당선이고, 정치 생명이 걸려 있는데 공천 받기가 하늘의 별 따기란 말이오."

그는 달변이고 해박했다. 한때 언론사에 근무하고 지금은 《시민의 소리》라는 잡지 발행인으로서 유감없이 면목이 확연하다는 느낌이다. 대체로 마 회장이 주도적으로 말을 많이 하고, 나는 듣는 편이었다. 애들 문제는 지혜가 짤막하게 언급했고, 그는 힘써 보겠다 정도에서 갈무리했다.

그리고 이틀 후, 애들 일을 보는 데 돈이 필요하다고 지혜가 전해 온다. 나는 일언지하에 거부했다. 사실 나는 아내 성화에 못 이겨 따라갔을 뿐 애당초 내키지 않는 사안이었고, 내가 생각한 사회적 도덕관념과도 불일치했다. 나는 애들의 자립심을 지향하고 이미 그들은 단짝과 지원한 상태가 아닌 가? 군인은 나의 자식이기도 하지만 조국의 아들이다. 출신이나 여건을 떠나 누구도 차별 받지 않고 공명정대한 처우, 인격도야를 위해 아낌없이 보호받을 자격이 있는 것이다. 그런 사회가 살맛나는 세상이 아니겠는가? 그런 국가라야지만 애국심이 자발적으로 우러나올 것이다.

그 후 얼마나 지났을까? 마 회장으로부터 전화가 왔다. 밤 9시경이다. 공덕동 호프집에 있는데 긴급 전할 말이 있다고 한다. 나는 마침 특별한 일도 없고 나의 업무가 끝나는 마당에 궁금한 여운도 있고 해서 그가 있다는 호프집으로 갔다.

"허허허……. 어서 오시오!"

술기운인지 반가움인지 그가 함박웃음을 터트리며 덥석 손을 내밀었다.

"하 시인! 할 얘기가 뭐 있겠소. 그냥 오늘따라 함께 한잔하고 싶다는 생각이 불쑥 들어 연락했소."

솔직한 고백 같아 나는 더 이상의 기대를 저버리고 편안한 마음으로 맞은편에 앉았다.

"한 잔 받으시오."

"네."

그가 글라스에 맥주를 따랐다. 정이 넘치듯 거품이 치솟았다.

"애들 군대 보내고 심란하지요? 열 손가락 깨물어 안 아픈 손가락 어디 있겠소. 부모 심정은 같소이다. 너무 염려 마시오. 건강히 잘 복무할 것이오."

"고맙소."

나는 잔을 들어 마셨다. 시원한 맥주가 마른 목을 적시자 다소 기분이 맑아지면서 종일 일터에서 쌓인 피로감이 풀린 듯했다.

"대영이 아빠! 내 주법은 소주와 맥주, 이렇게 합주인데 이 방식으로 한잔 드실래요?"

"아니요, 그냥 맥주만 마시겠소."

탁자 위에는 맥주 다섯 병과 소주 한 병이 놓여 있다.

"하 시인. 사실은 진지하게 의논할 사항이라고 할까? 아니면 정보를 제공하는 도움의 말이라고 할까? 내 의견을 전하고자 불렀소."

그가 술을 한 모금하고 다시 말을 이었다.

"오해 말고 들어주면 합니다. 세상에 독불장군은 없소. 아니 독불장군은 설 자리가 없고 성공할 수도 없다는 얘기요. 네트워크, 즉 거미줄처럼 서로 간 얽히고설킨 게 세상만사가 아니오! 상생하지 않으면 살아남을 수 없고, 사업이든 정치든 그리고 솔직히 말해 하 시인 가족관계나 하 시인 개인에 대해 익히 들어서 알고 있소. 은숙이는 고향 후배요. 친구 동생이

기도 하고. 은숙이가 하 시인 부인과 친구 사이다 보니 그간 몇 번 만나 식사도 하고, 그런 과정에 서로 사는 모습이 자연스럽게 나온 거요. 뭐 들으면 언짢을지 모르지만 사실 사석에서는 은숙이나 지혜, 둘 다 나는 친동생처럼 가림 없이 사랑스럽게 대하고, 도움되는 일이면 뭐든지 돕고 싶다는 게 진실한 나의 심정이오. 내가 대 부자는 아니지만 나의 여건이나 사업구조가 그런대로 갖춰진 셈이고 뭐, 까마귀도 고향 까마귀가 좋다고 하 형은 남도지만 나와 은숙이는 고창, 지혜는 남원 아니오. 고향 사람끼리 똘똘 뭉쳐 잘살아보자는 게 나의 간절한 바람이요. 특히 지혜를 돕고 싶소. 현재 하는 식당이 못마땅하다는 것은 아니지만 그곳은 하 사장이 충분히 관리하면서 운영할 수 있지 않소? 은숙이도 내가 소매 걷고 사심 없이 밀어줬더니 지금 불광동에서 고깃집 하는 데 불티가 나요. 떼돈이 굴러 들어오니까 만사가 형통이요. 언제 시간 나면 직접 가서 확인해 보시오. 내가 빈말하는가? 가게 터만 얻으면 나머지 인테리어나 주방용품 등 공짜는 아니어도 할부든 뭐든 원가로 해주겠소. 뿐만 아니라 나도 소문난 마당발이라 내 손님도 어지간하오. 더군다나 하 시인은 정치에 꿈이 있다면서요? 정치? 정치인의 필수 요건이 두 가지 있는데 확실한 계보와 돈이요. 예를 들어 친박이다, 친노다. 상도동계다, 동교동계다. 물론 계보도 좋지만 실상은 돈이요. 돈이 우선이요. 돈의 위력이 막판 정리를 하게 된 거요. 한마디로 돈이 있어야 정치를 하는 거요. 공천이 곧 당선인데 사과 박스 안 건네고 공천 받을 것 같소? 주먹구구식 어림없소. 돈이 있어야 돼요. 돈이 정치판을 흔들어 댄 거요. 돈, 돈, 돈……."

그는 세상 물정을, 특히 정치판을 귀신처럼 훤히 꿰뚫고 있는 듯했다. 사실 선거 때마다 공천 잡음으로 공공연히 들통 난 일들이고 일러 있는 얘기다.

"이왕 만났으니 덧붙여 얘긴데, 부부지간이라도 꽉 쥐어짜면 안 돼요. 적당히 풀어주고 경제적 뒷받침도 해줘야지, 기도 살고 고분고분 하는 거요."

그는 의미심장하게 선웃음마저 지으며 잔을 들었다.

"하 사장. 이건 자랑거리는 못되지만 나는 매월 집사람한테 묻지마 천만 원 생활비를 주고 있소. 지가 쇼핑을 하든, 골프를 치든, 술을 마시든 신경 딱 끄고 사니까 편해요. 바깥에서야 무슨 짓을 하든 내 무릎, 내 품 안에서만 잘해주면 되는 것 아니오? 기대가 크면 실망이 커요. 대충 넘어가야지 꼬치꼬치 따지고 들면 서로 간 피곤하고 부딪치다 보면 파경이 올 텐데……."

그는 상당히 취해 있었다.

"세상살이 뭐 별게 있소? 두루뭉술 사는 게 아니오? 호박같이 둥근 세상, 둥글둥글……."

열한 시 반이다. 함께 자리한 지 두 시간이 흘렀다.

"하 시인. 단도직입적으로 얘기하오. 이것은 순전히 하 사장 가정의 행복을 비는 마음에서 하는 말이오. 지혜 기를 살려주시오. 내가 사주관상을 좀 보는데, 지금 때가 왔소. 조금만 밀어주면 지혜는 성공할 것이오. 아니 떼돈을 벌 것이오. 노다지, 바로 그거요. 마누라 덕에 정치판에 가서 꿈을 이루면 되잖소? 가게를 차려주고 골프를 치든 등산을 다니든 들판을 휘젓는 망아지처럼 확 풀어 버려요."

그가 거침없이 내뱉고 일어섰다. 우리는 장미호프집을 나왔다. 마광수. 그는 호프집 맞은편 해동빌라에 산다면서 횡단보도를 건넜다. 취기에 몹시 불안전한 걸음이다. 나는 그가 여러 가지 호칭으로 대했지만 개의치 않았다. 하 사장, 하형. 하 시인, 대영아빠 등. 다만 생각보다는 지혜와 절친하다는 인상을 받았고, 무엇보다 취중이라 하지만 망아지에 비유하는 발언은 나와 지혜를 깔보는 것 같아 불쾌했다. 그의 눈높이가 어느 정도이고 기준 잣대가 무엇인지는 모르지만 상식 밖의 처신에 다소 실망했다.

나는 밤길을 걸었다. 집까지는 약 30분이 걸린다. 나는 며칠 전 지혜가 했던 말들을 생각해 본다. 누군가 손금, 관상을 봐줬는데 운이 왔고 40대에 큰돈을 만질 수 있단다. 은숙이 얘기도 곁들었다. 그러면서 자기 사업장을 별도로 해달라고 한다. 독립된 가게다. 이외에도 현실이 답답하다. 돈이 필요하다. 친구를 만나면 자존심 상할 때도 많다. 불만이 태산이다. 이에 나는 선뜻 동의하지 못하고 좀 더 지켜보자고 했다.

아현동 가게 정리 문제와 애들 입대 등 어수선한 분위기였기 때문이기도 하지만 지혜에 대한 믿음이 예전 같지 않다는 게 주요인이다. 지혜는 아현동 가게를 3년간 전담해 왔지만 매출장부가 분명치 않는 데다 직원 관리도 소홀했고, 결국은 파산 직전 내가 나서서 마무리했지 않은가. 한마디로 독립된 가게를 새로 차려준들 제대로 관리운영을 할 수 있겠는가 하는 신뢰가 무너진 것이다.

그리고 오늘 지혜 사주를 점친 사람이 바로 마광수였다는 것도 알게 되었다. 자주 만남이 있었다는 증거다. 이후 얼마나 지났을까? 지혜가 한 번만이라도 은숙이가 운영하는 식당에 가보자고 졸랐다. 죽은 사람 소원도 들어준다는데 하물며 벽창호가 아닌 이상 마누라 청을 외면할 수 있겠는가? 나는 지혜를 따라나섰다.

장수고깃촌. 은숙이 가게는 불광동 아울렛매장 부근 장수고깃촌이다. 약 50평 규모로 직원이 7~8명 되었다. 내가 운영하는 10평 남짓 점포와는 하늘과 땅 차이다. 매출은 둘째고 인테리어 등 분위기만 봐도 지혜 처지에서 상대적 박탈감에 사로잡히겠다는 생각이 확실하다. 거의 영업이 끝날 무렵 나와 지혜 그리고 마광수, 은숙 이렇게 넷이 고깃판을 두고 잔을 들었다.

"하 시인, 이곳 분위기 어떻소? 이만하면 괜찮지 않소? 지혜도 이렇게 하나 오픈해주고 은숙이와 선의적 경쟁을 하면서 신바람 나게 사는 모습 보고 싶지 않소?"

광수의 말이다.

나는 물끄러미 지혜를 쳐다본다. 순간 그녀의 눈이 구세주를 만난 듯 광채가 찬연하다. 신명 난 느낌이다. 문득 그동안 잦은 만남으로 지혜가 광수의 영향력 안에 들어갔다는 생각이 든다. 어떻게 하든 광수는 지혜와 나를 떼어 놓는 데 목적이 있고, 별도로 가게를 만들어 달라는 의도가 아닌가. 광수가 지혜의 사주, 관상을 봐주면서 대운이 왔다. 40대에 노다지 캘 상이다. 서둘러라. 이에 지혜는 곧이곧대로 현혹되고 그에게 세뇌되어 손아귀에 놀아나고 있다고 생각한다면 이는 나의 과민반응일까? 나는 좌중을 예의주시하며 신중을 기했다.

"그래요. 대영이 아빠! 어지간하면 지혜 독립시켜서 기 좀 살려주세요. 고생하는 것 제가 쭉 지켜봤잖아요? 이렇게 예쁜데 너무 안쓰러워요. 함께 취미생활도 하고 더불어 잘살고 싶어요."

은숙이의 바람도 간절하다.

"어, 하 사장. 한 잔 받아요!"

광수가 빈 잔을 건넨다.

"네."

가득 찬 술잔이 넘실댄다.

"하 시인! 사나이는 배포가 커야 하오. 배포가 커야 큰 그
릇이라 할 수 있고, 큰일을 할 수 있는 거요. 그리고 세상일이
란 때가 있는 법이요. 우유부단하다가는 기회를 놓쳐요. 그
러니 오늘 이 자리에서 용 한번 크게 써 봐요. 결단을 내려봐
요. 지혜가 환하게 웃도록 말이요. 허허허……."

그는 정말 영웅호걸인 양 배포 있어 보인다.

"네, 고맙소. 모두 그토록 집사람을 생각해줘서요."

나는 정중히 인사했다. 진심으로 고마웠다. 지혜는 술을 마
시지 않는 편이지만 나머지 세 사람은 시간이 흐르면서 술기
운이 차올랐다.

"하 사장님!"

은숙이가 빤히 쳐다보며 부른다.

"네, 하고 싶은 얘기 있으면 하세요."

내가 웃으면서 말했다.

"다시 말씀드리지만 친구 기 좀 살려주세요. 저도요, 남편
한테 꽉 쥔 채 전업주부로 살다가 이 가게 하면서부터 세상
돌아가는 것도 알게 되고, 살맛도 나고 솔직히 요즘 신명 나
요. 얼마 전 신차 그랜저도 뽑고 운동 삼아 골프도 즐겨요.
제가 직접 돈을 만지니까 되더라고요. 아휴, 왜 진작 이러지

못했나, 왜 바보처럼 갑갑하게 살았나, 그런 생각이 들더라고요. 그래서 저는 한없이 마 회장님께 고마움이 들어요. 저를 갇힌 틀에서 나오게 하고, 해방시켜준 은인이자 구세주예요. 마 회장님은 능력이 있어요. 대영이 아빠도 믿고 이참에 지혜를 밀어줘 봐요. 이 세상 돈으로 안되는 게 뭐가 있어요? 물질만능시대, 돈만 있으면 무슨 일이든지 할 수 있어요. 맘대로 쇼핑도 즐기고, 해외여행도 가고, 뭐든지……."

그녀는 의기양양 말 한마디, 한마디에 힘이 넘쳤다. 돈의 위력일까? 한마디로 험악한 세상에 맞설 자신감의 발로다. 나도 마찬가지지만 지혜도 별말 없이 듣고만 있었다. 나는 끝내 이렇다 할 명답을 내놓지 못하고 일어섰다. 그때 별안간 은숙이가 내 손목을 낚아채듯 잡았다. 취한 상태다.

"여보시오. 하 시인님! 서생 노릇만 하지 말고 세상 물정 좀 꿰뚫어 보세요. 글이 돈이 돼요? 밥이 돼요? 자칫하면 가진 것도 놓쳐요. 지혜같이 보기 드문 미인과 사는 걸 큰 복으로 생각하시오."

취중진담, 나는 집으로 돌아오는 길에 곰곰이 생각해 보았다. 마 회장은 에쿠스 리무진을 소유한 자산가다. 은숙이도 경제적 여유를 누리며 해방구를 찾았다. 그렇다면 지혜의 현실은 어떤가? 나는 누구보다 우리 사정을 잘 알고 있다. 다시 말해 지혜가 그들과 어울리면 어울릴수록 힘들다는 생각이다. 그들은 이미 다 이룸의 사회생활을 누리고, 우리는 이루기 위한 과정에 있기 때문이다.

그리고 그들은 나더러 지혜 기를 살려달라고 하는데 쉽게 납득이 가지 않는다. 기란 바른길을 가면서 설정된 목표를 달성하기 위해 쉼 없이 노력할 때 왕성해지는 것이다. 반사회적 반인륜적 행위자에게는 기라기보다 만용이 있을 뿐이다. 나는 지금까지 지혜 기를 꺾어 본 적이 없다. 기가 빠지면 생기가 없다. 의욕이 없어지고 상실감이 밀려온다. 나는 온 가족 기를 살려주기 위해 부단히 노력해 왔다. 내 자신이 기죽은 꼴을 보지 못한다. 가진 것 없어도 기백이 넘치면 돌파구가 보인다. 이런 생명인 기를 왜 내가 마다하겠는가? 고급 승용차든 골프든 형편만 되면 얼마든지 가능하다. 단지 나는 본분을 망각한 처신을 하지 말자는 것이다. 분수에 맞게 여가를 즐기자는 것이다.

그런 면에서 마광수나 전은숙의 기의 강변론은 나의 사고와는 상당히 괴리가 있어 보인다. 이것은 어디까지나 자기들만의 눈높이의 시각이고 약간은 상대를 조롱 내지 평가절하 차원의 우월감의 발로가 아닌가 생각되었다. 하지만 나는 순수한 마음으로 받아들이기로 했다. 왜냐하면 나는 누구보다 아내를 신뢰하고 자유로운 삶을 만끽하도록 불간섭을 원칙으로 대해 왔기 때문이다.

지혜도 어른이다. 두 아이의 어머니고 유부녀다. 그리고 자기관리를 할 수 있는 나이다. 자기의 위치를 알고 얼굴값을

할 수 있는 정신적 연령이 무르익어 있다. 무엇을 의심하고 무엇이 두려워 기를 꺾고 자유를 억압하겠는가? 그녀는 자유롭게 헬스, 수영, 등산, 자전거 동호회 활동을 하면서 충분히 여가선용을 즐기고 있다. 우리 형편으로는 과분한 배려다. 그럼에도 나는 적극 지지해 왔다.

인생이란 무엇인가? 궁극적으로 행복 추구가 아닌가? 그럼 행복이란 무엇인가? 행복은 한마디로 즐김이다. 일상이 즐거워야지만 행복할 것이고, 행복한 삶이 지속됨으로써 보람찬 인생이었다고 비로소 회고할 수 있지 않겠는가? 다시 말해 성공한 인생이란 누가 얼마나 가치 있는 삶을 지향했는가에 달려있는 것이다. 바른 가치를 추구하지 않는 삶이란 순간 쾌락을 맛볼지언정 영혼을 살찌울 수 없다. 무위도식 동물적 삶을 바라는가, 아니면 영혼이 풍요로운 인간의 길을 원하는가? 비록 사회적으로 성공의 반열에 오르지 못하고 있지만 나는 어떠한 시련 속에서도 후자의 길을 잃지 않았다.

초지일관 나의 신념은 불변하다. 이 길은 비단 나만의 바람이 아니다. 나의 가족 모두의 염원이다. 그래서 나는 만고불변의 진리인 가화만사성(家和萬事成)이란 글을 식탁 위 벽에 걸어 놓고 기원한다. 또한 방마다 하나씩 액자가 걸려 있다. 안방에는 덕불고필유린(德不孤必有隣; 덕이 있으면 외롭지 않고 반드시 이웃이 있다), 애들 방에는 진인사대천명(盡人事待天命; 최선을 다하고 하늘의 명을 기다린다), 그리고 내 가슴속에는 사필귀정(事

64

必歸正)을 아로새겨 놓고 있다. 이 글은 내가 부산에 살 때 당대 명망 높은 서예가 청은 이정섭 선생님으로부터 친필을 받은 것이다.

아무튼 나는 가족 모두에게 저마다의 행복추구를 위해 인생을 즐겁게 살기를 적극 권장하고 환영해 왔다. 이러한데 지혜가 기죽을 리 만무하고 더군다나 지혜가 남편 손아귀에 가위눌려 산다고 생각한다면 그만큼 큰 오해도 없을 것이다. 그런데 왜 마광수와 전은숙은 그토록 지혜 기 좀 살려달라고 애걸복걸한 걸까. 그들이 원하는 기란 도대체 무엇일까? 외모선호형인지, 만사돈통인지 나는 선뜻 이해가 되지 않았다. 그렇지만 느낀 바를 지혜에게 전달해야만 했다. 우리 부부를 태운 영업용 택시가 거의 집에 다가올 무렵 나는 무겁게 입을 열었다.

"마 회장이나 은숙 씨 얘기를 듣자면 보통 잘사는 것 아닌 것 같고, 골프 얘기며, 고급 승용차며, 몇백만 원짜리 명품 옷 얘기며, 해외여행 등 우리 현실과는 다소 차이가 난 것 같아요. 유유상종이란 말이 있듯이 상식적으로 봐도 형편이 비슷한 사람끼리 어울려야지, 그렇지 않으면 자존심 상할 때도 있고, 더 심하다 싶으면 상대적 박탈감에 허무감마저 들기도 하지. 그러니 당신이 그들과 굳이 어울리기를 바란다면 마음을 잘 추슬러야 할 것 같은데……. 아무튼 기죽지 말고 평상심을 잃지 않기를 바라오."

내가 말을 마쳐도 지혜는 이렇다 할 반응이 없었다. 주희 말이나 그동안 여러 상황을 분석해 보면 지혜는 함구하고 있지만 마 회장이나 은숙이와 어울려 골프도 치고, 그 이상의 흥미로운 일들을 함께 누리지 않았을까 추측이 가지만 애써 긁어 부스럼 만들 필요는 없다고 판단되었다. 솔직히 나는 처남댁 말이나 주희 말이 100% 맞는다 해도 오늘 이후, 더 이상 불경스런 일이 발생만 되지 않는다면 모든 것을 모른 척 안 듣는 것으로 묻어두고 싶었다.

사실대로 들통 나면 나는 감당할 자신이 없었다. 추궁하고 티격태격 싸우고 갖은 상상에 휘말리고 싶지 않았다. 특히 아이들도 입대한 마당에 너무 힘들게 느껴졌다. 더군다나 순천에서 일어났던 끔찍한 일이 되풀이되지 않을까 공포감마저 엄습해 왔다. 이대로 정말 이대로 가정의 평온이 유지되고 부부관계도 더 바랄게 없이 오직 이대로만 지속되길 간절히, 간절히 염원할 뿐이었다.

2008년 8월. 나는 그간 아내와 그리고 처남들과 함께 애들 면회도 다녀왔다. 셋째 처남 서필수는 손수 자기 차를 운전하고, 지혜는 친구에게 빌린 차라며 직접 몰았다. 여전히 지혜는 별다른 변화 없이 헬스, 수영, 등산 그리고 자전거 동호회 활동을 일상화 즐기고 있었다. 애들은 군대에 있고, 지혜의 귀가 시간은 종잡을 수 없어 집 안이 썰렁했지만 나는 온종일 배달통을 들고 가게에 전념하다가 밤이면 소설을 쓰는 데 집중했다.

나는 설정된 목표, 꿈을 이루기 위해 불철주야 혼신을 다했다. 이미 계간 《참여문학》에 「학골에 핀 순정」이라는 중편소설이 연재된 바 있다. 내친김에 그동안 구상해 왔던 장편소설에 도전장을 던지고 올 초부터 짬나는 대로 써온 것이다. 제목은 『바다』다.

내용을 추려 얘기하자면 초등학교 선생인 차유리가 첫사랑에 실패하고 아픔이 있는 도회지 학교를 떠나 시골 벽촌 학교로 자원하여 부임한다. 그녀는 성탄절에 교회에서 통기타를 치며 특송을 부르는 강선구라는 사내에게 매력을 느낀다. 선구는 중학교 중퇴를 하고 홀어머니를 모시면서 어부로 살아오고 있다. 그는 태어나 한 번도 객지생활을 해보지 않은 신토불이, 순수 농어촌 지킴이다. 유리는 줄곧 선구를 지켜본다.

날이 갈수록 순박한 청년에게 관심이 깊어진다. 첫사랑의 실패로 식어버린 가슴이 다시 용암처럼 서서히 끓어오른다. 유리가 용기를 내어 선구에게 프러포즈하지만 선구는 스스로 뱃놈인데 당치 않는 소리라면서 완강히 거절한다. 그럼에도

유리는 '사랑에는 국경이 없다'면서 끈질기게 구애작전을 편
다. 심지어 선구 어머니를 직접 찾아가 본인의 속마음을 전하
고 지원을 바란다. 선구 어머니도 처음엔 신분 차이가 있다면
서 반신반의하며 꿈인가 생시인가 망설이다가 차 선생의 진심
을 이해하고 받아들인다.

　이리하여 드디어 두 사람은 결혼하여 부부가 되고 옥동자
를 얻는다. 어부와 선생의 지고지순한 사랑은 잔잔한 파도처
럼 너울져 효행으로 빛을 발휘한다. 넉넉한 살림은 아니지만
이들 부부는 매년 봄날이면 어김없이 인근 노인들을 모셔다
경로위안잔치를 벌인다. 흥겨운 국악이 온 마을에 울려 퍼진
다. 효(孝)의 깃발이 하늘 높이 솟아 펄럭이고 경쾌한 웃음소
리가 만산을 휘돌아 너른 바다를 헤엄쳐간다.

　이렇듯 나는 나름대로 꿈의 실현을 위해 정진해 오는데 아
내의 부적절한 처신을 듣고부터 매우 안타까운 마음 심기가
편치 않았다. 털어버리고 잊자고 굳게 입술을 깨물어도 아현
동 가게를 정리하면서 느낀 석연치 않은 의혹을 비롯해 무엇
보다 주희의 말이 뼛속 깊이 파고들어 쉽사리 지워질 기미를
보이지 않고 있었다. 그러던 차 2008년 8월 초, 집에 볼일이
있어 오후 4시쯤 대문을 열고 들어서다가 바닥에 놓여 있는
한 움큼의 우편물을 챙겼다. 지혜는 외출하고 텅 빈 집 안은
애들이 있을 때와는 다르게 왠지 삭막한 느낌이다.

　나는 일을 본 다음 현관문을 나서려다 순간 섬광처럼 뇌

리를 스친 게 있었다. 지혜 명의의 카드사 우편이다. 나는 잠시 우편물을 만져보자, 왠지 개봉하고 싶다는 생각이 확신에 차오른다. 증거 없이 의혹만으로 아내를 불신한다면 배우자로서 온당한 도리가 아니지 않은가. 천생연분으로 맺어진 배필인데 나는 가능한 한 지혜의 혐의 내용을 불식시키고 싶었다. 그 길이 현명한 처신이라고 판단되었다. 한마디로 내가 직접 목격하고 듣지 않는 얘기는 믿지 않겠다는 것이다. 천지간 단 하나밖에 없는 마누라이자 사랑스러운 두 아들의 어머니가 아닌가.

나는 우편을 들고 복구를 염두에 둔 채 중추신경을 곤두세워 조심스럽게 개봉에 들어갔다. 그리고 명세서를 펼쳐본 순간 충격적인 내용에 눈이 캄캄해졌다. 의심의 여지 없이 증거가 드러난 것이다. 우리 형편과는 맞지 않고 분수에도 어울리지 않는 엉뚱한 짓을 했다는 사실이 확인된다.

진도모피 할부금 800,000원
차량 할부금 1,250,000원
.
.
.

이달 결제대금 2,800,000원

나는 몇 차례 심호흡을 한 다음 개봉한 우편을 원상태로 복구한다. 그리고 방 안으로 들어선다. 닫혀 있는 옷장으로 시선이 간다. 옷장 속에 비밀이 있을 것만 같았다. 잠시 망설인다. 주희 말이 낭설이기를 바라고 의혹이 의심으로 끝나기를 염원하지만 카드명세서처럼 또 다른 물증이 나타나면 어떻게 할까. 사건이 발생하면 대책이 있어야 하는데 도무지 자신감이 없다. 그럼에도 나는 옷장 문을 열고 있었다. 지혜가 가족을 속이면서 뭔가 수습하기 힘들 정도의 일을 벌여 놓고 있다는 불안감이 더더욱 사실 확인에 집착을 부추기고 있는 듯했다. 그것은 제발 더 이상 불신을 낳을 수 있는 문제가 드러나지 않기를 바라는 마음이기도 했다.

　나는 옷장 안을 유심히 살펴본다. 생소한 옷도 보이고 낯익은 메이커도 보인다. 골프채가 그려진 티와 짧은 치마도 보인다. 필라 마크가 새겨진 옷가지가 잔뜩 쌓여 있다. 서랍을 열어본다. 골프공 박스가 세 개 나온다. 그 속에 있는 작은 손가방을 열자 통장이 있고, 펼쳐보니 또 한 번 놀라운 사실이 발견된다. 처형인 서은혜 이름부터 친구 전은숙 등 남녀 가리지 않고, 낯선 명의와 몇십만 원에서 몇백만 원 출입금 내역이 소상히 기록돼 있다. 카드도 아홉 개다. 카드명세서와 통장내역을 종합해 보면 별다른 수입 없는 지혜로서는 궁지에 처한 셈이다. 갚을 능력이나 재주가 없다.

　그래서 여태까지 함께 골프도 치고 어울리면서 속사정을

훤히 알게 된 마광수와 전은숙이가 서둘러 지혜가 독립해서 운영할 가게를 차려 달라고 졸랐단 말인가. 그들은 한패 거리가 되어 나의 귀와 눈을 멀게 하고 또 다른 공작을 꾸미고 있다는 것인가? 지혜가 남편을 속이고 있다는 것을 뻔히 알면서 함께 즐기고 있다는 것일까? 왜 광수와 은숙이는 그토록 적극적으로 지혜 구출작전에 나선 것일까? 부조리한 행위에 왜 동조하고 있을까?

그들은 아현동과 대흥동 가게를 수시로 들락거리면서 우리의 사정과 나의 진면목을 여과 없이 봐왔을 것이다. 지혜가 진도모피를 입고 함께 어깨동무하면서 골프장에 갈 때 남편인 이 하동민은 철가방을 들고 달동네를 오르내리며 비지땀 흘린 그 처절한 모습을, 지혜가 골프채를 휘두르며 희희낙락거릴 때 남편은 잘살아 보세 외치며 배달통을 들고 종횡무진 뛰어가는 모습을, 광수와 은숙이는 똑똑히 봤을 것이다.

화가 치밀어 오른다. 분통이 끓어오른다. 남편은 불철주야 철가방 들고 종횡무진 거리를 누비며 잘살아보려고 발버둥 치는데 아내는 가진 자들과 한통속이 되어 골프 치고 사치와 허영으로 들떠 낭비를 일삼고 있다고 생각하자 참으로 처참한 기분이 든다. 나는 즉각 핸드폰을 켰다. 신호가 간다. 답이 없다. 두 번, 세 번, 다시 신호를 보낸다. 겨우 받는다.

"왜 전화했어요? 바쁜데!"

첫 마디다. 도전적이고 냉차다. 분명히 지혜의 목소리인데 평소와 달리 느낌이 안 좋다. 나는 기가 막혀 아무 말도 할 수 없다. 어디서부터 짚고 넘어가야 할지 엄두가 나지 않는다. 바보처럼 우두커니 핸드폰만 들고 있는 게 아닌가.

"할 말 없으면 끊어요!"

끝이다. 할 말이 너무 많았지만 나는 단 한마디도 못했다. 불행의 징조 앞에 설움이 북받쳐 오른다. 쓰나미가 덮쳐 올까 두려움이 앞선다. 아. 이 고통. 팔월의 불볕더위는 여전히 기승을 부리고 확신에 찬 지혜에 대한 의혹으로 일손이 잡히지 않았다. 몹시도 의지가 흔들리고 그토록 강하게 믿었던 신념마저 사상누각처럼 와르르 무너지는 듯하다. 그렇다고 철가방을 놓고 마냥 주저앉아 탄식만 하고 있을 수만은 없었다. 전화도 일방적으로 끊어버리고 어디 있는지도 모르는데 찾아나설 수도 없고, 나는 벙어리 냉가슴 앓듯 부글부글 끓는 부아를 억누른 채 배달하다가 평일보다는 조금 일찍 마감하고 집으로 왔다.

텅 빈 집 안은 무더운 여름 날씨와는 무관하게 찬바람만 쌩 분다. 오늘 밤에는 그동안 쌓여온 의문점을 풀어보겠다는 각오로 지혜를 기다리고 있었지만 기다림이 지연될수록 초조한 마음 안절부절 몸 둘 바를 모른다. 안방에 서성이다 3층 애들 방을 둘러보다가 거실로 온다. 식탁의 오른쪽 벽에 걸려 있는 네 사람이 찍은 가족사진만 온전하다. 이럴 때 한 아이만이라도 곁에 있다면 다소 의지가 될 텐데 한꺼번에 군에 가고 보니 아쉬움뿐이다.

설마 했는데 지혜의 이모저모가 양파껍질 벗겨지듯 하나하나 현실화되자 배반감이 먹물처럼 얼룩져 온다. 위선, 가면, 양의 탈을 쓴 여우, 온갖 불쾌한 상상력이 꼬리에 꼬리를 문다. 주희 말에 신빙성이 농후하다. 온종일 여느 놈과 뒹굴다 이렇게 늦은 걸까. 대상은 마 회장일까. 행여 지혜는 마 회장과 관계를 지속하면서 사회적 신분상승에 희열을 느꼈을까? 내가 아는 지혜의 주변 인물은 마광수와 전은숙이가 전부다. 아니면 또 다른 누군가 숨겨져 있을까. 도대체 무얼 하느라 아직도 오지 않을까? 핸드폰은 쥐고 있지만 자신이 없다. 한낮의 도전적이고 냉찬 목소리가 오랜 세월 함께 해온 다정다감한 아내의 음성이 아니라 악마의 소리로 들렸기 때문이다.

거의 자정 무렵 철거덕 대문 닫힌 소리가 요란하게 울리고 계단을 밟는 발걸음 소리가 들린다. 지혜가 분명하다. 현관문이 열린다. 그토록 목 빠지게 기다린 주인공이 나타난다. 화려한 의상에 보기 드문 미인이다.

"왜 그런 눈으로 쳐다봐요?"

첫 마디다. 아마도 내 인상이 썩 밝지 않았던 모양이다. 사실이다. 내 가슴속은 아직도 분노와 불신으로 응어리져 있다. 온갖 의혹과 배신감마저 싹트는 상황이 아닌가? 제멋대로 외출하고 귀가하고 마치 바람난 자유부인 양, 베일 속의 본성이 하나하나 드러난 듯하다. 그녀는 조금도 미안한 기색 없이 뻔뻔스러움이 도를 넘은 듯한 표정이다.

지혜는 신발을 벗은 다음 놓았던 쇼핑백을 다시 든다. 내가 한발 다가선다. 쇼핑백 속이 몹시도 궁금하다. 긴장감이 팽배하고 어둠처럼 분위기가 무겁다.

"백 좀 보자고."

내가 쇼핑백을 움켜쥔다.

"뭐하는 짓이에요? 이리 줘요!"

앙칼진 목소리, 표범보다 날쌔게 백을 낚아채 안방으로 홱 들어선다. 내가 뒤따라간다.

"왜? 남편이 좀 보면 안 돼?"

"남편?"

그녀가 똑바로 쳐다본다. 도끼눈이다. 매섭다. 난생처음 대하는 무서움이다. 내가 엉거주춤 머문다. 살기등등한 그녀가 옷장을 열더니 쇼핑백을 처박듯 내던진다. 이어 옷장 문이 세차게 닫힌다.

"뭐가 그렇게 궁금해요? 자존심을 건드리지 말아요. 아무리 부부지간이라 해도 사생활을 보호받을 권리가 있는 거예요."

당당하고 도도하다.

"사생활?"

기가 한풀 꺾인 내 목소리다.

"그래요. 내가 묻지도 않고 당신 속주머니를 뒤지고 함부로 지갑을 열면 되겠어요? 서로 못 믿고 약점만 잡으려고 한다면 어떻게 한 이불 덮고 살겠어요. 저는 여태껏 살아오면서 단 한 번도 그런 음흉한 짓은 안 했어요."

맞는 말이다. 인정하자. 지혜가 겉옷을 벗고 욕실로 들어간다. 나는 다시 거실로 나온다. 샤워를 마친 그녀가 가벼운 옷차림으로 식탁 맞은편 의자에 앉는다.

"할 말이 있어요. 얘기 좀 해요."

뭔가 결심하듯 절도 있다.

"무슨 얘긴데?"

상황이 역전된 분위기다. 공격을 목표 삼았는데 방어태세다. 나는 오늘 그동안 보고 듣고 느낀 바를 정황증거 삼아 사실상 자제 요구차원에서 변죽만 울리겠다는 계산이었다. 나름대로 기선을 제압하겠다면서 벼르고 있었던 것이 아닌가? 그런데 지금 분위기는 완전히 지혜가 주도권을 장악한 셈이다. 억측일망정 그녀는 도발적인 데다 고함까지 내질렀다. 기세로 보아 지혜는 전혀 약점이 없어 보인다. 자칫 잘못 짚었다가는 큰코다칠 위기. 폭풍전야와도 같은 일촉즉발 상황, 나는 숨을 고르며 꽁무니를 낮추고 수비자세를 취한다.

"밤도 깊고 해서 긴말 않겠어요. 돈이 필요해요. 내가 원하는 대로 매달 주지 않으려면 내 행동에 일체 간섭 말아요. 옷도 사 입고 몸 관리도 하고 친구를 만나다 보면 사교비도 필요해요. 나도 셈 많고 예쁘게 가꾸고 싶어요. 애들 이만큼 키워 놓고 그동안 그만치 고생했으면 됐지, 이제 허드렛일 그만하고 싶어요. 지긋지긋해요. 만사가 귀찮아요. 당장 때려치우고 어디론가 훌쩍 떠나버리고 싶다는 생각뿐이에요."

그녀는 목젖이 울리도록 길게 한숨을 토한다.

"당신도 생각해 봐요. 지금 이 나이에 집이 있어요? 우리 가게가 있어요? 죽어라 고생만 했지 다람쥐 쳇바퀴 돌 듯 맨날 제자리 있잖아요? 언제까지 셋 가게 붙들고 살 거예요? 당신도 한심해요. 시집이 돈 돼요? 출판기념회를 한다고 돈이 들어와요? 낭비 아니에요? 정말 이제는 글쟁이 행세 꼴도 보기 싫어요. 치렁치렁 긴 머리도 징그럽고요. 제발……."

그녀는 뭐가 그토록 서러운지 울먹거리면서 하소연한다. 일부는 일리 있는 얘기다. 그렇다. 생각 차이는 있겠지만 나는 5년째 꽁지머리를 하고 다닌다. 시집도 내고 출판기념회도 두 차례 가졌다. 나름대로 목적이 있기 때문이다. 이제 와서 지혜는 뜬금없이 물고 늘어진다. 자기의 흠이 들통 나는 것이 두려워 선수치는 것일까? 아니면 정말 남편의 취향을 불신하고 뜻하는 바를 동조 못 하겠다는 강력한 의사표시일까.

나는 지혜가 할 말을 다하고 풀이 죽기를 기다렸다. 당장이라도 증거를 들이대며 몰아붙이고 싶었지만 맞부딪혀 파경만은 피하고 싶었다. 특히 그녀는 애지중지 키워온 애들 군대 보내고 어디 한구석엔가 공허할 텐데 약점을 잡아 추궁하다 보면 몹시도 견뎌내기 힘들겠다는 판단에서다. 안쓰러움도 곁든다.

"할 말은 많지만 여기서 접기로 하고 답은 당신이 줘요. 나는 무엇보다 돈이 필요해요."

일방적인 데다 협박이다.

"음······."

긴장한 탓인지 목이 잠긴 듯하다. 나는 두세 번 목을 가다듬는다. 이제는 내 차례다. 직언을 하든 유도신문하든 공이 내게로 넘어왔다.

"몇 가지 물어보겠소. 이왕 대화의 물꼬가 터졌고 나도 궁금한 게 있고······."

지혜가 빤히 쳐다본다. 반항아의 눈빛 같다. 나도 질세라 마주한다. 나는 TV 범죄수사사건을 즐겨본다. 형사 흉내를 내고 싶다.

"당신, 행여 나를 속이고 차량 구입했는지?"

순간 지혜의 얼굴빛이 어두워지며 입술이 굳게 닫힌다. 그리고 잠시 허공을 쳐다보더니 한숨을 크게 내쉬며 마주한다.

"그래요, 구입했어요. 속일 의사는 없고 사전 말을 안 했을 뿐이에요."

완벽한 변명이다.

"집 안에 냉장고 한 대만 사도 부부간 의논하는데 제멋대로 할 수 있나?"

"뭐? 제멋대로요?"

목청이 높고 날카롭다.

"당신 믿고는 뜻대로 할 수 없어요. 사달라고 하면 당신이 사줬겠어요?"

"그럼 차를 구입하여 아무도 모르게 혼자 타고 다녔단 말이지?"

"그건 아니에요. 애들도 진작 알고, 얼마 전 면회 갈 때 타고 간 게 그 차에요. 당신이 알면 화낼까 봐 쉬쉬했던 거고……."

"친구 차라고 했잖아?"

대답이 없다.

"차고는 어딘데?"

"대흥 주차장이에요."

"유료 아닌가?"

"맞아요."

"당신 말마따나 집도 없고 셋가게 운영하면서 잘한 일이라고 생각하나?"

한동안 그녀는 답이 없다.

"현명한 처신인가 묻지 않소?"

격분에 찬 목소리다. 잠시 후 그녀가 힘들게 입을 연다.

"동창회를 가든, 주변 사람들을 만나든, 자동차도 없나 얕잡아 볼까 봐 구입했어요."

한풀 꺾인 목소리다.

"그래서 내친김에 차량에 골프채까지 싣고, 골프 치러 다닌다지?"

추론으로 협공을 가한다.

"네?"

황소 눈, 당황한 기색이 역력하다.

"아까 그 쇼핑백에는 골프용품이 들어 있었겠지?"

나는 더 밀어붙였다.

"남편을 속이면서까지 차량을 구입하고, 골프를 치고……."

나는 그녀가 선뜻 부인하지 못한 걸 보아 모든 사안을 인정하는 것으로 받아들였다.

"도대체 정신 있는 사람인가? 남편은 뙤약볕에 철가방 들고 뛰어다니고, 여편네는 뭇 사내놈들과 어울려 골프나 치고 놀아난다. 이게 우리 형편에 맞는 일인지? 사치고 허영 아니고 뭐지?"

격앙된 목소리가 쩌렁쩌렁 거실에 울려 퍼진다. 정말 화가 치밀어 올랐다. 나는 아내가 부인하고 적극 해명해주기를 은근히 기대했는데 의혹이 사실로 드러난 마당에 그간의 희망이 천 갈래 만 갈래 찢겨나가고, 천길 절망의 계곡으로 추락한 순간이다. 나는 분노에 차 지혜를 똑바로 쳐다본다. 이 사람이 내 아내이자 두 아들의 어머니란 말인가? 주부이자 어머니가 무슨 욕망에 사로잡혀 엄연히 엄존하는 가족 간의 신뢰와 기대를 가차없이 저버리고 제멋대로 탈선했단 말인가. 왜? 아직까지 달 셋방에 살고 셋가게를 할 수밖에 없는가를 누구보다 잘 알고 있는 당사자가 말이다.

사실상 오늘의 이토록 막막한 삶의 원인을 제공한 사람이 바로 지혜다. 그녀가 순천에서 딴짓만 하지 않았다면 서울로 이주할 필요도 없이 어쩌면 그곳에서 기반을 튼튼하게 마련하고 남들 부럽지 않게 잘살고 있을지 모른다. 가게도 있었고 32평 아파트도 있었다. 순간 그때의 악몽이 치밀어 올랐지만 나는 곧 냉정을 되찾았다.

"그래서 이것저것 저질러 놓다 보니 돈이 필요하다?"

그녀는 홍당무가 된 것일까? 아직도 말이 없다. 변명의 여지가 없다는 걸 받아들인 것일까? 나는 그러한 지혜의 심정을 헤아려 본다. 한마디로 안타까운 마음이다. 결자해지, 당사자로서는 힘겨운 사안인지 모른다. 꼬이고 꼬인 실타래처럼 매듭을 찾지 못하는 진퇴양난의 처지라고 할까, 순천 사건도 결국 내가 나서서 풀었다. 과연 지혜는 어떤 미로를 헤매다가 남편에게 덜미를 잡힌 것일까. 문제는 이미 주어졌고 답을 찾아야 한다. 산산이 조각난 믿음을 복원시켜야 한다. 그래야지만 부부관계가 원만해 지고 가정이 평온해지고 애들이 타격을 받지 않는다.

짧은 시간 많은 생각을 한다. 지혜는 적이 아니기 때문에 적대감이 없다. 사람이기 때문에 실수도 있고, 착각에 빠질 수도 있다. 길이 아니라고 판단되면 빨리 깨닫고 반성하고 되돌아 바른길을 가면 된다. 아무튼 지혜는 나의 아내다. 가족의 수장으로서 포용하고 가야 한다. 흐려놓은 모든 것을 가슴에 안고 정화시켜야 한다. 그리하여 온전한 가정을 다시 유지시켜야 한다. 생각이 이쯤에 이르자 격분한 마음이 다소 가라앉고 감정보다는 이성의 힘이 기를 지배한 느낌이다. 그렇다. 냉철한 이성, 따뜻한 가슴으로 현실을 직시하고 아내의 입장에 서 보자.

"당신이 잘 나간다는 마 회장이나 은숙이 친구 만나 어울리다 보니 기죽기 싫어 차도 사고, 골프도 함께 치고, 때론 쇼핑도 하고 이러다 보니 상황이 궁색해진 모양인데……."

나는 물을 한 모금 마시며 대답을 기다렸다.

"미안해요."

한참 만에 무겁게 말문이 열린다. 지혜는 힘든 표정으로 말을 이었다.

"네, 사실이에요. 호기심에 부럽기도 하고, 은숙이가 골프채를 줘서 몇 차례 치러 다녔어요. 은숙이는 새로 구입하고……."

"그럼 앞으로는 어떻게 할 생각인데?"

"모르겠어요."

"몰라? 그럼 계속 그들과 어울려 골프 치러 다니겠다는 건가?"

버럭 높은 목소리다. 그럼에도 그녀는 꿈쩍 안 한다.

"돈이 필요하면 일해야지. 한 사람 내보내고 당신이 그 자리 하면 되잖아?"

나는 지혜의 의중을 떠보고 싶었다. 그녀가 고개를 쳐든다. 예사로운 눈빛이 아니다.

"솔직히 말해서 가게 나가기 싫어요. 당신과 부딪히면서 일하는 것도 지겹고요. 내 일자리 따로 알아보고 있어요. 간섭 말고 각자 편안대로 살았으면 해요."

"아니. 그럼. 계속 차량에 골프채 싣고 다니면서 그들과 어울리겠다는 건가?"

"얘기했잖아요, 간섭 말라고. 당신한테 짐 될 리 없고 아무튼 나도 남들처럼 취미생활 즐기며 자유롭게 살고 싶어요."

지혜는 단호했다. 취향을 포기할 수 없다는 뜻이다. 그녀는 새로운 환경에 세뇌되듯 의지가 분명하고 원점으로 되돌리기에는 쉽지 않다는 판단이 선다. 억지를 부리다가는 역풍을 맞겠다는 불안감마저 엄습해 온다.

나의 사전에 이혼이나 재혼은 없다. 꿈에도 파경을 생각해 본 적이 없다. 나는 이 정도에서 일단 마무리 짓기로 마음먹는다. 남자가 있지 않느냐? 이렇게 물었을 때 만에 하나 그녀가 대담하게 시인하면서 이혼을 요구한다면 나는 참혹하게 백기를 들 수밖에 없는 처지가 아닌가? 그녀가 원한대로 모든 것을 내놓고 인생 패배자로 살아야 하는 치욕을 감당할 자신이 없었다. 인내를 거듭하고 어떻게든 설득해서 파경만은 맞고 싶지 않았다.

　동상이몽. 여름날의 가마솥더위가 내 마음의 갈등보다 더할까? 지혜의 변화된 모습과 발언은 큰 충격으로 다가와 심장박동은 파죽지세, 거칠게 몰아치고 오래도록 쌓아온 공든 탑이 일시에 무너질 수 있다는 불안감은 잠시도 멈추지 않는다. 겉으로 조용하지만 찻잔 속 태풍처럼 언제 폭발할지 모를 뇌관을 안고 살아가는 괴로움이다.

　일촉즉발, 시한폭탄을 품고 있다는 공포다. 지혜가 가게 둘러보는 것도 뜸해지고 무슨 일을 하고 다니는지 외출과 귀가 시간은 종잡을 수 없다. 그렇다고 붙잡고 매번 물어볼 수도 없고 마냥 매달려 장승처럼 지켜볼 수도 없지 않은가. 나의 주 업무는 배달이고, 단골손님도 있고, 불시에 주문이 들어오는데 늘 대기할 수밖에 없는 신세다. 한마디로 부부지간 동상이몽, 통제 불가능한 날들의 연속이다.

　가을 문턱, 조석으로 바람이 쌀쌀하다. 행랑객들은 삼삼오오 모여 유원지로 떠난다. 강가도 가고 계곡도 찾고 등산도 간다. 여가 선용은 누구나 희구한 바다. 일상을 떠나 또 다른 낯선 곳을 찾아 삶을 반추하며 머리를 식힌다. 부럽다. 나도 그러고 싶다. 친구들과 어울려 산과 들로 뛰고 싶다.

하지만 내가 처한 상황은 그럴만한 여유가 못 된다. 아직은 아니다. 아직은 고군분투 주어진 일에 만전을 기하자. 이게 꿈을 이루는 최선의 방법이다. 2~3년만 분골쇄신하면 그때는 한숨 돌릴 수 있겠다는 계획이 확실하다. 셋가게 딱지를 떼고 명실상부 내 명의의 가게만 차리면 우리 네 가족 허리 좀 펼 것 같다는 생각이 든다. 그래서 나는 최선의 끈을 놓지 않고 있다.

비록 중고 오토바이지만 나는 철가방 싣고 대흥동, 염리동, 노고산동 그리고 아현동뿐만 아니라 이대, 서강대, 연대, 홍대까지도 주문 김밥이 있으면 마다치 않고 신바람 일으키며 뛰고 뛰었다. 나는 고단함 무릅쓰고 그렇게 뛸 가치를 충분히 갖추고 있었다. 씩씩하게 자라고 있는 두 아들과 예쁜 아내가 함께 하기 때문에 늘 콧노래 부르며 파이팅을 외쳤다.

"쨍하고 해 뜰 날 돌아온단다. 뛰고 뛰는 몸이라 괴로웁지만 쨍하고 해 뜰 날 돌아온단다……. 얼씨구!"

2008년 10월 중순, 오후 4시경 나는 오토바이를 타고 서강대로 배달 가는 중이었다. 건널목에서 신호를 받고 대기하던 차 지혜가 빠른 걸음으로 주택가 골목길을 빠져나와 담벽을 타고 서강대 방향으로 간 게 아닌가. 그녀는 안전모를 쓰고 있는 나를 미처 알아보지 못했는지 한 손에 쇼핑백을 들고 유유히 걷고 있었다.

가슴이 철렁했다. 저렇게 세련되고 우아하게 빼입고 어디가는 걸까. 40대 초반, 지혜의 아름다움은 가히 군계일학과도 같다. 보고만 있어도 군침이 도는데 만일 누군가를 향해단 한 번만이라도 꼬리를 친다면 어느 성자가 감히 유혹을 뿌리칠 수 있을까. 약간 사색적인 눈빛에 짙은 눈썹 그리고 조각하듯 정교한 콧날, 아직은 탄력이 있어 보이는 균형 잡힌 몸매, 혼란 속에서도 원초적 본능은 확실히 그녀가 완벽한 여자라는 감각에 더더욱 끌려가고 있는지 모른다.

또한 여자 나이 40 전후가 바람나기 쉬운 가장 위험한 시기라고 하지 않던가. 이런 모든 것이 더욱 괴롭덩이로 밀려온다. 지혜는 전혀 주변을 의식하지 않고 대흥주차장으로 들어간다. 잠시 후 차를 몰고 나오더니 우회전 신호를 받고 어디론가를 향해 쏜살같이 사라진다. 차량은 짙게 선팅한 원스톱이다. 나는 서강대 공학관에 음식을 전달하고 곧장 대흥주차장으로 갔다. 이 시간대는 좀 한가하다.

"어, 하 사장! 어서 오시오!"

관리인이 환한 웃음으로 반갑게 맞이한다.

"수고 많소."

내가 인사를 건넨다. 3평 정도의 관리사무실이다.

"차 한잔 드실래요?"

평소 호형호제 사이, 인정이 넘친다.

"좋지요."

나는 소파에 앉으면서 물었다.

"우리 집사람 주차한 지 오래됐소?"

"음……."

그가 차를 한 모금 마시더니 나를 바라본다.

"사실은 하 형이 알고 있나, 모르고 있나, 얘기 한번 하려다가 차일피일 기회를 놓쳤소. 거의 2년이 다 된 것 같소."

"그래요."

나는 고개를 끄덕이며 관리인을 바라본다. 그가 매우 안타깝다는 시선으로 말문을 연다.

"하 사장, 우리 사이에 못할 얘기가 뭐 있겠소. 오해 말고 들어 주오. 처음엔 대수롭지 않게 여겼지만 날이 갈수록 남 일이 아닌 것처럼 이게 아닌데 하는 생각이었소. 제집을 가진 사람들은 이곳에 주차할 리 만무하고, 내가 하 형 형편을 뻔히 알고 있는데 부인이 저러고 다니니 여러모로 꽤 마음이 불편하겠다는 심정이 들었소. 도대체 알고 있는지 모르고 있는지 답답했소."

그는 얘기를 하다 말고 라이터를 켜 담배를 물었다. 희뿌연 연기가 원을 그리며 허공으로 날아오른다. 한숨도 묻어 나온다.

"남편은 밤낮없이 철가방 들고 뛰어다니는데 부인은 골프 치러 다니다니 이게 될 말이요?"

언성이 높다. 남의 일인데도 분개한 것 같다. 상식이 아니고 도를 넘어섰다는 판단에서일까 그의 얼굴이 심하게 일그러진다.

"더 지나치기 전에 설득시키시오. 아니면 같이 즐기든지. 혼자 놔두면 안 되오. 세상이 어떻소? 눈만 감으면 코 베어 간다는 약육강식의 정글지대나 다름없잖소? 사기, 폭력, 불륜, 묻지마 살인 등 무지막지한 세상 아니오."

핸드폰이 울린다. 주문배달 신호다. 나는 주차 관리인 김상모한테 악수를 청하고 급히 오토바이에 올라앉아 시동을 걸었다. 밤 11시에 가게 일을 마치고 집에 갔으나 지혜는 없다. 허전함이 오늘뿐이랴. 아직은 멀었지만 애들 제대하길 손꼽아 기다리고, 가족사진을 보면서 티 없이 맑은 대영, 소망 두 아들의 영혼을 느끼며 희망을 붙들어 맨다. 애들만 함께 있어도 어지간한 시련은 극복하고 용기를 잃지 않을 것 같다는 생각이 든다.

그러나 지금 지혜로부터 또 다른 실망을 느낀다면 과연 지탱할 수 있을까? 철옹성 같던 동구 밖 담벼락이 광풍에 속절없이 무너지고, 철갑을 두르듯 만년도 푸를 것만 같던 수백년산 정자나무가 꺾이듯 나는 자신할 수 없다. 그럼에도 두 아들은 밝게 웃고 있다.

'아빠! 힘내! 우리가 있잖아!'

·⚘·

육박전. 철 대문이 찰칵 닫힌 소리가 요란하게 들리더니 곧 현관문이 열린다. 지혜다. 술 냄새가 확 풍겨온다. 근래 잦은 현상이다. 반갑다기보다 염려가 앞선다. 그녀는 애매모호한 처신으로 자꾸 의혹을 부풀리고 빌미를 노골적으로 제공함으로써 가정의 평화와 안전을 깨트리지 않을까 노심초사다. 주부가 남편에게 사전에 가타부타 한마디 얘기 없이 자정 무렵 귀가하는 것은 온당치 못한 행위가 아닌가.

"뭐 하고 있어요? 아직 자지 않고……."

미안하다는 말 한마디 없이 신발을 벗으며 내뱉은 첫마디다.

"얘기 좀 하자고."

내가 쇼핑백을 잡아끌었다. 순간 그녀가 쇼핑백을 힘껏 거실 바닥에 내동댕이치며 똑바로 쳐다본다. 살벌한 눈빛이다.

"뭐 하는 짓이에요? 간섭 말라고 했잖아요! 도대체 무엇 때문에 이런 식으로 사람을 옥죄는 거예요? 당신한테 감시받는 느낌, 숨 막혀서 못 살겠어요."

부릅뜬 눈에 증오심마저 배어난다.

"아니, 지금 이 시간이 정상적인 귀가인지? 전화도 못 하게 하고, 늦으면 늦는다고 얘기를 하든지. 남편을 무엇으로 보고 제멋대로야!"

고함이 터진다.

"목소리 좀 낮춰요. 귀 안 먹었어요. 혼자 미쳐서 돌아다닌 게 아니에요. 만날 사람 만나고 볼일보다 늦은 거예요. 그냥 기다리지 말고 서로 편하게 지내자구요. 나 털끝만치도 당신이 무슨 짓을 하든지 탓하지 않을 테니까 제발 나 좀 신경 꺼 줘요. 자유롭게 살고 싶다고요. 제발!"

그녀가 앙칼지게 퍼붓고 휑하니 안방으로 들어가 버린다. 막장 드라마, 나는 뒤통수를 얻어맞은 듯 멍하니 있다가 잠시 후 정신을 가다듬고 안방으로 따라간다. 어안이 벙벙하고 괘씸하다. 지혜는 외출복을 벗고 있다.

"남편이 무슨 짓을 하든지 상관 않겠다? 그럼 당신이 밤낮 고삐 풀린 망아지처럼 천방지축 날뛰고 다녀도 개의치 말란 말인가? 이게 어디서 배운 못 돼먹은 막말이야!"

"뭐요? 망아지? 사람을 뭐로 보는 거예요. 흥. 당신의 눈높이로 보면 착각이에요. 나도 밖에 나가면 대접받고 살아요. 개떡같이 돈도 안 되는 글쟁이 흉내나 내고 당신같이 무능한 사람 어디 있어요? 내놔 봐요. 무엇 하나 제대로 갖췄는지 내놔 보라고요!"

그녀는 거침없이 면박을 준다. 적반하장이다.

"그래서 밤늦도록 유능한 놈들과 희희낙락거리면서 꽃뱀

역할을 하고 왔다 이거지?"

"뭐요, 꽃뱀? 참 듣자 듣자 하니 사람 무시하고 깔보는 건 여전하시군. 내가 만난 사람들은 그렇게 시시한 사람들이 아니에요. 당신과는 비교도 안 될 정도로 돈도 많고 사회적 신분도 확실하고 매너도 좋고……."

그녀는 잠시 호흡을 고르더니 다시 말을 이었다.

"사실 오늘 마 회장 만나고 왔어요. 동생 종수 씨 결혼을 앞두고 의논할 얘기 있다기에 만난 거예요. 물론 은숙이도 같이 있었어요."

"아니, 그 사람은 부인이 없어? 왜 당신이 남의 집 혼사에 배 놔라 감 놔라 의논 대상이야?"

뜻밖이다.

"부인과는 사이도 안 좋고 나와 통한 데가 많다면서 의논한 것 같아요."

뻔뻔하다. 나는 순간 주희의 말이 떠올랐다. 온갖 상상력이 소용돌이처럼 휘몰아쳐 온다.

"도대체 그 놈과 어떤 사이냐? 아현동 가게나 대흥동 가게에 수시로 왔다면서. 그것도 당신이 있을 때만. 그래 지금 이 시간까지 온종일 마 회장이란 놈과 골프 치고 뒹굴고 술 처먹고 왔다 이거지? 왜 그놈과?"

격분한 목청이 쩌렁쩌렁 온 방에 울려 퍼진다.

"말 삼가해요. 그 사람은 당신과 인품이 달라요. 야비하지 않아요. 당신의 부족한 부분을 다 채울 수 있을 정도로 능력이 넘치는 사람이에요!"

지혜가 눈에 핏발을 세우며 감싸고돈다.

"뭣이? 돌아도 단단히 돌았군!"

나는 사정없이 지혜의 뺨을 후려쳤다.

"때려? 아니, 너 같은 무능한 놈이 나를 때려?"

그녀가 맹수처럼 날렵하게 내 머리채를 움켜쥔다. 나는 꽁지머리를 하고 있다. 지혜한테 잡히자 꼼짝할 수 없다. 어디에서 그런 억센 힘이 샘솟는지 그녀는 내 머리통을 흔들며 괴성을 질러 댄다. 울음인지 악발인지 참으로 기이한 동물적 몸부림이다. 그야말로 처절한 육박전이다. 잠시 숨을 고른 내가 온 힘을 다해 일어서 지혜를 침대에 내동댕이쳤다. 그녀는 분을 삭이지 못하고 거실로 뛰쳐나가더니 부엌칼을 들고 씩씩거리며 설쳐댄다.

"오늘 너 죽여 버릴 거야. 너 살아있는 한 나는 자유롭지 못해. 너는 걸림돌이고 더 이상 내 인생에 불필요한 존재야."

이성을 잃은 듯한 광기요, 아우성이다.

얼마나 지났을까? 풀이 죽었다. 4시 반이다. 날이 밝아온 듯하다. 여명을 알리는 신새벽은 희망을 안고 온다는데 아, 제발 나는 날이 밝지 않기를 기원한다. 어둠이여! 이대로 영원하라!

　백기 들다. 그녀는 도대체 욕정의 마법에 걸렸을까? 인간은 원래가 인두겁에 동물의 욕정이 탑재된 '인면수심'의 피조물인가? 어느 순간에 사치와 허영의 화신이 되었을까? 아니면 세상에서 가장 뜨거운 또 다른 남자의 향기에 취해 헤어나지 못하고 있는 것일까? 복잡 미묘한 상상의 나래가 부풀어 오르면서 뇌가 폭발해 버릴 것 같이 용광로처럼 달아오른다.

　나는 두 손으로 머리를 감싸며 간신히 3층 애들 방으로 왔다. 만감이 교차했다. 이럴 수도 저럴 수도 없는 진퇴양난, 갈등의 요소를 제대로 찾아 마침표를 찍어야 하는데 도무지 해결의 실마리가 보이지 않는다. 아득한 미지의 세계, 나는 지쳐 미로를 더듬어가듯 서서히 잠에 빠져든다.

　얼마나 시간이 흘렀을까? 비몽사몽 간 차량의 경적에 벌떡 일어났다. 8시 반이다. 창밖이 훤하다. 서둘러 세수를 하고 출근하고자 2층으로 내려온다. 거실에 지혜가 있다. 건물

1층은 24시 편의점이다.

"잠깐 봐요!"

결기 찬 목소리다. 왠지 거부할 수 없는 분위기다. 나는 말없이 식탁 맞은편에 앉는다.

"우리 이혼해요. 이대로는 못 살겠어요."

신념에 차 있다.

나는 그녀를 쳐다본다. 오른쪽 볼에 피멍이 선명하다. 뺨한 대를 갈긴 흔적이 또렷하다. 가슴이 철렁 내려앉는다. 왜 그랬을까? 누구보다 보호해야 할 남편이 왜 그랬을까. 남들이 예쁘게 봐주면 나는 그 이상의 눈으로 바라보고 변함없이 사랑하고 있다고 자부하는데, 왜 저토록 고운 뺨에 손찌검을 했을까? 후회막심에 마음이 저려온다. 사과하고 보상할 길이 없을까? 노을처럼 신비롭고 천둥처럼 힘차게 내 인생의 전부인 가족을 지키고, 누구 한 사람 낙오자가 되지 않도록 보호해야 할 가장인 내가 큰 실수를 한 것 같다.

"더 이상 당신과 살갗 부딪치며 살기 싫어요. 솔직히 말해 정나미가 떨어져요. 이렇다 할 까닭은 없지만 아무튼 한이불 덮고 살고 싶지 않아요."

그냥 해본 소리가 아닌 것 같다. 두고두고 생각해 오다가 기회는 이때다 싶어 작심하고 하는 소리 같다. 이렇게 되기까지 변화가 있었던 모양이다. 외부로부터의 큰 충동, 꼭 짚어 이것이라고 얘기할 수 없지만, 분명한 느낌 하나는 이미 지혜의 신상에 쉽게 거부할 수 없는 새로운 그 무언가가 운명처럼 붙들어 매고 있는 것 같다.

나는 묵묵히 듣고 있다. 그녀가 무슨 말을 하든지 듣고 보자. 듣다 보면 뭔가 해결의 단초가 보이지 않을까? 정말 이대로는 나도 힘들다. 더군다나 이혼까지 꺼낸 마당에 막다른 골목 아닌가? 무슨 말인가 해야 하는데 목젖 안에서 빙빙 돌 뿐 밖으로 튀어나오지 못하고 있다. 비참하다. 나름대로 천하무적이라고 호언장담해 왔는데 지혜 앞에 백기를 들 판국, 어쩌다 이토록 초라한 모습이 되었을까?

그렇다. 외부로부터의 적은 얼마든지 싸워 이길 수도 있다. 하지만 내 안의 갈등은 왜 이토록 극복하기 힘든가? 지혜는 남이 아니다. 성혼서약을 하고 일심동체 부부가 되고, 두 아들을 둔 어머니요 나의 아내가 아닌가. 또 다른 나요. 나 하나만의 사람이 아닌가.

오, 천지신명이여! 왜 이토록 고통을 주시나이까? 정말 두 자아의 갈등을 화합으로 이끌어 예전처럼 다정다감, 단란한 보금자리를 지키며 살아갈 묘책은 정녕 없는 건가요? 나는 맘속으로 울부짖으며 하소연한다.

"왜 대답이 없어요? 내 맘대로 집을 나가버릴까 궁리하다가 그래도 아직은 남편인데 최소한 예의를 갖추고 있는 거예요. 생각해 봐요. 당신도 나를 불신하고 있잖아요? 솔직히 말해 당신과 사전 의논은 안 했지만 차량 구입하고 골프 친 게 이렇게 사건화 될 줄은 몰랐어요. 내가 꾸미는 걸 좋아하다 보니까 옷도 좀 사 입고요……."

그녀는 빠른 발음으로 숨 차오르게 얘기한다.

"아무튼 미안해요. 하지만 불신이 쌓이다 보면 신뢰가 무너지고, 신뢰가 무너진 데 부부간 무슨 정으로 살맛나겠어요. 벼룩도 낯짝이 있다고 나도 염치가 있는데 더 이상 당신을 대하기가 민망스럽기도 하고요……."

말은 청산유수 그럴듯하다. 어쨌든 저 붕 떠 있는 마음을 주저앉혀야 한다. 애들이 와서 어머니를 찾을 때 무슨 말로 변명할까? 애들이 받을 충격과 상처를 그 무엇으로 치유할 수 있겠는가. 나는 졸지에 어머니를 잃고 너무도 애석하고 한이 되어 병상에서 쓴 글 모아 『어머니의 자리』라는 간병기도 출간하고, 그것도 모자라 〈팔베개〉라는 비문까지 세우며 애통해 했지 않았던가.

제가 만일 당신을 영원히 기억한다면
가슴 시린 석별의 못다 부른 사랑 노래도
그리운 임 팔베개 되어 눈물 젖겠지요.

나는 이처럼 부부지간의 인륜과 부모와 자식 간의 천륜을 져버리고 싶지 않았다. 지고지순한 인연을 각자 이해관계에 따라 억지로 갈라놓는다면 이것이야말로 패륜이 아닌가? 이율배반. 이는 벼락을 맞아도 마땅하리라. 나는 마음을 비우고 모든 것을 내려놓기로 한다. 파경을 막기 위해 지혜가 원한다면 무엇이든지 들어주겠다는 결심을 굳힌 것이다. 통 큰 결단이 필요한 절체절명의 순간이다.

"나의 사전엔 이혼, 재혼은 없소. 막가는 세상에 흔한 일이긴 하지만 동의할 수 없고, 이혼은 둘만의 문제가 될 수 없소. 애들도 있잖소. 순간 감정에 휘둘리다 보면 천추의 한이 될 수도 있고……."

나는 목이 타 물을 마신다.

"누구에게나 삶 자체가 고난이오. 고난의 길을 가면서 희망을 노래하고, 어쩌다 희망의 맛을 보고 행복을 느끼는 것이오. 삶 자체가 행복이라고 생각한다면 힘들어서 살 수 없소. 작은 시련에도 굴복하게 되고, 다시 말해 인생은 갈등의 연속이고, 어떻게든 기지를 발휘하여 해소해야 하고, 이리하여 화합하고 더더욱 고결한 삶을 영위하려고 끊임없이 노력하는데 참 맛이 있지 않을까 나는 그렇게 생각하오."

나는 또다시 물컵을 들었다. 젖 먹던 힘을 다해서라도 오로지 지혜를 주저앉혀야 한다는 강박관념의 탓인지 몹시도 갈증이 심하다.

"나는 단순한 사람이에요. 그런 복잡한 얘기는 이해도 안 되고. 다만 당신이 애들을 들먹였는데 난들 왜 애들 생각을 안 하겠어요."

그녀는 우연인지 몰라도 말을 잇다가 고개를 들어 가족사진을 한동안 쳐다본다. 나의 시선도 자연스럽게 그쪽으로 집중된다. 아, 저토록 아름다운 영혼, 대영, 소망이의 웃는 모습을 대하자 왈칵 눈물이 쏟아질 것만 같다. 참자, 들어주자. 가진 걸 모두 내놓자. 예수님은 인류 구원을 위해 십자가에 못 박혀 돌아가셨는데, 하물며 가장이 가족을 위해 마음을 비울 수 없는가? 특히 두 아들을 위해서라도 희생양이 되자. 절대로, 절대로 애들의 아픈 눈물을 볼 수 없다. 어머니가 그리워 가슴 아파 몸부림치는 그 처절한 모습을 어떻게 볼 수 있을까? 나는 용기를 가진다. 다시 한 번 더 가족사진을 보면서 입을 연다.

"애로사항 있으면 무엇이든지 얘기해 봐요. 다만 이혼이라는 말은 꺼내지 말고……."

지혜가 잠시 숙였던 고개를 든다. 눈가에 이슬이 맺혀 있다. 사진 속 아이들을 보면서 울컥했던 모양이다. 역시 모정은 살아있다는 반응이다. 안심이다. 아이들이 무기다. 아이들만 자꾸 들먹거리면 지혜의 마음을 돌려 앉힐 수 있겠다는 희망이 실낱처럼 엿보인다. 그래, '어머니의 눈물은 수소폭탄보다도 강하다'는 말이 있지 않은가. 빠진 기가 용트림하고 힘이 샘솟는 듯하다.

"애들이 아파하는 모습, 눈물을 볼 수 없소. 당신이 없으면 모든 것이 사라진 거나 다름없는데, 애들이 무슨 죄가 있소. 나도 지나친 감도 있고, 아무튼 마음 진정하고 제자리만 지켜주오. 애로사항이 있다면 함께하겠소. 기탄없이 얘기해 보시오."

나는 조심스럽게 지혜의 표정을 읽어본다. 서서히 변화의 조짐이 있다. 어둠이 걷히고 밝음이 역력하다. 좋은 예감이 든다. 그녀가 나를 똑바로 쳐다본다. 의지의 눈빛이 강렬하다. 피할 수 없는 흡입력을 발휘한다.

"좋아요. 이혼이란 말은 철회하겠어요. 단 몇 가지 조건이 있어요!"

강단진 목소리다. 나도 한숨을 던다. 이혼 철회 앞에 긴장 감이 다소 느슨해진다. 그렇다고 김칫국을 마시기는 이르다.

"세 가지 조건이 있어요!"

지혜가 물컵을 든다. 도대체 세 가지 조건이 뭘까? 또다시 긴장감이 고조된다.

"첫째 당장이라도 긴 머리 커트해요. 치렁치렁 흉물 같아 요. 그리고 분방하고 돈 좀 줘요."

다시 정리하면 첫째, 긴 머리를 자를 것. 둘째, 부부지간 합 방이 아니라 분방해 살 것. 셋째, 묻지마 돈을 내놓을 것. 조 건을 갑자기 생각한 것은 아닌 것 같다. 저 나름대로 불만 내 지 요구사항으로 줄곧 다짐해 왔나 보다. 그리고 이번 기회에 일괄타결을 시도한 것이다. 이혼이라는 칼을 빼 들고 100% 자신의 목적을 실현시키고자 승부수를 던진 것이다.

아름답게 무섭다. 지혜다운 진검승부다. 그러나 막상 듣고 보니 앞이 캄캄하다. 긴 머리 커트 하는 거야 간단하지만 사실상 분방과 돈은 섣부른 결정사항이 아니다. 돈은 또한 그렇다손 치더라도 멀쩡한 사내가 마누라와 따로 잔다? 정말 상상도 안 한 문제가 돌출한 상황이다. 즉답을 해주지 않았다.

나는 며칠 심사숙고하다 너무 힘들어 처형을 찾아가 근황을 얘기하고 하소연했다. 처형은 남원에 살았다. 그런데 큰처남 보증을 서고, 토목사업을 하던 처남이 부도가 나자 실하던 살림이 거덜 나고 하루아침에 알거지 신세로 2002년 3월 초에 서울로 이사 왔다. 그리고 나와 함께 지금까지 일해오고 있다.

처형은 직간접적으로 보고 들어 아내의 이모저모에 대해 어느 정도 알고 있을 것이다. 서은혜 이름의 통장 거래내역이 증거이기도 하다. 처형도 근심걱정이 역력하다. 매우 안타깝다는 표정이다. 묵묵히 내 말을 듣더니 힘들게 입을 열었다.

"왜 그런지 모르겠어요. 타일러도 안 듣고 어쩌다 저렇게 고집불통이 되었는지……."

처형은 큰언니고 집사람은 딸 같은 막내다. 여러 정황으로 보아 지혜는 브레이크 없는 전차처럼 독불장군이다. 마이웨이, 자기만의 길을 가겠다는 것인가? 그야말로 억지고 고집이다. 하지만 나로서는 특별한 묘책이 없다. 속수무책, 파경을 막기 위해서는 들어줄 수밖에 없지 않은가? 하룻밤 빰

한 대의 대가가 너무 가혹하다는 생각이 들지만, 나는 마음을 굳힌다.

머리도 자르고, 돈도 주자. 그렇다손 치더라도 분방하자는 데는 참으로 난감하다. 20여 년을 여태껏 한이불 덮고 살아왔고, 건강한 육체에 종종 남자 구실도 해오는 데, 하루아침에 유배 신세가 될 것을 생각하자 억울하기도 하고 설움이 북받친다. 도대체 얼마나 기막힌 천하 변강쇠를 만났기에 헌신짝 취급할까? 분한 마음을 걷잡을 수 없지만 이 또한 운명으로 받아들이기로 한다. 이참에 독수공방의 애로사항도 체험해 보자. 심산유곡 산사에서 수도하는 스님의 심정도 헤아려 보자. 그래. 하동민, 넌 할 수 있어. 너라면 할 수 있을 거야. 나는 두 주먹 불끈 쥐고 어금니를 앙당 깨물었다.

과감히 5년산 긴 머리를 자른다. 누구에게도 말할 수 없는 기막힌 사연 아닌가? 눈물이 핑 돌았다. 분방도 동의한다. 다음은 돈이다. 2년 전 죽마고우 남재현이가 신촌 현대백화점 뒤편에 '오두막'이라는 민속주점을 인수할 때 빌려 간 5천5백만 원이 회수되지 않는 상태, 나머지 4천여만 원이 있다. 나는 3천만 원을 지혜 통장에 입금시켰다. 몽땅 주고 싶었지만 애들 복학 등록금이 눈에 밟힌다. 이미 기대를 저버린 아내, 내가 애들 챙기기로 마음먹는다.

나는 지금까지 사랑스러운 두 아들이 어머니와 아버지의 보호를 받고 더 커다란 미래 희망으로 자리하고 있다고 믿었다. 그러나 지혜의 돌출 행동으로 보아 이미 가정이라는 안온한 울타리를 박차고 나가 욕정, 욕망의 화신으로 변신했다는 배반감이 무르익어 오는 것은 어쩔 수 없다. 나는 이렇듯 예상치 못한 새로운 시련을 맞아 더욱 담대하게 대처하자고 결의를 다진다.

피하지 말고 운명에 맞서자. 맞서다 죽을지언정 굴복하지 말자. 누구도 이 문제를 해결해 주지 않는다. 나를 믿자. 총알도 신념을 뚫지 못한다 하지 않던가? 그렇다. 어려울수록 바른길을 택하고 도덕주의에 기대자. 도덕이란 자연의 법칙이자 사회구성원이며 공동선이다. 그리고 인간 내면에서 자발적으로 우러나는 숭고한 삶에 대한 욕구이기도 하다. 흔들리지 말자. 결혼 또한 무언 속 정조 의무가 전제되지만 서로 간 다름을 인정하고 불완전함을 극복함으로써 완전해지는 하나의 의례가 아닌가? 맞다. 본능이 다르고 취향이 다르고 생각도 다를 것이다. 지혜가 100% 나의 뜻에 동조 않는다고 해서 나쁜 여자라고 단정하거나 냉대해서는 안 된다. 이기주의를 타파하고 이타주의를 실천하자.

나는 그야말로 무소유. 모든 것을 내놓았다. 그것은 포기가 아니다. 파경을 막고 가정, 가족을 지키기 위해 고뇌에 찬 결단이다. 거대한 외로움 속 근사한 타협이 아닌가? 누가 뭐라고 해도 지혜는 나의 아내이자 유일한 사랑이다. 누가 나만큼 지혜를 사랑의 가치로 접근할 수 있단 말인가. 지혜는 나에게 단순 여자가 아니다. 그녀는 내 인생의 동지요 영원한 반려자다. 우리는 그렇게 약속하고 연애하고 결혼하고 가정을 꾸미고 자식까지 두었다.

아, 맨 처음 처녀인 그녀를 만났을 때 첫눈에 반했다. 넋을 잃고 한동안 바라보았다. 어느 일순간 날아갈세라 눈을 뗄 수 없었다. 그녀는 내가 만난 가장 아름다운 여성이다. 지혜 없는 내 인생은 무의미하다. 내가 진실로 사랑한 최초의 여인이다. 인생은 생각보다 단순하다고 할 수 있지만 나는 인생의 큰 의미를 지혜로부터 찾고 싶었다. 그래서 지혜를 향한 나 자신의 신념을 더더욱 담금질했다. 한 치 흐트러짐 없이 오로지 지혜만을 바라보며 불꽃 같은 삶을 영위하고 싶었다.

그러나 현실은 어떤가? 부인하고 싶지 않다. 나의 소박한 기대와 원대한 꿈이 시험대에 놓여있다. 아마도 이토록 혼란스런 순간을 슬기롭게만 극복한다면 나와 지혜는 만면에 웃음꽃 활짝 피우며 무량한 이상향을 향해 행복의 날개 저으리라. 전화위복, 그렇다. 새우처럼 잠자되 고래처럼 꿈을 꾸자. 내 안에 나를 가두지 말고 넓게 사유하자. 광활한 대지처럼, 공활한 하늘처럼, 그리고 무변광대한 우주처럼.

　전화위복. 놀라운 변화다. 그토록 불만과 긴장감으로 어
둡게만 보였던 지혜의 얼굴이 예전처럼 유순해지고 밝아진
게 아닌가? 두문불출 온종일 집 안에 틀어박혀 있다든지, 온
종일 외유한 것과는 달리 이제는 짬짬이 가게도 나와 둘러보
고, 나의 손을 잡고 마트도 가고, 손수 맛있는 음식도 만들어
함께 먹기도 하고, 역시 지혜는 남이 아닌 나의 아내이자 두
아들의 자랑스러운 어머니임이 틀림없었다.
　지혜가 나를 향해 '여보, 당신, 자기!' 이렇게 불러줄 때 더
더욱 신명 났다. 나는 노예가 되더라도 지혜를 사랑하고 섬기
고 싶었다. 지혜가 떠나지 않고 함께만 해준다면 나는 그녀를
왕비처럼 우러러 떠받들 준비가 되어 있었다. 지혜는 영특했
다. 인정도 있다. 내가 긴 밤잠 못 들고 몸부림친 것을 어떻게
알았는지 간혹 안방으로 불러 남자라는 걸 확인시켜줬다. 성
은이 망극하다. 그녀는 다시 한 번 절대적 존재임을 과시하고

확고히 자리매김한다.

　나는 비로소 오아시스의 위대함과 나폴레옹의 눈물을 알게 되었다. 천하무적, 그토록 위풍당당한 그가 알프스 산을 정복했지만 왜? 치마폭에 묻혀 흐느꼈는가를. 그렇다. 여자는 대지요, 만물을 포용한다. 그토록 거룩한 일원의 한 사람이 바로 나의 아내 서지혜가 아닌가. 서지혜의 존엄은 이제 여느 왕조시대의 여왕보다도 견고하게 드높아있다.

❦

　2009년 6월. 그동안 지혜와 나는 애들 면회도 다녀오고 원만하게 지내왔다. 지혜는 전용자가용이나 다름없는 윈스톰을 몰고 다니면서 노골적으로 골프도 치고, 수영, 헬스는 물론 300만 원짜리 자전거까지 사서 동호회도 빠지지 않고 나가고 있다. 자유부인, 이 정도면 살맛나지 않겠는가? 솔직히 뺨 한 대에 백기 들고, 요구조건을 들어준 후로의 내 모습은 너무 작아져 있다. 그녀가 창공을 훨훨 나는 한 마리 학이라면, 나는 땅속을 헤매는 두더지 신세라고 할까? 지혜의 눈치를 보면서 기어야 하는 몰골은 참으로 의기소침할 수밖에 없다.

　2009년 6월 어느 날, 오후 2시쯤 핸드폰이 요란하게 울린다. 지혜다.

"여보! 나 좀 살려줘! 빨리 집으로!"

곧 숨이 넘어갈 듯한 절박한 목소리다. 나는 철가방을 내동댕이치다시피 놓고 뛰었다. 갑자기 무슨 일일까. 출근 때 멀쩡했는데 혹시 강도가 들어 왔을까? 가까이 있어 천만다행이다. 대문을 열어젖히고 단숨에 계단을 뛰어올라 2층 안방으로 들어섰다. 지혜가 없다.

"여보! 어디야? 어디 있어?"

목소리가 쩌렁 집 안을 울렸다.

"여기."

핏기없는 목소리가 들릴 듯 말 듯하다. 화장실 쪽이다.

"왜 그래?"

변기에 앉아있는 지혜의 얼굴이 죽을 사람처럼 샛노랗다.

"대변이 안 나와."

힘겹게 내뱉은 말이다. 어떻게 할까? 구급차 부를까? 구조대원 오기 전에 죽으면 어찌할까? 순간 번뜩 떠오른 게 있다.

고향 마을에 있었던 실화다. 신 씨가 며느리로 온 집안에 100세에 이른 노 할머니가 계셨다. 돌아가신 그 순간까지 대변을 못 봐서 신 씨가 손가락에 기름칠을 하여 파내 숨을 돌리게 했다는 것이다. 이런 갸륵한 행동에 할머니 사후 나라에서 효부상을 주고 효자비를 세웠다. 지금도 동구 밖에 의연하게 서 있다.

바로 그것이다. 응급조치가 필요하다. 나는 다급한 나머지 눈앞에 있는 비누로 거품을 만들어 손에 칠하고 지혜 항문 속으로 손가락을 집어넣었다.

아, 이게 어찌 된 것인가? 그것은 대변이 아니라 돌덩이나 다름없다. 한동안 밖으로 배출되지 않아 항문이 곧 터질 듯 꽉 차 있는 게 아닌가? 나는 한여름 무더위 무릅쓰고 뻘뻘 땀을 흘리며 정성을 다한다. 마치 조각가가 납덩이를 분해하듯 손가락으로 파괴 작전을 시도한다.

지성이면 감천이라고 했던가? 손가락 끝에 힘을 줄 때마다 마침내 대변 입자가 깨알같이 떨어져 나온다. 이때 손톱의 위대성이 실감 났다. 그렇게 얼마나 작업이 진행되었을까? 지혜가 진땀을 흘리며 크게 한숨을 내쉰다. 그리고 내 어깨를 끌어안는다.

"여보! 고마워. 아휴, 죽는 줄 알았는데……."

지혜는 변비가 심해 평소 둘코락스를 달고 산다. 음식 조절을 하지만 치료방법이 쉽지 않은 모양이다. 오늘 죽을 고비를 넘겼다지만 안타까운 마음으로 완전한 건강회복을 기원하는 마음이 한결같다.

2008년 10월. 시월의 밤도 금년은 오늘이 마지막 날이다. 가을 끝자락 나는 지혜와 같이 보내고 싶었다. 대영이 전역날짜도 다가오고 애들이 집에 있다 보면 어머니로서의 마음가짐도 달라질 수 있다는 기대감이 컸다. 설령 부부간 못마땅한 점이 있다손 치더라도 그러한 공백은 모정으로 메워갈 수 있지 않겠는가 하는 바람이 간절했다. 그래서 나는 더더욱 두 아들의 전역일을 학수고대해 오고 있는지 모른다.

두 아들은 나의 분신이고 버팀목이자 유일한 희망이다. 만일 하나님께서 내 삶의 목적이 무엇이냐고 물으신다면 나는 주저 없이 "애들 뒷바라지요!"라고 자신 있게 대답할 것이다. 아이들에게는 출생의 선택권이 없다. 생산자로서 보호해야 할 의무가 절실하다. 이를 외면한 부도덕한 행위는 부모로서 자질을 상실한 것이다. 나는 이에 감히 최선을 다해 왔노라고 말하고 싶다.

나는 자식의 바른 성장을 위해 염려하고 가정의 화목을 위해 분골쇄신했다. 아내가 방황하면서 가정을 등한시할 때 나는 아이들 쪽으로 기대섰다. 함께 쓰러질 수 없다는 판단에서였다. 언제부터인가 아내에 대한 불신이 증폭됨에 따라 자식에 대한 믿음으로 전환되어가고 생각의 비중도 날로 더해 갔다. 다시 말해 아내의 빈자리를 애들에 대한 기대감으로 채우고 싶었다.

상황이 이런 처지에 놓였는데도 지혜는 아는지 모르는지 시월의 마지막 날, 이렇다 할 이유 없이 귀가가 한참 늦고 있다. 나는 밤을 새워 기다렸다. 새벽 4시 반에 그녀가 왔다. 인사불성, 곤드레만드레 만취해 있다. 횡설수설 타락의 불길한 징조다. 나도 모르게 탄식이 절로 나고 포기하는 게 낫다는 생각이 선명해진다. 몹시도 쓸쓸하게 이른 아침을 맞이한다.

가출(家出). 돈 타령이다. 1년도 채 넘기지 못하고 3천만 원을 순전히 개인용도로 써버리고 축 늘어진 채 또 돈 얘기를 꺼낸다. 아무래도 지혜는 물고기가 물을 떠나 살 수 없듯이 수중에 돈이 떨어지면 기진맥진한 모양이다. 일은 하지 않고 돈을 요구한 여자. 지출내역도 불확실하다. 공과금을 비롯해 집 안의 모든 경비는 내 통장에서 빠져나가는데 도무지 납득이 가지 않는다.

추측건데 허파에 사치와 허영의 바람이 가득 차 낭비한다고 볼 수밖에 없다. 따져봤자 언성만 높아질 뿐, 스스로 개과천선 내지 환골탈태하지 않으면 구제 방법이 없다는 심각한 상황이 아닌가? 나는 그렇게 생각할 수밖에 없다는 결론을 내린다. 다시 말해, 내 힘으로는 그녀를 정상적 궤도로 되돌려 놓기에는 역부족임을 절실히 깨달은 바다.

난공불락, 더 큰 손실을 당하기 전에 포기하는 게 낫다는 생각, 그 길이 그나마 나와 두 아들이 살아갈 차선책이 아닌가 고민이 깊어간다. 지혜는 한마디로 부어도, 부어도 채워지지 않는 깨진 독이나 다름없다. 모든 기대감이 물거품이 된 것이다. 왜 그동안 제안이나 설득이 없었겠는가? 더 이상 방황하지 말고 제자리를 지키고 대흥동 가게를 차고 나가라. 그러나 지혜는 일언지하에 거절했다.

"당신과 성격도 맞지 않고, 부딪치며 일하고 싶지 않다⋯⋯. 따로 내 가게를 차려 달라⋯⋯."

막무가내, 이게 전부다. 남편과 함께 일한 것을 거부하고 독립하겠다는 것이다. 이는 순수한 발상이 아니다. 이미 여러 군데서 불신의 정황이 포착되었다. 어쩌면 사리사욕의 전사가 되어 가족 전체를 희생양으로 삼을 판국과도 같지 않은가? 삼척동자라도 이쯤 되면 쉽사리 동의하지 않을 것이다.

이제는 지혜에게 지쳐 있다.

그렇지만 내가 자포자기하지 않고 두 눈 부릅뜬 채 더더욱 혼신을 쏟을 곳이 있다면 바로 두 아들의 장래가 아닌가. 심기일전, 이미 대영이는 전역하여 내년 복학을 준비하면서 알바를 하고 있다. 등록금도 현안이다. 현역인 소망이까지 각자 제자리 찾아 제 몫을 하느라 열정을 쏟고 있는데, 유별나게 어머니요 주부인 지혜만이 이단아가 되어 일어탁수 마냥 온 집안을 흐려 놓는 데 혈안이지 않은가. 더 이상 지혜의 겁박에 휘둘리지 않고 끌려가지 않겠다는 게 나의 각오이고 소신이다.

이제 대영이가 곁에서 일거일동을 지켜볼 것이다. 거짓과 진실, 위선과 참모습을 구분할 것이다. 가족 일원이 증인이 될 수 있겠다 싶어 다소 위안이다. 나는 진심으로 염원해 왔다. 제발 지혜가 어머니의 모습을 품위 있게 유지해주기를. 더 이상 불안전한 언행으로 망가진 모습을 재연하지 않기를 간절히 기도해 왔다. 그럼에도 불구하고 그녀는 가족 누구도 예상치 못한 길을 선택한다.

2009년 12월 17일. 핸드폰이 울린다. 오전 10시다. 지혜가 호출한다. 나는 염리동에 있는 처형 집으로 갔다. 서은혜, 서지혜 둘이 있다. 지혜가 침통한 표정으로 입을 연다.

"오늘 집을 나가겠어요."

충격은 아니다. 그동안 너무 시달렸고 이혼이나 집 나가겠다는 말을 어디 한두 번 들었는가? 나는 정색을 하고 물었다.

"이유가 뭔데?"

"한마디로 당신과는 성격이 안 맞아요."

"애들은 어떻게 하고?"

"얘기했어요. 별문제 없을 거예요."

나는 잠시 생각에 잠겼다. 요 며칠간 지혜가 대영이를 품고 잤다. 아마도 이별을 염두에 두고 마지막 모정을 쏟았나 보다. 참으로 기특하다. 처형이 입을 연다.

"서로 간 뜻이 안 맞으면 잠시 헤어져 있는 것도 괜찮다고 봐요. 뭐가 문제인지 발견되면 서로 고치고 다시 시작하면 되잖아요."

지당한 말씀 같지만 지금 상황은 부부지간의 문제가 절대적인 것이 아니다. 가정 내 문제라기보다 이미 지혜가 일방적으로 외부로부터 버거운 문제를 끌고 들어온 게 화근이다. 이렇다면 처형의 조언은 별 의미가 없다.

핸드폰이 울린다. 주문 배달 신호다. 11시다. 나는 마지막으로 몇 마디 전하고자 입을 열었다.

"성격이 안 맞다? 이에 동의할 수 없고, 까닭 없이 가출하겠다는 데 이런 무책임한 사람이 어디 있나. 과연 어머니의 자리가 무엇인지 다시 한 번 되새겨 보길 바라오. 애들이 두 눈 부릅뜨고 평생을 지켜볼 텐데……."

나는 자리를 박차고 일어섰다. 지혜와 왈가왈부하느니 목구멍이 포도청, 현안이 다급하다. 내가 배달하지 않으면 대신할 사람이 없다. 방문을 열고 문턱을 넘어 선다.

"잠깐만요!"

지혜가 부른다. 나는 멈칫 그녀를 쳐다본다.

"그동안 말 함부로 했던 것 미안해요."

더 이상 말을 잇지 못한다. 울먹이는 그녀의 두 뺨에 눈물이 흘러내린다. 마음이 약해진다. 거세게 소용돌이치는 연민, 가슴속으로부터 감정이 북받쳐 오르고 곧 피눈물이 쏟아질 것만 같다. 나는 말없이 뒤돌아선다. 철가방이 나를 기다리고 있다. 그녀는 떠나도 두 아들과 철가방은 지조 높이 내 곁에 있을 것이다. 온종일 마음이 우울하고 뒤숭숭했다.

늦은 밤, 일을 마감하고 귀가한다. 창문이 어둡다. 우리 집은 도로변에 있기 때문에 밖에서 집 안을 들여다 볼 수 있다. 나는 무심결 대문을 열고 계단을 오른다. 그리고 현관문을 열고 스위치를 누른다. 어둠이 밝아온다. 왠지 썰렁한 기분이다. 엄동설한 탓만이 아니다. 안방으로 들어가자 옷장이 열려있다. 아, 떠났구나. 정말로 아내가 집을 떠나 버렸구나. 지혜의 옷이건 신발이건 그녀의 흔적이 모두 사라져 버렸다. 오직 남아있는 것은 거실에 걸려 있는 4인 가족사진뿐이다.

배신감이 광풍처럼 휘몰아친다. 분노가 해일처럼 밀려온다. 단란한 가정을 파괴시킨 천하잡놈을 죽여야겠다. 거칠 것이 없고 눈에 뵈는 게 없다. 나는 집을 뛰쳐나가 오토바이에 올라 급히 시동을 걸었다. 주유소로 가 기름 한 말을 싣는다. 가자. 합정동에 있는 그놈의 건물을 태워버리자. 그곳에 지혜가 있을 것이다. 내가 아는 놈은 마광수, 마 회장이란 그놈뿐이다. 그놈이 지혜를 꼬셔 가출을 유도한 것이다.

평상시 20분 걸린 거리를 단숨에 도착한다. 7층 건물, 5~6층이 룸이다. 나는 샅샅이 뒤진다. 옥탑에 오른다. 광수는 옥탑에 미니 골프연습장을 만든다고 했다. 어디에 꼭꼭 숨었을까? 주차장을 둘러본다. 지혜의 차량 윈스톰이 보이지 않는다. 행여 연놈들이 내가 올 것을 미리 짐작하고 일류호텔로 가 한몸이 되어 뒹굴고 있을까? 화가 용암처럼 끓어올라 폭발 직전이다.

계획대로 실행에 옮기자. 사나이가 칼을 뽑았으면 호박이라도 찔러야지. 나는 기름통을 든다. 호주머니에서 라이터를 꺼낸다. 급하게 핸드폰이 울린다. 대영이다.

"아빠! 오늘 밤은 엄마하고 자고, 내일 뵐게요."

사랑하는 아들의 목소리다. 허탈감에 온몸이 축 늘어지면서 쓰러질 듯 휘청거린다. 겨울바람은 세차지만 밤하늘의 별은 찬란하다.

　회상(回想). 지혜는 내가 가장 사랑한 여자이고 나의 전부
였다. 어려운 시기에 만나 무난히 가정을 이루고 아들 둘을
가졌다. 지혜는 음식 솜씨도 좋고, 꾸미기도 잘한다. 살림살
이도 양호하고 여러모로 장점이 많았다. 그럼에도 팔자소관
이라고 할까. 아무래도 지혜는 본능적 자아를 억제하지 못하
고 발산한 것 같다. 나는 언제부터인가 유럽영화 전문 채널
을 즐겨본다.
　영화 〈여자가 사랑할 때〉의 줄거리가 대충 다음과 같다. 여
주인공의 남편은 지역 유지 겸 저명한 의사다. 남부러울 게
없이 명예와 부를 가지고 있다. 어느 날, 스페인 출신 인부가
집 안에 들어와 고장난 곳을 수리한다. 그는 섹스맨이라고 할
까, 단박에 의사 부인과 눈이 마주치고 걷잡을 수 없이 원초
적 본능이 둘을 하나로 가열시킨다. 여자가 더욱 요란하고 적
극적이다. 이 모든 사실관계, 불륜을 안 남편이 설득시키지만

바람난 여자는 막무가내다. 결국 여자는 의사인 남편을 총으로 쏴 죽이고 내연남 품으로 돌아간다.

간통은 무죄? 행여 지혜도 이처럼 자기 맘을 사로잡은 남자에게 깊이 빠져 헤어나지 못하고, 끝내 가족을 배신하고 떠난 게 아닐까? 한없이 안타까운 마음으로 나는 지난날을 회상해 본다.

하동민, 나는 전남 고흥 출신이다. 내가 태어난 마을은 구곡(九谷)이다. 아홉 개 골짜기가 한 폭의 그림인 양 병풍처럼 둘러쳐 있고, 뒷동산 장갓재에 오르면 하늘 높이 치솟은 고흥의 심장 팔영산이 보이고 순천만과 여자만이 한눈에 들어온다. 드넓은 바다 고요한 파도소리를 들으며 나는 성장했다. 초등학교 시절에는 줄곧 우등생으로 급장을 맡았고, 졸업식에서는 월파 서민호 국회의원 표창장을 받았다. 그때 정치가가 되겠다는 꿈을 꾼다.

항도 부산. 이후 먼 훗날 병역을 필한 나는 1980년 10월 친구 남재현이와 함께 항도 부산에 첫발을 디뎠다. 가정 형편상 겨우 고등학교를 마친 나는 대학을 가기 위해 서면 문리학원에 진학반 등록을 하고 주경야독한다. 그러나 노동 현장은 굴절이 심했다. 철야 근무가 빈번하고, 무엇보다 노동자들이 너무 열악한 환경에서 낮은 임금은 말할 것도 없고, 처우가 미비해 더 이상 방관자로서 주마간산, 뒷짐만 지고 있을 수 없었다. 이것은 바로 나의 인권이요 생존권 문제였다.

근무지는 '태화고무'다. 주요 생산 품목은 신발이고 종업원이 1만여 명의 큰 회사다. 나는 노동운동에 서서히 눈을 뜨게 된다. 2 사업부 재봉과 준비반장으로 근무하면서 직선제 대의원 선거를 이끌어낸다. 회사에서는 요주의 인물이라면서 경계하고 온갖 방해공작으로 탄압해왔다. 사원을 시켜줄 테니 노조에 손을 떼라는 등 회유도 만만치 않았다. 나는 굴하지 않았다. 근로기준법을 섭렵하고 재야인사들과도 교류하면서 노동자 권익을 위해 한결같이 선봉에 섰다.

나는 정치에도 깊이 관여했다. 평화민주당 부산시지부 노동국장을 맡았다. 보수동 중부교회 최성묵 목사님을 비롯해 이흥록 변호사, 노무현 변호사와도 잦은 만남을 가졌다. 이흥록 변호사는 평화민주당 부산시지부장을 지냈고 이후, 국민의 정부 인권위원으로 활동하셨다. 그리고 노무현 변호사는 16대 대통령에 당선된다. 아무튼 나는 80년 후반 반독재민주화투쟁 등 숨 쉴 겨를 없이 바빴다.

이런 틈바구니에서 지혜를 만난다. 최루탄 냄새가 몸에 배어 사라지지 않을 때다. 나는 이십 대 중반이고 지혜는 갓 여고 졸업반이다. 어느 한군데 예쁘지 않은 곳이 없었다. 귀엽고, 사랑스럽고, 하는 행동마다 깜찍했다.

어느 봄날, 둘은 범어사 계곡을 찾았다. 만산에 형형색색의 봄꽃이 하늘거리고 벌 나비 날아드는 춘삼월, 상춘객들이 인산인해를 이룬다. 나와 지혜는 큰 벚나무 아래 널찍한 바위에 자리를 잡았다. 계곡 물도 졸졸졸 경쾌한 리듬으로 흐르고 있다. 마냥 미소를 머금은 지혜가 구성지게 〈비목〉을 불렀다.

"초연이 쓸고 간 깊은 계곡 양지 녘에. 비바람 긴 세월에 이름 모를. 이름 모를 비목이여. 먼 고향 초동 친구 두고 온 하늘가……."

연정이 불타오른다. 아름다운 목소리가 가슴을 파고들고, 나는 그토록 예쁜 지혜를 꼭 껴안는다. 우리는 서면 천우장에서 결혼식을 올리고, 이흥록 주례사 앞에서 성혼 서약식을 가진다. 검은 머리 파뿌리가 되도록 일부일처, 행복하기를 맹세한다.

데워진 사랑으로 자식을 본다. 큰애는 대영이고, 둘째는 소망이다. 너무 뿌듯하다. 감격이다.

해고노동자. 한편, 나는 노조활동을 하다가 해고된다. 나는 해고의 부당성을 낱낱이 기록하여 노동부 부산 중부지방

사무소에 복직 탄원서를 제출한다. 박화석 근로감독관이 나의 해고에 대해 유감을 표명하고 적극적인 도움으로 복직된다. 5개월 만이다. 그럼에도 나는 태화고무에서 노동운동의 한계를 느낀다. 전형적 어용노동조합인 데다, 무엇보다 노동자들이 깨어나지 못하고 있는 것이다.

의식이 깨어있지 않으면 낡은 틀을 벗어나지 못한다. 나는 사실상 조합과 회사로부터 견제와 압박을 동시에 받고 현장 동료로부터는 무관심 내지 외면당하는 꼴이 된다. 참으로 견디기 힘든 형극이다. 고민이 깊어진다. 가족 생계를 책임져야 할 가장으로서의 고뇌는 정말 막중했다. 노조활동을 접고 현장에 충실 하는 게 그나마 밥벌이의 길이 아닌가, 설움이다. 이처럼 막다른 골목에 처한 신세가 된다. 절망을 느낀 순간이기도 하다.

아, 그런데 '하늘이 무너져도 솟아날 구멍이 있다'고 했던가? 구원의 손길이 뻗쳐 온다. 고향 선배가 새로운 길을 터준다. 여명의 진군이다. 김상진 선배다. 그는 신평공단에 있는 ㈜동일화성 공장장으로 재직 중이다. 선배의 도움으로 우리 가정은 생기를 되찾는다. 고리타분한 당감동에서 바닷바람이 시원하게 불어오는 다대포로 이사한다. 물론 나는 태화고무를 퇴직하고 동일화성으로 입사한다. 그리고 나는 이곳에서 천신만고 끝에 드디어 노동조합위원장에 당선된다.

　노조위원장. 노동자로서 최대의 꿈을 이룬 것이다. 더 이상의 소망은 없다. 근로자 대표로서의 노조위원장, 그 힘은 막강하다. 노사 대등한 관계에서의 활동영역은 무궁하다. 나는 그토록 열망해 오다가 이제 꿈을 이룬 마당에 괄목할만한 성과를 이루기 위해 가열 차게 의지를 다진다.

　나는 전 직장 태화고무에서 비상식, 비인간, 비도덕적 만행을 목격하고 직접 겪었다. 그곳의 안전관리는 마치 계엄군마냥 빨간 모자에 워커를 신고 무소불위 폭력을 일삼았다. 공공연히 가위를 들고 다니면서 장발 단속은 물론 휴식 시간 외에는 화장실 가는 것조차 시비다. 그들은 안전요원이 아니라 근로자 때려잡는 저승사자나 다름없었다. 식사도 사원에게는 밥을 주고, 현장 노동자에게는 국수를 먹게 했다. 설웁고 불공평하다.

　심지어 회사가 지정하는 작업화를 신지 않고 사제화를 신

었다 하여 안전관리요원이 가위로 신발을 두 동강 낸 천인공
노할 폭력도 마다치 않았다. 피해 당사자가 한마디 반항을 못
하고 마치 패잔병처럼 고개를 떨군 채 맨발로 걸어가는 것을
보았다. 삼삼오오 모여 이구동성, 웅성거림은 있어도 누구 한
사람 선뜻 나서서 잔인성에 대해 항의하지 못 했다. 노동자
스스로가 패배자임을 자인하는 서글픈 현상이다.

나는 분연히 일어섰다. 버려진 신발을 주어 투명비닐 봉지
에 넣고 현장 입구를 막아섰다. 그리고 비상연단을 마련하고
단 한 사람도 작업장으로 못 들어가게 했다.

"여러분! 이걸 보십시오!"

나는 격분한 목소리로 크게 외치며 두 동강 난 신발을 하
늘 높이 올렸다.

"짐승만도 못한 비인간적 만행을 저지른 안전관리요원과
이를 옹호한 회사를 강력히 규탄합니다!"

이후 나는 동료들에게는 투사로, 회사 측으로부터는 요주
의 인물, 눈엣가시로 남게 된다.

아무튼 이제 나는 우여곡절 동일화성 노동조합위원장이
됐다. 사명감이 부풀어 오른다. 꿈을 어떻게 이룰지 시험대에
오른다. 나는 자리 자체를 탐한 자가 아니다. 일할 수 있는 기
회를 포착하고 명예를 드높이기 위해 초지일관 한결같이 10
여 년을 노동 현장에 있었다. 천재일우, 기회가 온 것이다. 가
슴이 벅차오른다. 반면 근심걱정도 일렁인다. 잘해낼 수 있을

까? 나 자신의 의지만으로는 턱없이 부족하다.

우선 조합원의 단결된 모습이 의기충천해야 한다. 그리고 회사 측의 이해가 도모돼야 한다. 노조와 회사는 동전의 양면성이요, 수레의 양 바퀴나 다름없다. 대화와 타협으로 가야 하는 상생 관계다. 연목구어식 투쟁은 무의미하다. 자본을 가진 사용주와 노동력을 가진 노동조합, 둘의 사이는 부부관계나 다름없다. 적이 아니다. 끝없이 관심을 보이고 문제가 있으면 머리를 맞대고 의논하고 결국 해결의 실마리를 찾아 함께 발전하는 것이다. 나는 이러한 원칙이 이미 내공화되어 있었다. 그것은 바로 태화고무에서의 산 경험이 밑거름이 된 것이다.

또한 정치활동을 비롯하여 귀동냥한 재야 운동의 이모저모가 그나마 섬세한 시야를 갖게 한 것이다. 나는 사무장 이하 간부들과 노사발전 계획을 수립하고 실천에 들어간다. 나로서는 지극히 기본적인 행위이며 원대한 꿈을 현실화시키는 과정이다. 가슴이 부풀어 오르고 신바람이 줄기차다.

"깨어있는 노동조합, 살맛나는 노사관계!"

캐치프레이즈로 걸었다. 우선 조합원의 의식변화에 박차를 뒀다. 노보정기발행, 근로기준법과 노동가가 수록된 조합원 수첩을 만들어 각자 지급했다. 그리고 20평 규모의 노조 사무실에 조합문고 마련, 현장 문제점 신고함 설치, 노사화합 봄, 가을 체육대회, 불우조합원 돕기 바자회, 장학금 전달, 뷔페형 급식 실시, 격주제 근무, 사내택견 도장, 헬스장 마련, 장애우 입사, 감천동 천마산을 오르며 일산일사운동, 성방지거애육원, 신생, 영생양로원 방문 등 나는 노사 대등함을 원칙으로 노사발전을 꾀하는데 노심초사, 만전을 기했다고 감히 자부한다.

무엇보다 다대포 백사장과 낙동강 고수부지에서 이뤄진 노사 한마당 체육대회는 그 자체가 아름다움이요 대단한 긍지였다. 보람된 일을 하고 성취감을 맛보는 그 행복, 어떻게 말로 다 표현할까? 수천 명 조합원과 80여 명의 대의원으로 조직화된 ㈜동일화성 노동조합위원장 하동민! 나는 꿈을 이룬 행복한 사람이다. 참으로 행복했다.

부도. 회사가 위기를 맞는다. 주 생산품목이 나이키 신발이었는데, 인건비가 높다는 핑계로 오더가 중국으로 넘어간 것이다. 부산 신발 업계가 초토화되는 불행이다. 주문자상표부착생산(OEM)의 설움이다. 미국회사 오더인데 속수무책 동종업계가 도미노 현상 앞에 아우성쳐보지만 어쩔 도리가 없다.

결국 동일화성이 부도에 처하고 내가 임금청산 위원장을

맡게 된다. 대표의 역할이 막중하다. 부도가 나면 똥통에 쉬 파리 꾫듯 브로커들이 하이에나처럼 몰려온다. 나는 이미 비상사태를 대비 200여 명 특공대를 조직하고 쥐새끼 한 마리 얼씬 못하도록 회사 전체를 방어, 사수하라고 지시를 내렸다. 재산을 지켜야 임금청산이 가능하기 때문이다. 브로커들이 날뛰며 위원장과의 면담을 요구했지만 나는 누구도 만나주지 않았다. 자칫 코 끼면 임금청산이 물거품이 될 수 있다.

삼화고무 권상우 대표는 브로커로부터 뒷돈을 챙긴 게 들통 나 구속된다. 신문에 보도된 사례가 비일비재하다. 나는 7명으로 구성된 청산위원을 철저히 감시 및 통제했다. 함께 합숙하고 오로지 본연의 임무에만 충실하기를 신신당부했다. 위원장의 허락 없이는 외출은 물론 외부인 누구도 만남을 허용하지 않았다. 일원이 탈선하면 조직이 와해되고 그렇다 보면 당초의 사명이 유명무실화될 수 있다.

완제품과 반제품을 구분하고, 기계와 부품, 원단과 각종 자재를 분류하여 일목요연하게 항목을 작성한 다음 나이키 부산지부장과 협상을 통해 에누리 없이 가격을 받아내고, 국제상사, 대양고무, 세양, 삼양통상, 금호산업, 태성무역 등 각 회사 책임자를 찾아가 장사꾼이나 다름없이 노력한 결과 미지급한 명절 보너스를 100% 소급하여 주고도 95%의 임금을 청산한다. 이는 부도회사로서 전무후무한 성과다. 대다수 조합원과 직원으로부터 격려와 노고에 박수를 받았다. 다행이다. 아쉬운 부분도 있지만 안심이다.

나는 임금청산 완료에 대한 모든 서류를 지참하여 부산서
부지검에 제출한다. 그리고 경영주의 선처를 부탁한다. 약 9
개월에 걸쳐 마감한 것이다. 홀가분했다. 이제 나는 노동조합
위원장직을 떠나 한 가정의 가장으로 돌아왔다. 누구를 막론
하고 예외 없이 가장의 어깨는 무겁다. 망망대해를 떠가는 배
의 선장처럼 그 역할이 중차대하다. 이런 가장이 직장을 잃
은 것이다. 직장이 곧 생존권의 기반인데, 특히 노조위원장
이라면 블랙리스트에 올라가 있을 테고, 취직하기는 이미 물
건너간 것이다.

단 하루라도 뒷짐질 여유가 없는 형편인데, 나는 아내와 의
논을 한다. 그리고 고심 끝에 순천으로 이사 가기를 결정한
다. 이는 나의 의중이 많이 반영되고, 아내가 넓게 이해하고
받아준 것이다. 순천은 고향인 고흥과 약 40분 거리다. 순천
에 가면 부모님을 자주 뵐 수 있고, 또한 '순천자행, 역천자망'
이라는 말이 있듯 나는 순천에 거주하면서 그야말로 자연에
순응하며 여생을 보내고 싶었다.

순천은 사방팔방 교통이 무난하고 지방 도시로써는 교육
문화가 활성화되고 있는 미래성장동력이 다분한 기대 넘치는
삶의 터전이라고 확신이 섰기 때문이다. 뿐만 아니라 나를 설
레게 하는 것은 순천만 갈대밭은 두말할 것도 없고, 여수, 남
해, 하동, 광양, 진주, 구례, 보성 등 모두 1시간 이내에 오갈

수 있어 언제든 이곳을 찾아 지역 풍광을 만끽할 수 있다. 더불어 지리산 품에 안겨 해탈을 선도하는 구례 화엄사, 천은사와 하동 쌍계사, 칠불사 그리고 조계산 자락에 터 잡아 중생의 고뇌를 함께하는 순천 송광사, 선암사 역시 꿈길에도 달려가고픈 사색과 명상의 장이 아닌가. 이렇듯 순천은 일맥상통 내 정서와 일치한 부분이 많았다.

나는 아내와 짐을 꾸렸다. 14년 부산 생활에 마침표를 찍고 새로운 삶의 터전 순천으로 이사 가기 위해서다. 아쉬움이 밀려든다. 이곳 부산은 나의 제2의 고향이다. 이곳에서 사랑하는 아내 지혜를 만나 가정을 이루며 두 아들을 낳았다. 애들의 고향은 부산이다. 추억이 많은 곳이다. 태종대, 해운대, 송정, 송도, 광안리, 용두산, 금정산, 온천장, 자갈치를 비롯하여 진해, 충무, 마산, 울산, 거제도 등 나의 숨결과 발자취가 고스란히 남아있는 곳이다. 강산이 한 번 하고도 반이나 변화를 이룬 장구한 세월이다.

나는 부산을 떠나면서 회고한다. 지금은 웃고 넘어갈 일이지만 돌이켜 보면 위험천만한 사건이 발생한다. 브로커들이, 전남 광양에 계신 동욱이 형님을 납치하여 부산까지 데려와 송도호텔에 감금시킨 것이다. 형님을 매개로 나를 만나 보겠다는 발상이다. 나는 즉각 거부하고 경고한다. 30분 내로 보내지 않으면 경찰을 보내겠다고 했다. 다행히 형님은 풀려나고 무사히 귀가한다. 아무튼 나의 부산생활은 불꽃 튀는 삶이었고, 파란만장했다. 그리고 역경에 쓰러지지 않고 불요불굴 끝없는 도전으로 꿈을 이뤘다. 고맙다. 부산아, 안녕!

　　　　　　　　　　　❧

　순천. 1994년 여름, 우리 가족은 순천 연향동 금호아파트에 정착한다. 32평. 4인 가족이 거주하기에는 충분하다. 아파트 울타리 너머 주택가에 가게도 장만했다. 춘천명물닭갈비. 비록 주택은행 대출을 받아 부족분을 채웠지만 아무튼 안정된 보금자리가 마련되고, 생활 여건도 조성된 셈이다.

　즐거웠다. 기뻤다. 신바람이 났다. 희망이 동녘 붉은 햇덩이처럼 훤히 밝아왔다. 무엇보다 고향이 가까이 있기 때문에 수시로 부모님을 뵐 수 있었다. 효란 무엇인가? 특별한 게 아니다. 틈나는 대로 찾아뵈어 문안 인사를 드리고, 정성껏 맛있는 음식 대접하고, 좀 더 여유로우면 유유자적 팔도유람 시켜드리면 되잖은가? 나는 이점을 소홀하지 않았다. 부산에 거주할 때도 부모님을 모셔 경주는 물론 경남 일대를 구경시켜드렸다. 이렇듯 부모와의 관계나 내 가정으로 보아 무엇 하나 부족함이 없어 보였다.

　가게도 잘됐다. 특히 가게와 학교, 집이 한걸음 사이에 있기 때문에 모든 게 편리해 좋았다. 통학 때문에 애들 걱정할

까닭이 없다. 누구보다 아내가 열심히 하고 노고가 컸다. 애들 뒷바라지나 가정 살림도 흠잡을 데 없고, 시부모 섬김도 나무랄 데 없다. 내가 막내니까 당연히 막내며느리다. 막내며느리로서 과분할 정도로 잘했다. 한없이 고맙고, 사랑스럽다.

나는 순천에 와서 새로운 친구를 사귄다. 강남여고 남상규 선생과 여순병원 원무과에 근무한 박용구다. 만남의 장소는 거의 우리 가게였고, 3총사라 불렀다. 하동민, 남상규, 박용구. 이들 세 사람은 영원한 우정을 다짐한다. 세 가족은 간혹 만나 회식도 하고, 여름날이면 계곡을 찾아 물놀이도 즐긴다. 함께 여행도 가고 우정은 나날이 무르익어 간다. 주위에서 부러워하고 우러러본다. 3총사에게는 각자 꿈이 있다. 꿈을 이루기 위해 저마다 직업전선에서 탁월한 능력을 발휘하는 데 최선을 다한다. 월등해야지만 돋보이고 앞서 갈 수 있기 때문이다.

임종. 1997년 7월. 어머니께서 오셨다. 2년 전 아버지가 돌아가시고 홀로 계신 어머니가 배가 아프다고 하신다. 워낙 강단진 분이라 웬만하면 참을 텐데 아무래도 병원을 가봐야 했다. 나는 친구 박용구가 근무하고 있는 여순병원으로 어머니를 모셨다. 담당의사는 진찰 결과 위가 약간 헐었다면서 주사를 주고 먹을 약을 처방해 줬다. 3일 후, 어머니는 더 크게 통증을 호소했다. 진땀을 흘리고 못 견딘 표정이다. 식사도 제대로 못 하시고 난생처음 보는 연약함이다. 68세의 어머니. 아직은 아니, 앞으로도 거뜬히 20여 년은 더 살아도 될 분인데 걱정이 태산이다.

나는 광주에 사는 손아래 미령이 동생과 긴급 통화를 한다. 남편은 경찰공무원이고 미령이는 기독교병원 맞은편에 '암소 한 마리'라는 식당을 운영하고 있다.

"오빠! 광주로 모시고 오세요. 봉천동에 소문난 명의가 있어요. 조대병원에 근무한 교수였는데 얼마 전 개인병원을 차렸대요. 당장 모시고 오세요."

내 얘기를 듣고 놀란 다급한 목소리다.

나는 서둘러 어머니를 모시고 광주로 갔다. 봉천동 '조건국 내과'에서 검진 이틀 후, 청천벽력과도 같은 결과가 나온다. 나와 미령이는 말문을 열지 못한 채 부둥켜안고 하염없이 눈물만 쏟는다. 우리 어머니가, 우리 어머니가! 그토록 고고하게 사신 우리 어머니, 왜 하필 우리 어머닌가. 열여덟에 시집와 시부모 잘 모시고, 일생 일부종사 하신 어머니. 4남 2녀 잘 키워 시집장가 보내고, 손주도 각자 둘씩 공평하게 낳아 다복하기로 소문난 호산댁은 무슨 걱정 있을까? 이렇게 온 동네 주민들 부러워했는데, 이게 무슨 날벼락이고 변고인가.

간암 말기. 3개월 이상 넘기기 힘들단다. 의사 말은 확신에 차 있다. 야속하지만 이것이 진단 결과다. 약은 진통제 정도이고, 편하게 집으로 모시란다. 나는 받아들일 수 없었다. 곧바로 기독교병원으로 입원시켰다. 어머니는 아무 말씀이 없다. 꼭 다문 입술 바라보기가 죄스럽다. 가슴이 미어진다. 기독교병원에서도 마찬가지다. 특별 조치 방법이 없으니까 퇴원은 자유롭게 하란다. 현대 의학이, 최고 수준의 의사가 손쓸 수 없고 포기한 환자다. 그래도 나는 포기할 수 없었다. 나는 아내에게 말한다.

"내가 어머니를 살려내겠소. 건강을 회복하는 날까지 어머니와 한몸이 되겠소. 고생스럽겠지만 당신이 가게를 책임져 주오……."

아내는 선뜻 동의한다. 한없이 고마웠다. 나는 어머니 병상을 지키고, 저승사자가 곁에 오지 못하도록 파수꾼이 되었다. 매사 확실하고 빈틈없이 살아온 당신의 운명 앞에 기가 막혔던지 단 한마디 말씀이 없다. 통증이 있을 법 한대도 전혀 내색하지 않는다. 신기할 정도로 이상하다. 어머니는 그만큼 인내심이 강했다. 평소 잔말이 없고 누군가에게 짐이 되는 것을 원치 않으셨다. 아프다는 표정마저도 부담 주기 싫었던 모양이다.

나는 내가 가게를 비운 동안 아내를 잘 돌봐 달라고 상규와 용구에게 부탁한다. 그들은 믿을 만했다. 행여 술주정뱅이가 힘들게 하지 않을까 걱정이 됐지만 친구들은 앞다투어 어머니 문병도 오고, 수시로 가게에 들러 도움을 줬다. 모두에게 감사한 마음이 한결 같았다.

3개월쯤 되자 입원치료는 더 이상 무의미하다면서 퇴원을 종용한다. 어머니가 죽음을 맞이할 수밖에 없다는 상황 앞에 나의 무기력이야말로 천하의 불효막심이라고 생각되었다. 이보다 큰 불효가 세상 어디 있는가? 꺼져가는 생명을 살려냈다는 전설적인 얘기는 많다. 나도 수단과 방법을 가리지 않고 어머니의 건강을 완전 회복시켜 드리고 싶었다.

나는 어머니를 순천 아파트로 모시고, 민간요법을 찾아 나섰다. 소문난 명의가 있다는 곳은 어디든 찾아갔다. 목포, 화순, 구례, 여수, 부산, 대구 등. 불투명한 약봉지는 쌓여만 갔다. 어머니께서는 순천에서 한 달 남짓 계셨다. 이제 누가 봐도 예전 모습과는 다르게 쇠약해져 있다. 식사를 못 하니 기력이 떨어지고 튼실한 체중도 옛말이다.

"애야, 집으로 가고 싶다. 눈을 감아도 집에 가서 감아야지. 객사는 싫다……."

힘겹게 말씀하신다. 어머니께서는 죽음을 받아들이신 모양이다. 목이 메여 오고 눈물이 앞을 가로막는다. 어머니께서는 나에게 특별하셨다. 쪼든 살림이지만 어떻게든 대학에 보내보려고 노력하셨고, 광주까지 학원도 보냈다. 엄동설한 그 먼 길을 마다치 않고 꼬막 짐을 이고 오셔서 학원비를 마련해 주셨다. 어머니의 지극정성 은혜가 어디 이뿐이겠는가. 이런 어머니가 지금 속수무책, 사경을 헤매고 있다. 내가 아무리 아파한들 당신의 애달픈 심정만 할까? 자나 깨나 눈물뿐이다.

12월 초. 따뜻하게 옷 입혀 고향 집으로 어머니를 모신다. 한걸음 더 죽음에 이르는 길이라고 생각하니 큰 설움 북받쳐 오른다. 어머니, 나의 어머니 유연임 여사! 그토록 강단진 어머니는 눈을 감는다. 나의 무릎베개 삼아 임종을 맞이한다. 이승과 하직을 고한다. 1998년 1월 2일, 어머니는 이날 영원히 세상과 이별한다. 하늘에서는 함박눈이 펑펑 쏟아진다. 소리 없이 애도를 표한다. 나의 어머니는 여자로 태어나 고결하게 사시다 드디어 하늘나라 가셨다. 나의 어머니 유연임, 그녀는 여장부요 여인상의 본이다.

불륜. 1998년 춘삼월, 나는 어머니의 죽음이 너무도 애석하여 간간이 병상에서 쓴 글을 모아 『어머니의 자리』라는 제목의 간병기를 출간하기 위해 원고를 검토하고 있었다.

어머니는 "내가 몹쓸 병에 걸렸나 보구나?" 이 말씀 외에는 원망도 후회도 단 한마디 없이 돌아가신 것이다. 참으로 생명에 초연했다고 할까, 비록 어머니는 그랬을망정 나는 아

니었다. 사후 시묘살이가 무슨 소용이 있겠는가마는 나에게
있어 간병기 출간은 시작에 불과하다. 나는 나머지 인생, 어
머니의 발자취를 더듬고 그토록 순결한 삶을 본받으리라 다
짐하고 또 다짐한다.

어쩌면 '자식은 어머니를 삶 가운데 붙들어 매는 닻이다'라
고 할까, 비록 육신은 지하에 묻혀도 혼백은 자유롭게 산자
와 함께하리라는 믿음은 끈끈한 모정의 산물이 아니겠는가?
나는 그렇게 어머니를 가슴에 묻었다. 춘삼월, 병상을 지키
며 쓴 글을 오롯이 모아 책으로 출간하여 어머니 영혼이라도
위로해 드리고자 원본 교정에 박차를 가하고 있었다. 여기 오
기까지는 누구보다 아내의 협조가 있었기 때문에 그나마 순
조로웠다. 어머니 사후 나는 아내를 꼭 끌어안으며 다짐한다.

"이제 나에게 여자란 오직 당신뿐이오. 할머니도, 어머니도
하늘나라에 가셨다. 두 분께 못다 한 효, 당신께 하리라……."

지혜는 나의 아내로서 충분히 섬김을 받을 가치가 있다고
믿어 의심치 않았다. 그런데 일요일 오후 3시경, 전화벨이 울
린다. 애들은 저희끼리 놀고, 지혜는 안방에 있다. 나는 창
틈으로 스며드는 봄날의 따사로운 햇볕을 쬐며 거실에서 원
고 교정에 열중하고 있었다. 나는 무심결에 전화기를 들었다.

"지혜, 사랑해. 진심으로 사랑해……."

나는 내 귀를 의심했다. 사랑이라는 표현보다 그 목소리의
주인공을 의심한 것이다. 아니, 그 친구가? 그러나 분명하고

또렷했다. 너무도 낯익고 늘 기억의 창고 상위 선에 저장되어 있는 그 목소리다. 순간 기분이 묘했다. 불현듯 어머니 말씀이 떠올랐다.

'아야, 어미 주의 깊게 살펴봐야겠다. 누구와 전화질한지는 모르지만 기분이 썩 안 좋더라. 귀가 얇아서 탈이야. 여자가 귀가 얇다 보면 말썽을 피우게 돼 있는데…….'

한 달 남짓 순천아파트에 머물다가 시골집으로 떠나시던 날 힘겹게 하신 말씀이다. 나는 어머니의 생명이 위독한 마당에 더 이상 다른데 신경 쓸 겨를이 없었다. 그런데 오늘 요란하게 전화벨이 울리고 그 목소리 주인공은 다름 아닌 3총사 가운데 박용구가 아닌가. 순간 배신감이 온몸을 전율케 한다. 나는 안방 문을 열고 들어선다. 전화기를 들고 있던 지혜가 놀란 듯 침대에서 벌떡 일어나 앉는다.

"무슨 소리야! 왜 그놈이?"

내 목소리가 몹시 떨린다.

"뭘요?"

지혜는 둥그렇게 눈을 뜨고 아무렇지 않다는 반응이다.

"아니, 그놈이 왜 그런 식으로 고백하느냐고!"

언성이 높아지자 지혜가 다소 정색한다.

"그냥 해본 소리겠지요. 장난삼아……."

"장난삼아? 친구가 친구 부인한테 그런 식으로 장난질해? 도대체 그동안 무슨 일 있었어!"

나는 버럭 소리 지른다. 그때 애들 둘이 안방으로 뛰어든다.

"아빠! 왜 그래?"

대영, 소망이가 나에게 달라붙는다. 몹시 화난 모습을 보고 되묻는다. 나는 잠시 심호흡을 한다. 진정이 필요하다. 애들이 별안간 큰소리에 놀란 기색이다.

"음, 별일 아니야. 괜찮아. 가 있어. 너희 방으로 가 있어……."

나는 애들을 다독거린다. 울상을 하면서 애들이 뒷걸음쳐 안방을 나선다.

"괜찮아, 걱정 마."

나는 다시 한 번 애들 머리를 쓰다듬으며 달랜다. 안방 문이 닫힌다. 침묵이 흐른 가운데 냉기류가 차오른다. 나는 지혜를 똑바로 쳐다본다. 얼굴색이 약간 어두워 보인다. 뭔가 이상이 있었다는 증후다. 나는 번득 두 가지 생각을 떠올려 본다. 어느 날 용구 집에 우연히 들렀는데 도무지 이해할 수 없는 상황이 벌어진다. 술상을 놓고 나와 용구가 마주하고 용구 부인이 문가에 앉았다. 그런데 갑자기 용구 부인이 용구 이마며 볼에 종주먹을 들이대며 폭언을 일삼은 게 아닌가.

"동민 씨! 이런 나쁜 놈과 상대하지 말아요. 천하 몹쓸 놈이에요. 뻔뻔한 놈, 이중인격자……."

까닭은 말하지 않고 막무가내 남편한테 위해를 가하는 행위가 너무 심하다 싶어 나는 자리를 박차고 집으로 와 버렸다.

그리고 또 다른 일은 보름 전, 용구가 딸 둘을 데리고 늦은 밤 예고 없이 집으로 온 게 아닌가. 은아와 은정이다. 마누라가 친정 갔다면서 하룻밤 묵겠다는 것이다. 나는 반겼고 우리는 그만큼 허물없이 지낸 관포지교, 막역한 사이가 아닌가. 다음날 지혜는 딸 둘을 목욕시키고 머리도 곱게 빗질한다. 안방에서 껴안고 잠자리한 것은 물론 식사도 정성을 다했다. 나는 이 두 가지 일을 되짚어 보면서 결코 우연한 일이 아니라는 감이다. 용구 부인이 폭력과 폭언을 하고, 갑자기 용구가 딸 둘을 데리고 와 자고 가기까지는 뭔가 또 다른 이유가 있지 않을까. 이것은 전화벨이 울리고 있어서는 안 될 용구의 고백성 목소리가 더욱 확신을 불러 왔다.

하동민의 아내 서지혜와 남편의 친구 박용구, 이들은 여느 때 여느 순간 어떤 관계로 발전했을까? 지혜는 묻는 말에 침묵으로 일관하며 다소 불안전한 태도를 취한다. 나는 직감에 의해 지혜 전용 서랍장을 열었다. 아, 그곳에서 처음 본 통장과 도장이 발견된다. 통장을 펼치자 용구 이름으로 심심찮게 입금이 되어 있다. 총액 450만 원.

"이게 뭐지?"

낯선 통장과 도장을 지혜 코앞에 들이댄다. 그녀는 꿀 먹은 벙어리마냥 멍하니 쳐다만 보고 있다. 눈물이 약간 글썽거린다. 죄의식을 느끼는 것일까? 온갖 상상이 꼬리에 꼬리를 물고 부풀어 오른다. 세상에 공짜는 없다. 매춘? 불륜? 구역질이 난다. 이게 무슨 해괴망측한 일인가? 어머니 시신이 채 마르기도 전에 이 기막힌 일이 일어날 줄이야. 아, 세상이 원망스럽고 인간이 저주스럽다.

"당장 외출복 갈아입어!"

애들 둘을 집에 두고, 나와 지혜가 차에 오른다. 오후 4시 30분. 시동이 걸린 차가 질주한다. 목적지가 분명치 않다. 매우 혼란스럽다. 아니다. 아닐 것이다. 절대 아닐 것이다. 그럴 수도 없고 그래서도 안 된다. 양의 탈을 쓴 늑대가 아니라면 아니다. 아닐 것이다. 지혜와 용구는 상식을 알고 이성을 가진 사람이다. 그리고 아내이자 친구다. 아내가 어떻게 남편 친구와 놀아나며, 친구가 어떻게 친구 부인에게 욕정을 불태울 수 있겠는가? 그들은 짐승이 아니다. 천지간에 물결치는 봄 햇살은 이토록 살맛나게 희망을 노래하는데 왜 이다지도 내 마음은 서산 자락 잔설처럼 차갑기만 하는 것일까.

어떻게 얼마나 달려갔을까? 충무다. 컴컴한 밤이다. 선창가 횟집으로 들어선다. 수박 등은 온달처럼 밝지만 내 마음은 미로처럼 불투명하고 지옥처럼 어둡다. 술을 붓는다. 안정을 되찾아 보려는 수단이다. 한 잔, 두 잔……. 맛은 뒷전이고 취하고 싶다. 그토록 당당한 지혜가 오늘따라 너무 왜소하고 가련해 보인다. 무슨 일을 저질러 놓았기에 저토록 기가 빠져 있을까? 마치 큰 죄를 지은 것처럼 잔뜩 긴장한 모습 웅크리고 있다.

나는 힘겹게 그리고 무겁게 입을 연다. 나는 지혜가 나쁜 상상을 희석시켜 주고, 오해를 불식시켜 주기를 간절히 바란다. 춘향이가 변 사또의 고문에도 굴하지 않고 정절을 지키듯 내가 아무리 추궁해도 끝까지 아무 일 없었다. 아무 관계 아니다! 그렇게 우겨주길 바란다. 그 길만이 지금까지 애타게 쌓아온 행복의 금자탑을 보존하고 지속 가능케 하는 유일한 방법이다.

나는 지혜가 강도 높은 심문이나 어떤 악조건하에서도 불리한 증언을 안 해주기를 염원한다. 차라리 묵비권으로 버텨주기를 갈망한다. 어금니가 부서지는 한이 있더라도 절대, 절대 사실 확인이 일어나지 않기를 절절히 바란다. 나는 흐트러진 마음을 가다듬고 취조에 들어간다.

"이실직고해! 도대체 그놈과 무슨 일이 있었어? 왜 그놈이 그따위 고백을 해야 해?"

목소리가 날카롭다. 지혜는 말이 없다.

"사실대로 얘기 안 하면 그놈 병원에 가서 폭로하고 해고시키도록 할 거야. 우정을 모르는 그놈은 인간이 아니야. 단란한 가정을 파괴시키려는 악마야!"

목청이 드높다.

"함께 마주 앉혀 놓고 대질심문 할까? 입금 통장 증거도 있잖아? 왜 그놈이 아무런 대가 없이 돈을 주지?"

드디어 지혜가 겁먹은 얼굴로 눈물을 뚝뚝 흘린다. 그리고 힘겹게 너무도 힘겹게 입을 연다. 그토록 정겹고 아름다운 입술이 핏기를 잃은 채 떨려온다.

"사실은……."

자백한다. 넘어서도 안 될 선, 지혜와 용구는 이미 욕정의 루비콘강을 건너버린 지 오래다. 시어머니가 간암 선고를 받아 사경을 헤매고, 남편이 병상을 지키며 통곡으로 간병하고 있는 틈을 타, 아내와 친구가 눈 맞아 불륜을 저지른 것이다. 설상가상이다. 나는 어머니를 잃고 곧바로 아내마저 빼앗긴 비참한 상황에 놓인다. 피눈물이 솟구친다. 그 눈물이 서럽게, 서럽게 쏟아져 충무 바다를 넘실대는 것 같다. 아, 이 고통. 이 괴로움 어떻게, 어떻게…….

두문불출. 도무지 낯 들고 밖으로 나갈 수 없다. 아내가 다른 사람도 아닌 절친한 친구와 그런 짓을 벌이다니. 등하불명. 아, 적은 멀리 있는 게 아니라 바로 너무도 가까이 있다는 걸 깨달았지만 이미 독은 깨져버린 게 아닌가. 곰곰이 되짚어 보니 여태껏 나만 모르고 있었다는 생각이다. 어느 날 가게 옆 죽도봉 슈퍼를 운영하고 있는 윤형철이가 할 얘기가 있다면서 보자 한다.

"형님! 병원 친구 있잖아요? 그놈 나쁜 사람이에요. 의리도 없고, 세상에 그런 놈을 친구 삼다니요. 당장 의절하고 가게 얼씬도 못 하게 해요."

다짜고짜 내뱉은 말이다. 아마도 아내와의 부정한 관계가 소문난 모양이었다. 이렇듯 동네방네 알만한 사람은 모두 알고 있었단 말인가? 참으로 부끄럽고 몸 둘 곳이 없다. 비정한 현실과 마주한다. 돌파구는 없을까? 궁리를 해도 묘책이 없다. 그토록 위풍당당하게 살아왔는데, 예쁜 아내, 사랑스러운 두 아들을 바라보며 자긍심이 충만했는데 차라리 악몽이길 바라지만 피할 수 없는 현재 진행형이다.

하늘 향해 고개를 들 수 없다. 모두가 나만 쳐다보는 것 같다. 여기저기서 눈총을 주고 손가락질한 것 같다. 쑥덕쑥덕 소곤거림이 끊이질 않는 듯하다. 병신같이 제 마누라 하나 단속도 못 하다니. 아무래도 거시기가 부실하나 봐……. 바깥나들이가 싫고 사람들이 두려워진다.

태양이 빛나고 시원한 바람이 불어와도 별 의미가 없다. 침묵과 인내, 온화한 미소와 열정은 옛말이다. 신이 인간을 선택했다면 나는 지혜를 선택했다. 세상이 영웅을 기다렸다면 나는 영원불변하는 참사랑을 기다렸다. 참사랑은 믿음이 전제되어야 한다. 그러나 무궁토록 옹벽 같은 만세반석이어야 할 믿음이 파괴되어 버리자 절망이 요동친다. 그대는 절망의 쓴맛을 보았는가? 죽음을 부르는 처절한 절망 앞에 피눈물

쏟으며 절규해 봤는가? 비장한 절규는 가해자의 몸부림이 아니라 피해자, 하동민의 울부짖음이었다. 나는 그렇게, 나는 그렇게 몇 날 며칠을 두문불출, 무기력한 존재로 끝없이 추락하고 있었다.

혈혈단신 부산생활 14년, 어떤 어려운 상황에 처했어도 불요불굴의 의지로 버텨오고 극복해 왔는데, 내 안의 믿음이 물거품 된 마당에는 쉽사리 대책이 서지 않았다. 외풍보다 내홍이 더더욱 비참하고 무섭다는 것을 새삼 깨달은 것이다. 그렇다면 정녕 나에게는 희망의 봄은 영영 다시는 오지 않는 것일까? 아, 아니다. 아닐 것이다. 그렇다면 희망은 어디에 있을까? 혹시 희망은 절망 끝자락에 자리하고 있는 것은 아닐까? 나는 번뜩 새 기운을 얻은 느낌을 받는다.

그렇다. 절망은 희망을 낳는다. 희망을 붙들고 일어서 보자. 불가사의한 힘의 원천이 희망 안에 있지 않은가. 희망은 모든 것을 가능케 한다. 무에서 유를 창조케 하지 않은가. 그리고 하나님은 감당할 만큼의 시련을 주신다고 하지 않던가. 또한 특별한 시련을 주신 것은 특별한 사람으로 만들기 위함이라고 하지 않던가? 그래, 좌절의 늪에 빠진 자존감에 열정과 긍정의 불을 지피자.

누구도 나를 구제해 주지 않는다. 스스로 거친 광야의 늑대처럼 또다시 홀로서기를 해야 한다. 무시하고 짓밟은 자들이 놀라운 눈으로 바라보도록 모진 광풍에 두려움 없이 저 하늘에 드높이 펄럭이는 깃발처럼 우뚝 서자. 나는 분연히 일어섰다. 자리를 박차고 집을 나선다.

어두운 밤 9시. 문제 해결을 위해 절차를 밟아야 했다. 슈퍼마켓을 운영하는 형철이를 만나보면 보다 구체적 단서가 나올 것으로 판단이 선다. 연향공원 근처에 있는 물레방아 주점의 한적한 곳으로 형철이를 불러 마주 앉았다.

"형님, 오랜만이요. 근데 얼굴이 왜 그 모양이요? 뭐, 고민거리라도 생겼소?"

형철이는 반가운 기색 완연했지만 내 모습을 보더니 근심 무더기 한숨부터 내쉰다.

"음, 거두절미하고 궁금한 게 있는데, 가감 없이 본대로 들은 대로 얘기해주면 고맙겠네."

"당연하지요, 사실은 전번에 좀 더 자세히 말씀드릴까 했는데……."

형철이는 빠른 눈치로 거침없이 말문을 열었다.

"형님, 병원 친구란 놈 말이오. 능지처참시켜도 싼 놈이오. 그런 개자식이 천지 간 어디 있소? 잘 처먹어서 그런지 낯바닥 기름덩이가 철철 넘쳐대지만 속물이요, 속물……."

형철이는 분개한 듯 맥주 한 컵을 단숨에 들이마신다.

"개자식이 바람 피면 몰래 잘해야지, 글쎄 제 마누라한테 들켜가지고 말도 마시오. 형님이 어머니 간병 차 광주 가고 없는 날이면 그놈 여편네가 가게까지 쳐들어와 난리를 내고, 장사를 할 수 없게 만들었소. 한날은 와당탕 소리가 나기에 부리나케 갔더니 허 참, 그놈 마누라가 탁자를 뒤집고, 심지어 형수님 머리채를 움켜쥐고 쥐 박는 거요. 아이고, 이걸 형님이 아시면 어쩌나……."

형철이는 제 일인 양 눈물을 글썽이며 다시 잔을 들었다.

"형님, 잘 알아보시오. 형수님이 급하다면서 저한테 400만 원을 빌려갔어요. 그날 싸움통에 언뜻 들어보니 그놈의 여편네가 '너 때문에 돈 들어갔다?'고 고함을 쳤어요. 그리고 뭐, 흥신소 얘기도 나오고, 모르긴 해도 혹시 형수님한테 돈을 요구했을지도……. 부부지간 외모는 멀쩡한데 파렴치한 별종이구나 생각이 들더라고요."

나는 형철이와 헤어지고 혼자 인근 포장마차에 들러 소주 한 병을 더 깠다. 그러니까 나만 까마득하게 모르고 있었지, 용구 부인은 물론, 가게 주변 모르는 사람이 없다는 결론이다. 비참한 느낌이고 누구보다 지혜가 처량하게 보인다. 제 몸 관리 하나 못해 온 동네 창피스럽고, 가정파괴 일보 직전이 아닌가. 무엇보다 자라나는 아이들에게는 어머니의 모습이 어떻게 비춰질까. 하늘을 마주하기가 두렵고 부끄럼뿐이다.

나는 며칠을 두고 고민한다. 그리고 마침내 광양 백운산 자락 옥룡계곡 요산요수산장으로 용구를 불렀다. 손바닥만 한 순천 땅에서 마주하기가 낯 뜨겁다는 생각이 들어서다. 용구는 나를 대하자마자 무릎 꿇고 눈물을 보인다. 성급한 참회 같다. 지혜가 자백했고 이미 두 사람 간 내통했나 보다. 나는 용구를 똑바로 쳐다본다. 아무 말 없이 한동안 쳐다본다.

"미안해 친구, 내가 죽을죄를 졌네……."

흐느끼며 뉘우친다. 희한한 일이다. 만나자마자 대갈통을 박살내겠다는 분노가 끓고 있었는데 막상 대하고 보자 왜 이리도 마음이 차분한지 나도 이해가 안 간다. 모든 비밀을 알고 더 이상 나쁜 짓을 하지 못하도록 문책하기 위한 기회를 포착했다는 안도감에서일까, 아니면 아직도 우정의 불씨가 도사리고 가증스럽기보다는 연민이 앞서서일까?

그렇다. 얼마나 다정다감한 친구였는가? 하동민, 남상규 그리고 박용구. 남들이 부러워하는 3총사. 셋 모두 안정된 삶, 단란한 가정을 가진 가장, 아직도 꿈을 꾸는 미래 주역들. 세 가정이 하나 되어 피서도 가고, 여행도 떠나고 오순도순 넘치는 우정과 의리로 뭉쳐 영원불변 친구여 만세, 무궁토록 만세를 부를 것 같았는데, 지금 나와 용구는 불구대천 원수지간이 되어 있지 않은가. 어머니 간병 기간 마누라를 야수로부터 지켜달라고 신신당부했는데, 오히려 파수꾼이 불장난을 일으켰으니 이보다도 무정한 비극이 또 어디 있을까. 아, 믿는 도끼에 발등 찍힌다! 빈말이 아니었구나.

"편히 앉게."

용구는 죄인이지만 나는 포청천이 아니다. 위력을 가지고 위협하고 싶지 않다. 내가 그를 단죄할 수 없다. 칼자루를 쥐고 있지만 한계가 있다. 증거를 확보하고 법정에 세우면 된다. 고장난명, 여느 한쪽만 처벌할 수 없다. 지혜한테도 잘못이 있다. 내가 문제 삼는 것은 도(道)를 얘기하자는 것이다. 하기야 도를 알았다면 순수 인간성을 망각하고 원초적 본능에 따라 짐승처럼 행위를 즐겼겠는가. 한 걸음 나아가 행위 자체를 탓하고 싶지 않다.

나는 경우와 상식을 논하고자 한다. 시어머니가 사지에 있고 친구는 병상 어머니를 간병하고 있다. 이 틈을 노리고 며느리와 자식의 친구가 내연관계로 변질되어 버린 것이다. 이런 무절제한 장면을 어머니가 눈치챘다면 그 무엇으로 한 맺힌 혼백을 위로해 드릴까. 변명의 여지가 없는데 어떤 방식으로 사죄를 드릴까? 송구한 마음이 금할 길 없고, 가련한 마음 위로받을 곳이 없다. 답은 지혜와 용구에게 없다. 어머니 혼백을 위로하고 사죄할 사람은 바로 아들인 나다. 그들은 나의 아내이자 친구다. 이들의 과오가 나의 짐이 된 것이다. 이들은 도장 찍고 이혼하고 안 만나면 그만이다. 그러나 나의 어머니는 살아생전에도 어머니, 돌아가신 후에도 어머니다. 자식과 어머니는 천륜지간이요, 지고지순 삼천대세계 무한량 인연이 아닌가? 진리가 이러한데 내가 용구로부터 무슨 말을 듣고 위로가 되고 납득이 되겠는가.

나는 용구 부인까지 불러 앉혔다. 그녀는 매우 긴장된 표정이다. 용구 부인도 칭찬받을 만치 살려고 발버둥 친 사람이다. 지사장을 맡아 이른 새벽부터 신문을 배달하고 가가호호 우유도 넣는다. 서로가 자기 자리를 지키며 성실히 살아가는 모습이 너무 좋았는데, 용구와 지혜가 모든 기대와 희망을 일거에 난도질해 버린 것이다. 그들은 우정과 행복을 파괴한 범인이다. 천벌을 받아야 마땅한데 나는 고민을 거듭하다가 비장한 각오로 입을 열었다.

"고소하겠소. 혐의는 이렇소. 400만 원 갈취. 영업방해. 그리고 간통!"

간단명료하다. 내 말이 떨어지기가 무섭게 부부지간의 얼굴이 샛노랗게 변한다.

"용서해주세요. 저희가 잘못했어요. 제발 살려주세요……."

애걸복걸, 용구 부인이 과오를 인정하고 선처를 호소한다.

"친구, 죽을죄를 졌네. 제발 고소만은 거둬주게……."

인면수심, 용구가 몸 둘 바를 모른다.

"제가 그토록 뜯어말리고 싸움도 많이 했어요. 대영 아빠가 알게 되면 양쪽 다 파탄되는데, 그래서 동민 씨 앞에서 면박을 주기도 하고, 가게를 찾아가 절교를 부탁했지만 결국 이렇게 되고 말았네요. 아무튼 죄송해요. 제 잘못도 있어요."

용구 부인이 눈물을 보인다. 진실로 받아들이고 싶다. 나는 곰곰이 생각한다. 처벌만이 능사가 아니라는 결론에 이른다. 고통의 삶이 이어질지라도 매듭을 져야만 했다. 나는 두 사람에게 각서를 받았다. 각서만이 유일한 대안이라고 판단했기 때문이다. 이하 불문에 부치기로 한다. 입술을 깨문다.

❧

귀농. 고민이 거듭된다. 바르게 살면서 최선을 다해도 먹고 살기 힘들다고 아우성인데, 불륜을 저지르고 난장판이 되어버린 가게가 예전처럼 잘 될 리 만무했다. 세상만사는 무엇보다 사람이 우선인데 아무리 음식을 맛있게 해 놓고 기다려본들 이미 단골손님을 비롯해 주변까지 동네방네 소문난 부정한 행위에 식상한 사람들이 어디 한두 명이었겠는가.

사람은 짐승과 다르다. 양심이 있고, 염치가 있고, 낯가죽이 있다. 무엇보다 옳고 그름을 구분할 줄 아는 지각이 있고, 지성이면 감천, 최선을 다하면 하늘이 돕듯, 이웃이 도와주게 돼 있는데, 슬프게도 우리 가게는 인심이 떠난 것이다. 붙들고 있을수록 번민은 쌓여만 가고 손실은 불어난다. 가게를 정리할 수밖에 없었다.

시작할 때 그곳은 희망의 성지였다. 물질만능사회, 경제적 여건이 조성되지 않으면 그 무엇 하나 이루기 힘들지 않은가. 월 300만 원 순수입이면 많은 가능성이 엿보였다. 중, 장기적으로 계획을 세워 도전장을 내밀 수 있는 터전이자 기회가 주어지리라 확신했다. 나는 지혜를 만나 연애할 때 미래의 청사진을 제시하고 큰 틀에서 두 가지 약속을 한다.

"나에게는 꿈이 있다. 하나는 작가다. 다른 하나는 정치가다."

더딜지라도 반드시 꿈을 이뤄 함께 보람을 갖겠다. 그러나 이토록 원대한 꿈은 산산이 부서지고 물거품이 되고 만다. 나는 한동안 이른 새벽에 집을 나섰다. 사람들을 대하기가 부끄러워 사실상 피해 다녔다. 순천만 갈대숲을 배회하다 밤늦게 귀가하고, 남원 육모정을 찾아 만고열녀 성춘향의 혼백을 얼싸안고 하소연도 해보았다. 그리고 여수 향일암, 남해 보리암, 순천 선암사, 고흥 능가사 등 산사를 찾아 피폐해진 마음을 복원하고자 안간힘을 다했다.

때로는 조계산에 오르기도 하고 광양 백운산을 찾아 짐승처럼 괴성을 질러도 본다. 인적이 드문 곳에서 거듭나기 위해 처절하게 나 홀로 몸부림친다. 더 이상 위선과 가면에 속아 놀아나지 않도록 천리안을 달라고 천지신명께 기도 올린다. 주일이면 교회를 찾는다. 전지전능하신 하나님 전, 솔로몬의 지혜와 다윗의 용기를 달라고 통성으로 간구한다.

"저를 향하신 하나님의 계획은 언제나 최선임을 믿으며 하나님만을 신뢰하며 따르겠습니다……."

나는 이렇게 내 안의 괴로움과 맞서 싸웠다. 지혜는 화장품 외판을 해보겠다고 거리에 나섰다. 만감이 교차한다. 욕정의 불화산이 광풍처럼 휘몰아쳐 일순간에 단란한 가정을 풍지파탄게 하고, 원만한 부부관계를 엉망진창으로 만들어 놓은 시점, 순천은 더 이상 발붙일 곳도 정마저 사라졌다. 자업자득, 누구를 원망하고 탓하랴, 떠나자. 순천 땅을 떠나는 것이 상책이다. 곳곳에 불륜의 흔적이 있는데 그곳을 밟고 바라보고 다닌다는 것은 마치 불씨를 안고 기름통으로 들어가듯 자멸일 수밖에 없다. 아파트를 팔아 주택은행대출금을 정리하고 나자 겨우 5천만 원이다.

나는 가족과 함께 고향으로 왔다. 부모님이 살다 돌아가신 빈집에 들어온 것이다. 부산 14년, 순천 7년 객지 생활하다 21년 만에 정든 고향 마을로 안착한다. 여생을 초야에 묻히고 싶었다. 적자생존 약육강식으로 살벌한 도시보다는 아직은 농어촌의 인심이 정겨운 터라 쉽게 똬리를 튼 것이다. 부모님의 유산으로 전답이 있었지만, 농사짓는 것보다는 개 사육이 낫겠다 싶어 시작한다. 선산 자락에 축사를 지어 약 250여 마리를 사들였다.

두 아들은 과역중학교에 편입하고, 지혜는 화장품 외판으로 분주히 보냈다. 그런데 무엇보다 안타까운 것은 애들의 정서와 교육문화가 문제였다. 선택권이 전무한 그들은 선의의 피해자가 아닌가? 부모의 과오로 뜻하지 않게 벽촌학교로 오고, 농촌에 적응한다는 게 쉽지 않은 모양이다. 거대 도시 부산에서 태어나 순천에 오기까지 그들에게는 도시생활이 익숙할 텐데, 한창 성장발육이 무르익고 배움 역시 도도한 물결처럼 양껏 흡수해야 할 마당에 안타까운 마음은 이루 말할 수 없었다.

농촌생활도 1년 반이 지났다. 지혜는 그럭저럭 용돈을 벌어 쓴다지만 내가 시작한 개 사육은 실패를 거듭한다. 개는 설사와 감기가 치명상이다. 경험이 없는 나로서는 질병에 속수무책, 설상가상 주인을 섬길 줄 아는 개고기는 절대 먹지 말자는 캠페인이 한몫 거들자 그 여파는 몰락으로 이어졌다. 나는 경제적으로 정신적으로 헤어나기 힘든 수렁에 빠진다. 사면초가. 사방팔방이 꽉 막히고 아무리 궁리를 해도 묘안이나 돌파구가 보이지 않는다. 가장으로서의 어깨가 천근만근이다.

귀농자금도 바닥이 드러나고 빌려 쓴 상황에 처하자 가정이 난파선이나 다름없다는 위기에 처한다. 망망대해를 표류하는 배의 선장은 결단을 내려야 한다. '죽느냐, 사느냐!' 아. 태산준령이 앞을 가로막듯 세상이 온통 새카맣다. 희망의 빛한줄기란 어디에도 보이지 않는다. 이제 더 이상 지혜를 원망할 수 없다. 이제 더 이상 세상을 탓할 수 없다. 자식도 아내도 가엾다. 주저앉아 죽기를 원치 않는다면 살길을 찾아야 한다. 생존전략, 내가 찾아 나서야 한다. 가족의 운명이 내 안에 있다. 막중한 책임이다. 모두 한배를 타고 있다. 선장인 내가 인도하여 지옥을 탈출하고 천국 문으로 들어서야 한다. 그 길만이 좌절의 늪을 벗어나 새 희망의 신천지로 도약할 수 있다.

상황이 이쯤 되자 나는 나를 좀 더 직시한다. 자아비판, 나는 어떤 사람인가. 완전한 사람인가, 현명한 사람인가, 분별력은 정확한가, 능력은 어느 정도인가, 그리고 남편으로서, 아버지로서, 가장으로서 정말 부끄럼 없이 바르게 살고, 매사 최선을 다해 왔는가? 아니다. 완전무결하다고 호언장담할수 없다. 그럼, 이 순간부터는 어떻게 할 것인가. 다시 시작해야지. 어떻게? 어떻게? 순간 번뜩 떠오른 사람이 있다. 마라톤 풀코스 반환점이 있듯, 절망의 끝자락에 희망이 기다리고 있다고 했던가? 어쩌면 그 사람이 나를 기다리고 있을지 모른다. 그 사람도 한때 바닥을 뒹구는 낙엽처럼 너무도 어려운 처지에 있다가 오늘의 영광을 거머쥐었다고 하지 않던가? 그 사람, 그 사람. 노동현장의 오랜 동지요, 선배요, 형님인 그 사람 김상진. 나는 그 사람을 찾아뵙기로 결심을 굳힌다.

가시고기. 수컷은 암컷이 알 낳고 떠나면 먹지도 자지도 않고 가시를 세워 천적으로부터 알을 보호한다. 그러다 새끼가 부화하면 제 몸까지 먹이로 내주고 세상을 떠난다고 한다. 미물에 불과한 가시고기의 헌신적이고도 희생적인 삶이 교훈으로 다가온다.

2001년 9월, 나는 무작정 상경하여 김상진 형님을 찾아갔다.

"어이구. 진작 오지 않고……."

형님은 반갑게 맞이하며 덥석 두 손을 잡는다. 형님은 서대문구 북아현동 중소기업은행 맞은편 60평 삼성빌라에 사셨고, 에쿠스 신형을 타고 다녔다. 아들 정모는 군에 있고, 딸정아는 대학에 다니고 있었다. 형수님은 가게일 보느라 눈코뜰 새 없이 바빴다.

"그동안 어떻게 지냈어? 궁금했는데……."

상당히 오랜 기간 헤어져 있었지만 정겨움은 여전하다.

"네!"

나는 아내 불륜만 빼놓고 상세히 말씀드렸다. 귀농이 실패로 끝났고 여러모로 악조건하에 놓여있다고 얘기했다. 무엇보다 애들 교육문제를 하소연했다. 형님은 술잔과 담배를 번갈아 만지며 내 얘기를 신중히 듣고 있었다. 매사 철저하고 빈틈없는 분이다. 김상진, 그는 나와 어떻게 인연을 맺게 됐는가? 김상진은 정읍 출신이다. 우리는 같이 태화고무에 다녔고, 호남향우회 회원이었다. 나는 사실상 노조에 깊이 관여하여 회사로부터 요주의 인물이 되고 급기야 해고된다. 이후 복직이 되지만 내가 설 자리는 그렇게 만만치 않았다. 그때 김상진이나를 스카우트해 간다.

김상진은 명석한 두뇌와 처신 그리고 업무에 대해 자타가 공인한 탁월한 능력의 소유자로서 호남 출신으로 유일하게 재봉과 과장자리에 오른 사람이다. 정치권에서도 지역 차별이 심각하지만 회사 내에서도 마찬가지였다. 지연, 학연, 혈연에 얽혀 인맥이 형성된 사회구조, 이는 구태의연한 망국의 불씨가 아닌가. 아무튼 김상진은 그러한 모순을 헤치고 우뚝선 독보적 존재였다. 30대 초반, 그는 보통 키에 다부진 체격을 가졌다.

그는 나를 재봉과 준비반장 자리에 앉힌다. 일반 노동자에서 관리자가 된 순간이다. 명예가 회복된 영광이 아닌가? 그후, 김상진은 많은 혜택을 받고 신평공단에 위치한 동일화성 공장장으로 부임하고 나 역시 뒤따라간다. 그곳에서 나는 마침내 그토록 갈망하던 노동조합위원장이 된다. 이곳에서 김상진은 경영자 대표의 한 사람으로서, 나는 노동자 대표로서 상생의 길을 간다. 노사는 화합하고 발전을 모색하며 최선을 다했지만 오더가 부족해 결국 부도 처리되고 우리는 많은 아쉬움을 남긴 채 헤어진다. 김상진은 광주로 가고, 나는 순천에 머문다.

김상진은 가진 재산 모두 투자하여 황금동에 무등산나이트클럽을 개업했으나 경험 부족과 낯선 땅에서 크게 손실을 보고 2년 반 만에 알거지 신세로 추락한다. 그는 광주를 떠나 인천, 서울을 돌며 리어카 과일 장사, 포장마차를 전전하다 외종형제들과 의기투합하여 프랜차이즈 '놀부김밥'을 창업

한다. 그리고 6년 만에 전국체인점 700여 군데를 갖게 된다. 그는 회장이 된다. 이는 누가 봐도 대박이고 노다지다. 통일 대박론은 구호에 맴돌고 있지만 김밥대박은 현실이 되었다.

"동민아! 오늘의 나를 봐라. 나이트클럽 털어먹고 쪽박 찬 것 알지. 그야말로 그때 얼마나 어려웠나. 자포자기 않고 최선을 다하면 하늘이 도와주게 돼 있어. 내년 봄쯤 가게 하나 만들어 줄 테니까 가족 모두 서울로 이사해. 나와 함께 멋지게 살아보자. 허허허……."

형님은 호방하게 웃으며 일거에 나의 고민을 해결해 준 게 아닌가? 무엇 하나 조건 없이. 형님은 크게 성공해 있고, 전도양양했다. 파죽지세, 전국 체인화가 거침없이 이뤄지고 막힘없이 기세등등했다. 김상진은 '놀부김밥' 회장직을 맡아 총괄 지휘하고 있었다. 막강하다. 그분 곁에 내가 있다. 그분은 큰 나무다. 무조건 기대고 싶다. 나는 아예 시골에 가지 않고 곧바로 일손을 잡았다. 이 어마어마한 기회를 놓치고 싶지 않았다. 형님 집에 머무르면서 대현동에 있는 놀부김밥 신촌점에 근무하게 된다. 철가방 들고 배달을 다니기도 하고 홀맨으로 최선을 다한다.

그리고 얼마 후, 쌍문동에 체인점 하나가 오픈한다. 나는 그곳으로 파견되어 약 4개월 일하게 된다. 참으로 쌍문동 겨울 칼바람은 살을 에듯 했다. 수유리까지 배달을 다녔다. 나는 엄동설한 그 어떤 악조건에도 굴하지 않았다. 두 평 남짓 옥탑방에 홀로 지내면서 가족을 그리며 뜬 눈으로 날밤을 새우기도 했다. 그러면서도 감지덕지했다. 왜냐면 희망이 도래하기 때문이다. 이는 김상진 회장에 대한 믿음이요, 그분은 구세주나 다름없지 않은가.

이듬해 1월, 온 가족이 전형적인 농촌을 떠나 대한민국 수도 서울을 향해 대장정에 오른다. 마포구 대흥동에 새로운 보금자리가 마련되고 가족이 한자리에 모이자 안정된 마음에 지난날의 갈등과 아픔이 일시에 해소된다. 무엇보다 애들이 생기발랄해 좋다. 숭문중학교에 전학하고 서울 하늘 아래서 교육문화 여타 최고의 환경을 접하니 이보다 큰 축복이 어디 있겠는가? 지혜도 소매를 걷어붙이고 열정을 불태웠다. '놀부김밥'은 메뉴가 70여 가지로 박리다매, 일손이 바빴다. 모든 가게가 24시 운영을 전제한다. 신촌점은 주야 하루 매상이 300만 원을 웃돌았다. 김 회장은 이와 유사한 직영가게 11개를 갖고 있었다. 그럼 통상 매출을 감 잡을 수 있고, 한마디로 벼락부자 되는 건 시간문제였다.

놀부김밥 대흥점. 2002년 3월. 놀부김밥 대흥점이 오픈한다. 사장은 하동민이다. 드디어 내가 점주가 된다. 운명이 바뀐다. 실패한 귀농자에서 철가방맨, 그리고 마침내 사장이 된다. 불과 6개월 만이다. 6개월 전, 나는 어디서 어떻게 몸부림치고 있었는가. 진퇴유곡, 나는 희망도 의욕도 상실했다. 심지어 자살까지도 고려한 극한 상황에 처해 있었지 않은가. 그야말로 막다른 골목, 전방위 암흑기였다. 그러나 지금은 직원 8명을 거느린 사장이 되어 있다. 상상도 못 한 현실이다. 꿈도 꿔보지 못한 사실이다. 이쯤 되면 독자 여러분으로부터 박수갈채를 받아도 되지 않을까? 감개무량하고 너무도 가슴 벅찬 기쁨이다.

나는 상진 형님을 우러러 결초보은하겠노라고 다짐한다. 부산에 이어 두 번째 깊은 수렁에 빠진 나를 구원해 주신, 구세주나 다름없지 않은가. 놀부김밥 대흥점은 하루 매출이 140만 원이 됐다. 형님께 월세 600만 원을 주고도 400만 원은 족했다. 집사람과 나의 몫이다. 1년 만에 시골에서 진 빚 3천만 원을 갚았다. 홀가분하다. 이제 번대로 우리 것이다. 재미가 있다. 흥이 절로 난다. 신바람에 콧노래 부르며 희망가를 열창한다.

애들도 잘 적응하고 성적도 우수하다. 무엇 하나 부족함이 없다. 아내 역시 기운차게 매사에 적극적이다. 특히 아내는 서울에 형제, 친척이 거의 살고 있어 너무 좋아했다. 길, 흉사 때는 물론 생일 등 형제간에 종종 만나 우애를 돈독히 다졌다. 나도 그간 각고 끝에 《한맥문학》으로 등단하여 시인이 되고,

잠시 기진맥진해져 버린 문학 정서를 되찾았다.

만사가 형통한 이런 좋은 마당에 더 이상 쓰라린 과거에 얽매일 이유가 없다. 용서한다기보다는 실수로 받아들이고 불쾌한 흔적을 깨끗이 지우고자 노력한다. 우리 부부는 다시 연애시절로 돌아가 출, 퇴근 시간뿐만 아니라 수시로 서로 포옹하고 키스도 하고 알콩달콩 새로운 활력을 되찾아 모든 게 정상궤도에 올라섰다. 나는 성인군자처럼 큰 그릇은 못되지만 위고의 말을 되새겨 본다.

'바다보다도 큰 것은 하늘이요, 하늘보다도 큰 것은 사람의 마음이다.'

나는 다짐한다. 좁쌀 같은 편협심을 과감히 버리자. 그리고 빛나는 마음, 깨끗한 마음, 겸손한 마음을 갖자. 마음을 크게 하고 정신적 우주를 확대시켜 바다보다도 크고, 하늘보다도 넓은 마음을 가져보자. 오일삼성(吾日三省), 자아실현을 위해 박차를 가한다.

놀부김밥 아현점. 여명은 밝아오고 서광은 찬란하다. 2004년 5월, 놀부김밥 아현동 가게가 오픈한다. 지혜가 사장이다. 이를 두고 승승장구라 했던가? 번창임에 틀림없다. 비록 셋 가게지만 폼은 난다. 이익도 창출한다. 일거양득이다. 여러모로 보기 좋고 활기차다. 지혜는 펄펄 날 듯 신바람을 일으키며 가게에 매달린다. 애들도 벌써 고등학생이다. 큰애는 강동고, 작은애는 숭문고에 다닌다. 건장하고 반듯하게 자라고 있다. 키나 몸집이 나와 비슷하고 우수한 성적에 모범생이다. 보면 볼수록 자랑스럽다. 대견하고 든든하다.

나도 꿈을 이루기 위해 구체화한다. 다가오는 2010년 지방선거를 염두에 두고 계획을 수립한다. 인지도를 높이고 인맥을 넓히기 위해 『아름다운 사람과 썩은 막대기』 시집을 출간하고, 출판기념회를 가진다. 그리고 결혼식장이나 잔칫집, 향우회, 동문회 등 각종 모임마다 시 낭송도 한다. 2006년 초에는 아예 놀부김밥 대흥점 2층을 계약하여 서재 겸 사무실을 꾸민다. 장편소설 『바다』를 구상하고 틈나는 대로 '시'를 쓴다.

희망은 내 품 안에서 들끓고, 꿈은 만발하다. 그 무엇 하나 거칠 것 없이 탄탄대로다. 아, 결론은 인생도 사랑도 사업도 자기 마음의 반영인 듯싶다. 마음을 끝없이 드높이고 혼을 갈고 닦자. 혼이 덩실덩실 춤추는 날들을 만들어 가자. 절차탁마, 나는 더더욱 주어진 일에 필사적으로 매달려 분골쇄신한다.

2007년 1월 초. 지혜가 더 이상 아현점 가게를 이끌 자신이 없다고 한다. 물론 재개발 영향도 있지만 경기가 불황인데다 직원 관리가 힘들다고 한다. 재미를 잃으면 일할 맛이 안 난다. 지혜는 이미 권태를 느끼고 진저리치고 있다. 나는 아내의 고충을 더 이상 두고 볼 수 없었다. 불투명한 매출 장부, 종업원 파업, 귀에 거슬린 소문 등 몇 가지 의혹이 있지만 모든 것을 묻고 구김살 없이 가게를 정리한다. 그동안 초췌한 지혜의 얼굴이 정상으로 돌아오고 그녀는 전업주부나 다름없이 일상으로 복귀한다. 이후 지혜는 골프, 수영, 헬스, 자전거 동호회 활동 등을 즐기며 외유한다. 자유부인, 온 세상이 그녀의 놀이터 같다. 이런 상황에서 나는 두 편의 장편소설을 완성한다. 계간 《참여문학》에 「학골에 핀 순정」이 연재되고 『바다』는 출간하여 시판한다.

2009년 12월 17일. 지혜는 가출을 선택한다. 그녀는 은 밀하고도 자주적인 사랑을 찾아 나선 것일까? 아무튼 파경을 자초한 것이다. 남편과 자식을 남겨 둔 채 혼자 떠난 것이다. 별의별 상상으로 혼란스럽다. 불면증으로 잠이 올 리 만무하다. 반쪽 가정의 가장, 한숨뿐이다. 정상적인 가정, 정상적으로 운영되는 가게가 있는데도 불구하고 모두 뿌리치고 떠난 것이다. 도대체 어떻게 생긴 도깨비 방망이가 그녀를 홀렸을까? 어느 천하 변강쇠가 그녀의 혼을 빼앗아 갔을까? 어느 곳에 그토록 호의호식시켜줄 안락한 보금자리가 있을까? 비단옷에 황금 면류관이 대기하고 있단 말인가?

한 남자의 아내이기를 거부하고, 두 아들의 어머니이기를 포기하고 떠나버린 서지혜. 그녀의 자아는 궁극적으로 무엇을 추구하고 있을까? 가정이라는 틀을 벗어나 자유롭게 나는 새가 되고 싶었을까? 가족이라는 굴레를 박차고 나가 홀로서기를 시도한 것일까? 홀로 광활한 창공을 나는 새 한 마리, 그 새가 서지혜란 말인가. 그곳은 과연 행복을 보장받을 수 있을까? 자기가 바란 대로 맘껏 꿈을 이룰 수 있을까? 자유자재, 기쁨을 누릴 수 있을까?

나는 지혜가 떠난 이후 찾지 않았다. 오직 두 자식과 가게에 올인하기로 한다. 지혜가 가출하자 야간근무를 하던 처형은 그만뒀다. 나는 주야간 관리가 쉽지 않아 주간 영업만하기로 결정한다. 손실이 따르지만 불가피한 선택이다. 이제 총책임을 자은이에게 맡겼다. 아내와 처형이 떠나버린 빈자리, 나는 자은이에게 그간의 내막을 얘기하고 간절히 부탁한다. 자은이는 기꺼이 해보겠다고 다짐한다. 이렇게 나는 자은이와 새롭게 인연이 시작된다.

자은이는 최선을 다한다. 새벽 6시부터 자정까지 마치 자기 가게인양 소매를 걷어붙이고 열정을 쏟는다. 아담한 체격에 날쌘 몸놀림, 그리고 청결하고 담백한 음식 솜씨, 무엇 하나 흠잡을 데 없고, 손색이 없다. 가게는 정상 가동이다. 누구보다 자은이 노력의 산물이다. 이자은, 그녀는 그렇게 나와 대영, 소망 이들 3부자를 지켜주는 보모역할을 맡게 된 것이다.

한편 나는 두 아들을 유심히 지켜본다. 어머니가 떠나고 없는데 행여 의기소침해지지는 않을까. 노파심은 여전하다. 그러나 믿음이 간다. 이미 성년이고 대학생인 데다 짬밥도 먹었

지 않은가. 뿐만 아니라 이들에게는 대학에서 만난 여자친구
가 있다. 대영이 짝은 홍은교, 소망이 짝은 임민정이다. 은교
와 민정이는 예쁘기도 하지만, 고마운 아이들이다. 복무 기간
내내 함께 면회도 가고, 혼자 다녀오기도 하고 참으로 은혜
로운 마음 뿌듯하다. 아무튼 두 아들은 기대를 저버리지 않
고 제 길을 야무지게 가고 있다. 총명한 사고(思考)에 아낌없
는 박수를 보낸다.

2010년 6월. 지방선거를 두고 나는 분주하게 움직인다.
내가 선거에 뛰어들면 누구보다 자은이가 힘들겠지만 그녀는
적극 응원해 마지않는다.

"뜻이 있는 곳에 길이 있다고 했어요. 도전해 보세요. 제가
힘닿는 데까지 밀어 드리겠어요."

진심으로 고마웠다.

나는 출사표를 던지고 민주당사를 찾았다. 평화민주당 부
산시지부 노동국장 시절부터 무려 20여 년 한길을 걸어왔다.
야당 외길, 그렇지만 공천이 우선이다. 나는 시간이 흐르면서
공천받기는 하늘의 별 따기보다 어렵다는 것을 실감한다. 공
천은 두 가지 길이 있다는 것도 비로소 알았다. 하나는 돈이

요, 다른 하나는 줄서기다. 줄을 잘 서고 돈이 있어야만 공천을 받는다는 것이다. 나는 끝내 이 높은 벽을 넘을 수 없어 탈당을 하고 무소속 출마를 선언한다.

나는 구 의원 예비후보자 등록을 마치고 명함을 만들어 주민 곁으로 한 발 더 다가선다. 대흥동, 염리동, 노고산동 3개 동에서 두 명의 구 의원을 뽑는다. 오랜 꿈을 실현키 위한 첫 발이다. 그동안 서재로 써오던 곳을 선거 사무실로 신고했다. 나의 이번 출마 목적은 당선보다는 인지도를 높이고 차기 배지를 달기 위한 발판으로 삼겠다는 것이다. 최소 비용을 들여 최대효과를 노리기로 전략을 구사한다.

신념이 있는 곳에 길이 생긴다고 하지 않던가? 사무장에는 둘째 아들 소망이를 앉혔다. 소망이는 친구들을 불러 모아 봉사단을 꾸리고, 적극적으로 선거운동에 앞장선다. 그러던 차 어느 날 저녁 8시경, 뜻밖에 마광수가 난 화분을 들고 사무실로 들어선 게 아닌가.

"하 후보, 수고 많소. 꼭 당선되길 바라오."

그가 덕담을 건네 온다.

"고맙소."

불편한 악수지만 거절할 수 없다.

"저 할 얘기도 있고, 잠깐 밖에서 좀 봅시다……."

나는 고개를 끄덕이며 그를 뒤따라갔다. 사무실로부터 약 30m 거리 베이스캠프로 가 마주 앉는다.

"나도 정치에 뜻이 있소만 당선이 목적인데 공천 못 받으면 힘들어요. 난 이번에 포기했소. 어지간히 돈을 달래야지."

그가 맥주잔을 든다.

"날씨도 더운데 고생 많소. 자. 한 잔 듭시다."

그가 건배 제의를 한다. 잔과 잔이 가볍게 부딪친다. 마광수, 그는 왜 사전연락도 없이 갑자기 찾아왔을까? 오주희 말에 의하면 그가 틀림없이 지혜의 내연남인데, 불쾌하지만 나는 지금 그와 마주하고 있다.

"저……. 요즘 지혜가 의료기 판매하는 데에서 근무한다면서요?"

금시초문이다. 여전히 씨 자는 붙이지 않는다. 나는 지혜 가출 후 일절 풍문마저 차단해왔다.

"글쎄요. 어디서 무얼 하는지 알게 뭐요."

나는 내키지 않는 듯 말을 던진다.

"서로 소식 없이 지낸 거요?"

그가 빤히 쳐다보며 묻는다. 유별나게 궁금한가보다.

"남편과 자식 등지고 떠난 사람이 무슨 소식을 전하겠소. 그녀 곁에는 남자가 있어요."

나는 확신하듯 광수를 쳐다본다. 탐색이다.

"남자가요?"

그가 뭔 소리냐 하는 기색이다.

"그래요, 손에 잡힌 게 없지만 듣는 얘기도 있고, 여자가 가출할 때는 십중팔구 남자와 관련이 있어요."

"글쎄요, 그것까지는 모르지만 지혜 얘기를 들어 보면 부부 지간 문제가 있었다고 하던데……."

"부부지간 문제가 있었다고? 하기야 완벽할 수야 있겠소? 약점 잡으려면 어디 한두 군데겠소."

"저……. 그런 게 아니고, 좀 들어 기분 나쁠지 모르겠지만 뭐, 남편이 편집증에 의처증까지 걸려, 하도 괴롭혀서 집을 나왔다고 하던데……."

"편집증? 의처증? 허허허……."

나는 웃고 말았다.

"별로 흥미로운 얘깃거리가 아닌 것 같소. 자, 술이나 한 잔합시다."

내가 먼저 잔을 들었다. 그도 들었다. 그리고 헤어졌다. 아무래도 지혜와 광수는 어떤 핑계로든 연락 내지 만나고 있음을 시사한 것이다. 이렇다 하더라도 나로서는 이미 선거판에 뛰어든 마당에 선거 외에는 신경 쓸 겨를이 없다. 선거는 혼연일체 무엇보다 가족의 일치단결된 힘이 필요하다. 특히 구의원 선거는 어쩜 가족 간의 전쟁인지 모른다. 가족은 후보자와 떨어져서도 유권자에게 명함을 건네주고 자유롭게 선거운동을 할 수 있지만, 나머지 운동원은 후보자 곁을 떠나 할 수 없다.

나는 자식 둘과 외롭게 선거판에 뛰어들었다. 마누라 없는 후보자. 그 사람이 바로 하동민 나였다. 나는 홍보차량 대신 배달용 오토바이를 이용했다. 거창한 앰프 대신 핸드마이크를 들고 거리에 나섰다. 신촌역, 이대역, 대흥역과 마포문화센터 등 광장을 누볐다. 달동네를 수없이 오르내리면서 유권자를 만나고 발이 부르트도록 주어진 시간 동안 최선을 다했다. 대영이, 소망이도 후보자 못지않게 목청껏 "기호 8번 하동민!"을 외치며 한 표, 한 표를 호소했다.

"팔팔한 후보, 기호 8번 하동민!"

그토록 무덥던 오뉴월의 여름, 3부자는 눈물겹도록 싸웠다. 아버지에게 힘을 실어주고자 헌신적으로 뛰어준 두 아들, 장하고 자랑스러웠다. 어머니 없는 빈자리 두 아들이 메워가며 천군만마의 역할을 톡톡히 해낸 것이다. 우리는 아낌없이 뛰고 후회 없이 싸웠다. 개표 결과는 고배다. 승복한다. 하지만 오늘의 실패는 반드시 다음 선거에서 승리의 원천이 되리라 믿어 의심치 않는다. 얼씨구!

2011년 도서관 건립. 나는 방관자가 싫다. 도전자이고 싶다. 실패는 성공의 어머니라고 했던가? 실패를 거듭했기 때문에 인류는 결국에 하늘을 비행하고 마침내 달나라까지 정복했지 않은가. 아장아장 걸음마를 익힌 어린아이를 보라. 우리는 모두 그런 과정을 겪어 오늘 직립보행의 편리함을 누리고 있다. 그리고 만물의 영장이라고 주먹 불끈 쥐면서 세상을 호령하는 천하무적이 되어 있다.

2011년 새해를 맞으면서 나는 또 다른 꿈의 실현을 위해 결심을 굳힌다. 나는 그동안 책을 많이 모았다. 어려서부터 책을 좋아했고, 언젠가는 도서관을 짓고 여생을 책과 함께 보내겠다고 꿈을 꿔 왔다. 2011년 춘삼월, 봄기운이 완연하다. 나는 계획대로 부모님이 살던 시골집 사랑채를 쓸어버리고 그곳에 5천여만 원을 들여 기역 자형 30평 도서관을 지었다. 그동안 모아 놓은 책을 정리정돈 한다.

내 기억으로는 초등학교 5학년 때부터 무척 책을 가까이했던 것 같다. 동네 이장 댁에 흥부전, 춘향전, 심청전, 장화홍련전, 조웅전, 박씨 부인전, 유충렬전 등 고전이 약 60여 권 있었는데, 밤낮을 가리지 않고 읽었다. 그리고 고등학교 2학년 때부터 용돈이 생긴 대로 책을 사 모으고, 일단 내 손 안에 들어온 책은 애지중지 보관했다. 성년이 되어 직장생활 할 때는 아예 급여 일부를 책 사는데 할애했다.

그때부터 먼 훗날 개인 도서관을 꿈꾸었고, 박봉으로 어려운 환경을 벗어나지 못한 내가 오늘날 1만5천여 권의 장서를 소유한 도서관을 갖게 되었다는 것은 삶의 또 다른 이정표로써 큰 의미를 낳은 게 아닌가 생각된다. 여기서 그칠세라 한

걸음 더 나아가 다문화 박물관을 꿈꾸며, 그림, 서예, 골동품, 조각상 등 한 점, 한 점 사 모으기 시작한다. 나는 도서관을 지은 후 매달 두세 번씩 서울과 고향을 오갔다. 장르별로 정리하고 책을 만지기가 지루하다 싶으면 화단을 손보고 미래의 안온한 쉼터에 위안을 얻었다.

나는 생각한다. 성공이란 무엇일까? 성공이란 자기가 원하는 것을 쟁취하거나, 각고의 노력 끝에 뜻한 바를 이루는 게 성공이 아닐까? 나는 일확천금을 거머쥔 벼락부자가 아니다. 단번에 1만5천여 권의 책을 산 게 아니다. 고등학교 때부터 수십 년간 한 권, 한 권 내 손으로 직접 고르고 만지고 하여 시나브로 모은 책이다. 어찌 장사 목적으로 산더미처럼 쌓인 대서점가 책과 비교할 수 있을까? 나의 책들은 나의 피와 땀과 눈물과 혼이 깃들어 있다. 귀하고도 너무도 소중한 책이다.

행복이란 무엇일까. 행복이란 즐기는 것이다. 주마간산 식으로 금수강산을 둘러보며 즐기는 게 아니라 자기가 이룩한 자기의 영혼이 담긴 자기만의 성취감에 빠져보라. 그보다 더 큰 행복이 어디 있을까. 황홀한 맛. 희열의 극치가 아니겠는가? 나는 이런 면에서 일찌감치 내 인생의 큰 그림을 두 가지로 그렸다. 하나는 문학이요, 다른 하나는 정치다. 모든 삶이 이 두 가지에 녹아든다. 그리고 이 두 가지 실현을 위해 줄기차게 노력해 왔다. 문학을 위해 초등학교 5학년 때부터 쓰기 시작한 일기를 멈추지 않았고, 정치조직이나 다름없는 다시 말해 정치 축소판이자 대동소이한 노조활동에 적극 참여하고 드디어 노동조합위원장이 된다.

그리고 오늘 시인이고 소설가에다 제10회 한국참여문학상을 수상했다. 장서 1만5천여 권이 저장된 도서관을 갖고 있는 데다, 비록 낙선됐지만 지방선거에 도전도 했다. 이만하면 행복의 조건을 갖춘 셈 아닌가? 이렇듯 나는 물질추구에 연연하지 않고 오로지 꿈을 이루는 데 전력투구해 왔다. 아픔과 역경이 왜 없었겠는가? 유유히 흐르는 강물이 바다에 이르기까지 겪은 시련만큼 인생도 마찬가지다. 나는 이런 운명과 맞부딪칠 때마다 더욱 담대한 마음으로 다음 말을 되뇌며 큰 용기를 얻는다.

"하늘은 스스로 돕는 자를 돕는다. 바쁜 꿀벌은 슬퍼할 틈이 없다."

2012년 내용증명. 그동안 여러 정황증거로 보아 마광수가 지혜 내연남이라고 확신을 갖게 된다. 이쯤 되면 속으로 끙끙 앓고만 있을 수 없다. 확신이 서는데 우물쭈물, 수수방관만 한다면 무기력한 자요, 비겁자다. 유부남과 유부녀가 눈맞아 짝짓기 하는 등 범법행위를 하고도 편집증이다, 의처증이다 떠벌리고 다니면서 누명을 씌운 것도 모자라 가정파괴범들이 백주에 저토록 당당하게 거리를 활보하고 있으니 이것이야말로 천인공노할 일이요, 능지처참 대상이 아닌가. 나는 보다 구체적 이혼소송 자료를 확보하기 위해 마광수에게 내용증명서를 보낸다.

1. 2006년 5박 6일(8/5~8/10), 중국여행을 지혜와 같이 다녀왔는지?

2. 2006년 1박 2일(9/3~9/4), 순천을 지혜와 같이 다녀왔는지?

3. 2006년 10월 29일, 일산 나이트클럽 부근에서 처남댁(김희숙) 폭행 건?

4. 장충체육관에서 오페라 〈명성황후〉를 함께 관람 여부?

5. 휴대폰 통화내역 공개 여부?

6. 2009년 12월 19일, 지혜와 충남 홍성에 함께 간 사실 여부?

7. 지혜와 어떻게 알게 되었으며, 골프는 언제부터 함께 치게 되었는지?

이와 같이 내용증명서를 발송한 일주일 후, 저녁 7시경에 마광수가 찾아온다. 그는 몹시 흥분된 상태다. 2층 서재에서 마주 앉는다.

"이봐요! 도대체 왜 나를 의심하오? 내 손에 총이 있다면 쏴 버리고 싶은 심정이오. 나와 지혜는 단지 골프 치고 식사 정도를 했지, 그 이상도 이하도 아니오. 은숙이 친구니까 같이 동생처럼 대했고, 내가 주방용품을 취급하고 인테리어도 하고, 나름대로 오지랖이 넓다 싶어 지혜가 가게 하나 차리면 도움되겠다는 생각에 의견을 제시한 바 있소."

그는 목이 타들어 갔는지 물을 찾았다. 나는 냉장고에서 시원한 물을 꺼내 건넨다. 그가 서너 번 크게 호흡하더니 다시 말을 잇는다.

"내용증명을 받은 순간 정말 화가 불같이 났소. 당장 뛰어와 난리를 치고 싶었지만 하 형 입장에 서서 곰곰이 생각해 보니 나름대로 오해 부분도 있겠다 싶어 한숨 돌리고 이제 온 거요. 지렁이도 밟으면 꿈틀거리는데 나도 성질 한가락 한 놈이오……"

그는 다시 물을 마신다. 낮 동안의 열기가 아직도 여전하다. 광수는 깊은 생각에 잠긴 듯 로댕의 조각상처럼 잠시 침묵이다. 그리고 다시 고개 들어 나를 쳐다본다. 뭔가 작심한 표정이다.

"내가 가능하면 입을 다물려고 했소. 남의 가정 파탄도 원치 않고, 한마디 해놓고 사건에 휘말리다 보면 복잡하다는 걸잘 알기 때문에 차라리 침묵이 상책이다 생각했는데, 내용증명을 펼쳐보니 하 형이 나를 지혜 내연남으로 지목한 마당에 자칫 뒷짐 지고 있다가는 영락없이 누명 쓰고 봉변당하겠다 싶어 찾아온 거요. 나 사나이답게 솔직 담백하게 말하리라."

그는 마른침을 삼키듯 목청을 가다듬었다.

"지혜한테 남자가 있었소. 전기범이란 골프 코친데, 고창 출신이고 우리 또래요. 지혜가 전기범한테 골프를 배웠소. 난 봉꾼인 데다 이놈이 가정파괴범이오. 돈도 이놈한테 바치고 중국도 이놈과 다녀온 거요. 일산에서 처남댁 뺨을 후려친 놈도 이놈이고……."

그는 무겁게 얘기를 하면서 연거푸 물을 마신다.

"내가 몇 번이고 만류했소. 너무 지나치다. 가정을 지켜라. 도움이 안 되니 빨리 헤어지는 게 살길이다. 이대로 가다간 파탄이다. 꼬리가 길면 밟힌다. 그리고 심지어 〈명성황후〉 오페라 공연 티켓이 있어 내가 은숙이, 지혜 등 대여섯 명과 함께 장충체육관에 갔는데, 글쎄 그 자식이 그곳까지 지혜를 찾아온 거요. 그때 내가 직접 나서서 한마디 했더니 아, 나한테 '네가 뭔데?' 하면서 폭언을 하고 삿대질까지 하더라고……."

전기범? 처음 듣는 이름이다.

"결국 이 지경이 되고 말았네요. 나로서는 어떻게 해볼 도리가 없었소. 나는 하 시인 가정을 지켜드리고 싶었소. 그래서 지혜가 돈 때문에 고민하길래 가게 차려 해결의 실마리를 찾아보라 했던 거요."

시간이 흐를수록 그의 진심이 엿보인다. 그가 우리 가정을 지켜주려고 노력했다고 한다.

"그놈이 사기꾼이었소. 스크린 골프장을 차려 주겠다고 지혜를 꼬셔 돈을 갈취한 거요."

나는 저절로 한숨을 토한다.

"하 시인, 불알 찬 남자끼리 못할 얘기가 뭐 있겠소. 더군다나 나를 오해한 마당에, 사실 나는 은숙이를 좋아하고 있소. 함께 동남아 여행도 다녀왔소. 이 사실을 어떻게 알았는지 은숙이 남편이 사무실과 집까지 찾아와 생난리를 냈소. 한바탕 소동이 일어나고 지금은 잠복된 상태지만 불씨는 남아있지 않겠소? 후회막심이오. 남녀란 물과 흙 같아 만나다 보면 자연스레 한몸이 되고……"

마광수가 다녀간 다음 날 오후 4시경, 은숙이가 저 또래쯤으로 보이는 여성 한 분과 찾아 왔다. 두 사람 모두 키가 훤칠하다.

"대영 아빠가 마 회장한테 보낸 내용증명을 보고 온 길입니다. 제가 아는 이상 그 내용은 사실무근이고, 지혜한테 다른 남자가 있었어요."

전은숙, 그녀는 마광수와 별반 다름없이 지혜의 신상에 대해 구구절절 얘기 보따리를 풀어 놓는다. 은숙이는 지혜 친구다. 그리고 광수 말을 빌리자면 마 회장과 전은숙은 내연관계다. 서지혜와 전기범 또한 내연관계다. 나는 한참을 은숙이 얘기를 들어 주다가 두 가지 의문사항을 묻는다. 하나는 자모회 모임 중국여행 건이고 다른 하나는 지혜가 가진 골프채다. 은숙이가 입을 연다.

"자모회에서 중국여행을 간 사실이 없어요. 물론 저도 가지 않았어요. 골프채도 제가 준 게 아니라 지혜가 직접 구입했어요. 지혜는 생각보다 헤펐어요……."

시원한 고자질이다. 은숙이와 낯선 여인이 떠났다. 서재에 나 혼자 있다. 마광수와 전은숙이가 들려준 얘기를 종합 분석해 본다. 전기범과 지혜는 내연관계이고, 같이 5박 6일 중국여행을 다녀왔다. 지혜가 가진 모든 돈을 전기범에게 바쳤다. 그럼 지혜는 가면을 쓴 위선자이고 거짓말쟁이다. 내연남한테 미쳐 정상적인 가정을 파탄케 하고, 남편과 자식을 배신한 천하 몹쓸 여자, 벼락 맞아도 시원찮을 괴물이 아닌가. 공교롭게도 순천 박용구, 마광수, 전기범 셋 모두 고창 출신이다. 콧잔등 높이는 별로인데 지혜는 전생에 고창과 무슨 인연이 있었을까? 헛웃음이 돈다.

결론적으로 세상에 영원한 비밀은 없다는 생각이다. 가장 가까운 사람이 비밀을 폭로한다는 사실을 나는 재삼 확인한다. 광수와 은숙이는 모든 걸 털어놓아 속이 후련할지 모르지만 나는 더더욱 막막하다. 사실 나는 지혜를 기다려 왔다. 혐의만으로 죄인 취급하면 안 되지 않은가? 증거가 불충분했고, 지혜가 골프 치고, 옷도 사 입고, 차도 구입하고 이 모든 것을 인정했다. 이러했음에도 행여 가출요인이 내가 너무 추궁했기 때문에 견디기 힘들어 저 나름대로 불가피한 선택이 아니었을까? 시간이 흐르면서 나는 나에게는 문제가 없었을까 반성하고 사실상 지혜를 기다려 왔다.

그러나 이제 선택의 여지가 없다. 확실한 증인과 증거가 나왔기 때문이다. 전기범과 서지혜 그 둘은 5박 6일 중국여행을 다녀왔다. 지혜는 가족을 속이고 외간 남자와 놀아난 것이다. 전기범과 서지혜는 불륜을 저지르고 단란한 가정을 파괴시킨 범인이다. 이런 마당에 내가 아무리 찬란한 정신과 올곧은 기백으로 무장되어 있다 한들, 그 삶이 온전할 리 있겠는가? 또다시 번민이 쓰나미처럼 휘몰아쳐 온다.

아, 하늘이여! 바다여! 누굴 향해 저주의 화살을 당겨야 하나……. 통곡한다. 밤낮으로. 기다림이란 한 가닥 희망마저 사라져 버렸다. 울었다. 몸부림쳐. 북받쳐오는 설움 주체 할 수 없어 한없이, 한없이 울었다.

"바다는 어떤 강물도 거부하지 않는다!"

나는 그럴 용기가 없다. 나는 보통 사람이며 평범한 가장이다.

　2013년 11월. 대영이가 운동을 하다가 어깨를 다쳐 영등포 충무병원에 입원한다. 대영이는 지난해 고양시장 배 육체미 대회에서 체급별 65kg, 3위를 차지하고 이천 시장 배에서는 우승 트로피를 거머쥔다. 코치로 있으며 계속 도전 중이다.

　병원에서 우연히 지혜를 만난다. 여전히 아름답다. 나는 아버지로서, 그녀는 어머니로서 병문 온 것이다. 지혜가 다가선다.

　"저……. 이가 안 좋아 치료 받아야 하는데……."

　돈이 필요하단다. 참으로 이상하다. 떨어져 있을 때는 별의별 생각이 다 나는데 막상 마주하고 보니 이렇게 자연스럽다니 이게 부부지간이란 말인가? 헤어져 있던 기간보다 함께 살아온 세월이 많아서일까 별다른 반응 없이 나는 고개를 끄덕였다. 당연한 것처럼.

"계좌번호 입력해."

다음 날 통장을 보니 400만 원의 여유가 있다. 송금한다.

"고마워요. 뒷말 없길 바라요."

짤막한 메시지가 들어온다. 지혜는 대영, 소망이 어머다. 어머니가 아파하면 애들이 견디지 못한다. 애들은 수시로 연락을 주고받고 왕래한다. 내가 받은 충격은 엄청난데 애들은 그렇지 않은 것 같다.

나는 동물의 세계를 즐겨본다. 그들은 자연의 순리를 역행하지 않는다. 동물은 배란기가 아니면 짝짓기를 하지 않는다. 인면수심의 철면피가 판치는 인간 세상과는 다르다. 어미와 새끼. 짐승보다 못한 인간도 있다. 욕망의 노예가 되어 천륜과 인륜을 져버린 사람도 있다. 아무튼 지혜가 건강해야 한다. 건강해야지만 고운 모습으로 애들을 맞이할 수 있다. 지혜가 남긴 아픈 상처를 그 무엇으로도 송두리째 지울 수 없다는 걸 고백하지 않을 수 없지만 아무쪼록 지혜가 건강해야 한다는 마음은 한결같다. 그렇다. 서지혜, 늘 고운 모습으로 애들을 대해주렴.

2014년 6월, 지방선거. 대영, 소망이는 이미 대학을 졸업하고 각자 성실하게 직장생활을 하고 있다. 대영이는 육체미 세계선수권대회를 목표로 최선을 다하고, 소망이는 의류업 계통에 종사하며 보람을 느끼고 있다. 지혜는 애들의 졸업식장에 나타나지 않았다. 나는 생홀아비 신세로 애들과 기념사진을 찍었다. 허전한 면이 있었지만 3부자는 잘 극복했다.

세월이 약이라는 노랫말이 있다. 상처도 아물어져 가고 나는 2014년 6·4 지방선거를 앞두고 두 번째 도전장을 던진다. 나는 어려서부터 정치에 관심이 많았고, 민주당 대의원으로 다년간 활약했다. 정치가 곧 민생이다. 민생이 무엇인가? 그것은 곧 나의 삶이다. 나의 삶을 좌지우지하는 정치를 외면할 수는 없다. 어떤 이념을 가진 집단이 정권을 잡느냐에 따라 삶은 바뀐다. 정치는 민생에 절대적 영향을 미친다. 이래서 나는 일찍이 정치에 뜻을 두고 깊숙이 참여해 왔다. 그리고 마침내 직접 선거판에 주자로서 뛰어든 것이다.

나는 자유가 들꽃처럼 만발하고, 정의가 강물처럼 흐르게 하는 정치를 적극 지지한다. 독재체제의 정치는 지옥 삶이다. 민주정치를 해야지만 천국 삶이 되고 정치다운 정치라고 얘기할 수 있다. 2010년 민주당을 탈당한 나는 2014년 6·4지방선거를 앞두고 새정치민주연합 서울시당을 직접 찾아가 복당 신청을 한다. 아무리 생각해 봐도 무소속이 당선된다는 것은 그야말로 하늘의 별 따기나 다름없는 불가능이다. 아직도 유권자의 심리는 지역패권정서가 짙은 경상도 중심의 보수와 전라도를 정치적 기반으로 하는 진보가 맞서고, 현실 정치 구도에서 새누리당과 새정치민주연합 지지층이 확고히 굳혀있기 때문에, 특별한 아주 특별한 사람 아니고는 무소속후보가 당선된다는 것은 마치 낙타가 바늘귀 들어가는 것보다 어렵다고 볼 수 있다.

나는 이미 지난 선거에서 무소속으로 출마하여 고배를 마신 바 있다. 돈은 돈대로 깨지고 참패를 거듭 보겠다는 바보는 없을 것이다. 나 역시 당선이 목표이기 때문에 그 길의 1차 목적은 무엇보다 1번이나 2번, 공천이 우선이다. 성향상 나는 보수가 아니다. 그러기 때문에 일생을 민주당에 몸담아 왔고, 아직도 마찬가지다. 나는 복당을 서둘렀고, 복당만 되면 공천 받는 길을 알아봐야겠다는 심사다. 만약 후보가 난립하면 경선을 치러 최종 한 명을 선택하면 된다.

나는 이러한 방식을 선호하고 페어플레이를 좋아한다. 승자가 된다면 두말할 나위 없겠지만 설령 경선을 통해 떨어진다면 나는 승자를 위해 기립박수치고 그 사람의 당선을 위해 나의 모든 역량을 바칠 각오이다. 이게 민주정신이고 민주주의를 사랑하는 마음이 아닌가!

그러나 애석하게도 서울시당 총무국에서 답이 오기를, "하동민은 복당 불가!"라는 것이다. "왜 불가냐?"라고 여러 경로를 통해 알아봤지만 누구 한 사람도 대답이 없다. 모두 모르쇠로 일관한다. 하도 답답하고 억울하다는 생각에 김한길, 안

철수 대표, 조경태 최고위원, 이목희 공직 선거후보자추천위원회 위원장, 이계안, 오영식 서울시당 공동위원장, 국회의원 노웅래 마포갑지구당 위원장 등 모두에게 팩스 내지 문자메시지를 보내 복당 불허 사유를 알려달라고 호소했으나, 하나같이 반응이 없다.

TV나 공식 행사장에서는 감언이설, 별의별 달콤한 얘기를 늘어놓으면서 정작 수십 년을 정치에 뜻을 두고, 정당에 몸담아 온 정치 지망생의 간절한 복당마저 이유 없이 불허하는 새정치민주연합이 과연 민주주의를 표방하는 대표적 정당이라고 볼 수 있을까. 그들은 날이면 날마다 기회만 있으면 앵무새처럼 떠들어댄다.

"박근혜 정부가 유신으로 회귀하고 있다. 불통이다. 안하무인이다⋯⋯."

나는 이에 한마디 한다. 직접 겪은 사람으로서 깃발만 다를 뿐 당명이 다를 뿐, 속내는 새정치민주연합과 새누리당이 한치도 다를 바 없다. 정당은 집권을 목적으로 한다. 그리고 정치인은 자기 출세지향이 아닌가. 지연, 혈연, 학연으로 뭉치고, 계보로 뭉치고, 전략공천이라는 그럴싸한 명분을 내세워 경쟁대상을 가차 없이 내치고, 한마디로 새정치민주연합이 집권당인 새누리당을 겨냥하여 쓴소리하는 것은 마치 똥 묻은 개가 겨 묻은 개를 보고 조롱하는 격이고, 하늘 향해 침 뱉는 경우와 무엇이 다른가.

나는 결심을 굳힌다. 새정치민주연합으로 복당 불허가 된 마당에 또다시 무소속으로 도전장을 던진다. 특히 이번에는 광역단체장 외에는 무공천이라고 하지 않던가? 이미 지난 대선 때 박근혜, 문재인 후보가 국민과 약속을 철석같이 했는데, 이 약속이야말로 반드시 지켜지리라 확신이 섰다. 설령 독재 끄나풀 정당이 태생적 생리로 보아 약속을 번복한다 하더라도 민주정통세력인 새정치민주연합은 끝까지 이행하리라 추호도 믿어 의심치 않았다. 내가 뜻을 둔 구 의원 선거, 무공천만 된다면 승리할 자신이 있었다.

구 의원 2명을 뽑는데 7명이 나왔다. 나는 출마 경험이 있고 인지도뿐만 아니라 다방면 활동으로 철저히 준비해 왔다. 한마디로 '준비된 구 의원 후보 하동민!' 그가 바로 나였다. 나는 제대로 조직을 갖추고 정정당당하게 싸워 승리하고 싶었다. 나는 서재를 선거사무실로 전환하고 죽마고우 최용인을 선거사무장으로 앉혔다. 최용인은 육군 대령으로 예편한 친구다. 명석한 두뇌와 탁월한 조직 감각을 가진 그가 기꺼이 도와주겠다며 두 팔 걷고 나섰다. 그리고 민주당 부위원장으로 활동해온 60대 정성기를 특보로 두고, 선관위에 준한 선거요원을 갖췄다. 유세 차량은 물론 앰프와 컴퓨터도 마련한다. 완벽한 조직이다.

아뿔싸! 설마, 설마 했는데 새누리당에 이어 새정치민주연합도 당리당략, 무공천에서 공천으로 결판 짓는다. 낭패다.

이율배반, 국민과의 천금 같은 약속은 개털이 되고 이래서 새 정치민주연합을 새누리당 2중대요, 중상층을 대변한 당이라고 비꼬지 않는가. 이럼에도 나는 중단할 수 없다. 이미 모든 걸 치밀하게 준비하고 완벽한 선거 캠프와 무적의 선거요원을 구성한 마당에 백전백승의 깃발을 드높이고 천둥처럼 승전고를 울리고 있지 않은가.

식사는 자은이가 전담했다. 그리고 대영이, 소망이가 휴가를 내고 전면에 나섰다. 소망이는 1천만 원 긴급 자금까지 조달해주고 친구들을 불러 모아 봉사대원을 조직하여 이끌었다.

선거가 시작되었다. 신호탄이 울리자 최용인 사무장의 총괄 지휘에 따라 이대역, 대흥역, 신촌역 등 유권자의 왕래가 잦은 곳에 팀장을 중심으로 선거요원이 전진 배치되고 후보는 작전전략에 따라 달동네를 누비며 직접 유권자를 만나 한 표, 한 표를 호소한다. 나는 하루에 한 번씩 마포문화센터 광장을 찾아 사자후를 토한다. 그곳은 염리동, 대흥동 주민들이 가장 많이 모이고 주말이면 벼룩시장이 열리기도 한다.

참으로 치열한 싸움이다. 선의의 경쟁이지만 물밑 전술전략은 총성 없는 전쟁터를 방불케 한다. 선관위법을 준수하면서 단 1분이라도 아껴 유권자를 만나고, 득표로 연결해야 한다. 피 마른 기 싸움이다. 이런 상황을 자은이는 누구보다 잘 알고 있다. 그녀는 곁에서 두 번째 선거 치르는 것을 보고 있다. 자은이 역시 뒤질세라 누구 못지않게 적극적이다. 식사와

차 대접은 그녀의 몫이다. 자은이가 제안한다.

"이럴 때 부인 역할이 클 텐데 지혜 씨한테 도움을 청해 봐요. 후보님이 난처하면 제가 직접 전화 드려 볼게요……."

맑고 고운 자은이의 눈빛은 진실 그대로이다. 진심이 가득 배어 나온 심연의 말이다. 공식 선거비용이 5천만 원에 육박한다. 낙선되면 이 돈은 물거품이 되고 만다. 서울신보에서 대출받아 겨우 마련한 자금인데, 사실 고민이다. 무공천 바람이 공천으로 선회하고, 후보자에게 특별히 하자가 없는 한 정당 공천자가 당선 가능성이 크다. 이나마 최선을 다해 총 유효득표의 15%를 확보하면 보전금을 받을 수 있다. 특히 구 의원 선거는 가족 간의 혈투라 해도 과언이 아니다.

가족은 선관위가 마련한 패용만 차면 후보자와 동떨어져서도 어디서나 자유롭게 운동을 할 수 있다. 이런데 왜 아내의 도움이 필요하지 않겠는가? 간절하지만 선뜻 용기가 나지 않는다. 발등에 불 떨어진 상황에서 몰염치 같기도 하고, 일단 자은이에게 맡길 수밖에 없다. 자은이는 지혜와 동갑내기고 함께 일해 왔기 때문에 소통이 되리라 믿었다.

법정 선거기간 13일이 막을 내렸다. 예상대로 묻지마 1, 2번 전략공천 여성 후보 두 사람이 당선된다. 5선에 박용길 후보, 4선에 정형호 후보는 구 의장까지 지낸 관록까지 가졌지만 낙동강 오리알 되는 신세는 나와 마찬가지다. 추풍낙엽이다. 나는 석패한다. 지혜는 얼굴은 고사하고 끝내 전화 한 통도 없었다. 선거캠프 해단식을 마치자 모두 떠나고 그토록 북적대던 사무실이 쥐 죽은 듯 조용하다. 적막강산, 왠지 외로움이 밀려든다. 두 아들이 다가온다. 얼싸안는다.

"아빠! 멋졌어. 공천만 받으면 떼 놓은 당상인데, 너무 아쉬워 말아요. 또 기회가 오잖아요……."

고마웠다. 이해하고 용기마저 북돋아 준 대영, 소망이가 너무도 대견하고 고마웠다.

"고생 많았어요, 낙심 말아요. 당선 여부는 자질과 능력이 아니라 순전히 공천이 좌우한다는 걸 이번에도 드러났잖아요, 아무튼 유권자한테도 문제가 있어요. 눈 감고 1, 2번 아니에요?"

자은이가 상황을 정리한다. 예리한 판단이고 정답이다. 선거 풍토가 이런 정도이니 돈다발 들고 줄서기 한 게 아닌가? '공천=당선!' 수단과 방법을 가리지 않고 공천을 받기 위해 비인간적, 폭력적, 비민주적 작태가 완연한 사회, 국민과 나라에 봉사한다기보다 공천권을 행사하는 절대 권력자에게 아부하고 아첨하여 목적을 이룬 그들에게 과연 섬김의 정신이 있겠는가. 이래서 안하무인 정치판이 끝장나지 않고 국민과의 약속도 헌신짝 버리듯 하지 않은가.

아무튼 나는 2014년 6·4 지방선거에 재도전하여 낙선됐지만 후회는 없다. 끝까지 당당하고 명예로운 싸움이었고, 영웅은 못돼도 용감한 전사였다. 주마간산, 방관자가 아니라 시대

183

정신에 부응하고 역사의 부름에 동참한 주자로서 선거 열기를 드높이는데 일조했고, 무엇보다 주민의 애로사항을 청취하고 대안도 제시했다. 뿐만 아니라 드넓은 광장에서 우렁찬 목청과 기개로 미래청사진을 밝혔다. 사자후를 토하는 나에게 열광하는 지지자들의 모습은 영원히 기억될 것이다.

돈은 돌고 돌지만 명예는 그렇지가 않다. 명예롭게 사는 사람이 진정한 삶의 가치를 지녔다고 볼 수 있지 않을까? 나는 명예로운 사람이고 싶다. 그래서 오늘도 절차탁마하며 자아실현을 위해 분골쇄신하고 있다. 꿋꿋하게 어려움을 이겨내고 언젠가는 빛을 발하고 싶다.

새로운 시작을 위하여. 인생은 등산과 같지 않을까? 입산에서 정상에 오르는 과정을 보라. 가파른 좁은 길도 있고 위험한 낭떠러지도 있다. 아름다운 경관을 마주할 수도 있고, 음산한 곳도 있다. 힘들면 나뭇가지라도 붙들고 싶다. 쉬어가기도 하고 쉼 없이 오르기도 한다. 누가 먼저 가느냐가 중요한 게 아니다. 누가 더 산행을 즐기고, 의미를 부여하며 포기하지 않고 정상에 오르냐가 중요하다. 남에게 또는 다른 기구에 의존하지 않은 채 오직 자의적으로 한발 한발 정복하는 희열을 만끽하며 오른 등산, 드디어 정상에 올라 한눈에 들어오는 대 우주를 향해 활짝 두 팔 벌리고 가슴을 쫙 펴 보라. 경이로운 자연은 무궁무진한 뜻을 시사하고도 남음이 있다.

하산의 내리막길은 또 어떤가? 오르막이 있어 내리막이 있다고 단순하게 생각할지 모르지만 정상을 정복한 자의 하산은 그냥 내리막길이 아니다. 그 길은 승리의 길이다. 영광의 길이다. 정상에 승리의 깃발을 꽂고, 이제 새 희망의 본거지로 향한 역동적인 발걸음이다. 고된 오르막에 대한 보상이 주어진 셈이다. 사필귀정이다. 그래서 나는 2014년 6·4 지방선거를 두고, 비록 낙선됐지만 혼신을 다한 치열한 운동의 발자취는 하늘이 알아줄 것으로 확신한다. 이 또한 밑거름이 되어 앞으로 어느 때 어느 시기 또 다른 힘의 원동력으로 반드시 되살아나 찬란한 빛으로 어두운 세상을 밝히리라 믿어 의심치 않는다. 이러한 나는 다음 말을 가슴 깊이 아로새겨본다.

"자포자기는 굴욕이다!"

"도전하다 쓰러진 것은 영광이다!"

지방선거에 뛰어들어 쟁쟁한 후보들과 한판 승부를 놓고 최선을 다한 의미도 있지만 뒤안길을 되돌아보면 어디 아쉬움이 한두 가지뿐이랴. 식당은 자은이의 열정으로 꾸준하고, 두 아들도 스스로 주어진 일에 성실하게 임하면서 사회일원으로 일일신(日日新), 대견스럽다.

무엇보다 마음에 걸린 것은 아내 지혜와의 관계개선이다.

나는 솔직 담백하게 말하지만 죄는 미워하지만 지혜를 잠시도 잊어본 적이 없다. 증인에 의하면 지혜는 공식적으로 두 번 불륜을 저지르고 결국 파경을 가져온 장본인이다. 곤두박질, 정상적인 가정을 풍지파탄케 하고 남편과 자식을 두고 가출까지 한다. 경제적 정신적 피해는 이루 말할 수 없고 명예까지 먹칠한 이를테면 중죄를 지은 사람이다. 여느 영화 제목처럼 〈용서받지 못한 여자〉나 다름없지 않은가? 하루에도 몇 번씩 분노가 치솟을 때도 있다. 쫓아가 성질대로 하고 싶다는 생각뿐이다.

그러나 용케도 나는 단 한 번도 보복적 행위는 일삼지 않았다. 단 한 번도, 특히 마광수와 전은숙이가 찾아와 지혜 내 연남이 전기범이고, 두 사람이 중국 여행을 다녀왔다고 새로운 증거를 내놓을 때 분노보다는 내 자존심이 끝없이 무너지는 기분, 어찌 말로다 표현할 수 있겠는가. 엄연한 사실이지만 그들은 왜 끝까지 숨기지 않았을까? 많은 시간이 흐르고, 상처가 아물어가는 마당에 광수와 은숙이는 그토록 지혜를 아끼는 동생, 둘도 없는 친구라고 하면서까지, 가장 약점이고 변명할 수 없는 죄목을 왜 나에게 일러 바쳤을까? 정말 나는 한동안 광수와 은숙이를 원망했다.

사람은 실수가 잦은 감정의 동물이다. 달콤한 속삭임에 순간 솔깃할 수가 있다. 세상이 그렇게 호락호락하지 않다는 걸 알면서도 도깨비에게 홀리듯 졸부들의 성적 도구로 전락할 수도 있다. 이해한다기보다는 누구나 자칫 그렇게 함정에 빠질 수 있다는 것이다. 그래서 나는 지혜가 자신을 제대로 꿰뚫어 볼 수 있는 기회를 갖도록 일절 연락을 취하지 않았다. 자식과 남편이 있는 가정으로 복귀하는 게 옳은지 아니면 새로운 선택을 하는 게 현명한 길인지 어느 시점 가닥이 잡힐 것으로 보았다. 그런데 광수와 은숙이의 증언은 이 기대에 찬물을 끼얹고 만다.

나는 또다시 더 깊은 고민에 빠진다. 언제까지 이렇게 3부자만 살아야 하는가. 남자 셋만 산다는 것은 삭막 그 자체다. 하루 이틀은 몰라도 특히 어머니의 빈자리, 왠지 나는 자식 볼 면목이 없는 날이 많았다. 겉으로는 태연한 척하지만 사내인 나도 여자가 필요하고, 무엇보다 애들은 어머니의 손길이 간절한데, 애타게 부른들 쉽게 다가설 수 없는 사정이 있지 않은가. 그렇다고 내가 나서서 용서해 줄 테니 집으로 돌아오라고 더더욱 할 수 없다. 범죄자는 반성이 앞서야 한다. 무엇을 잘못했는가를 분명히 인지하고 각성을 해야지만 재발하지 않는다. 더군다나 지혜는 재범자다.

나는 소싯적부터 교회를 다녔고 성경책도 완독했다. 예수님의 말씀을 잘 기억하고 있다.

'너희 가운데 죄 없는 자가 저 여인에게 돌을 던져라! 용서는 한 번이 아니라 일흔 번씩……'

나는 예수님 같은 성자가 아니다. 평범한 사람이다. 소시민이다. 그래서인지 선뜻 용기가 나지 않는다. 반성 없는 회개, 반성 없는 뉘우침은 공염불에 지나지 않는다. 거두절미하고 지혜에게 바라는 것은 "제발 실수였노라, 두 번 다시는 실수를 하지 않겠다!"라고, 과연 지혜가 그런 연기를 해서라도 단 한 방울의 눈물을 보인다면 내 마음은 어떻게 요동칠까.

나는 확신한다. 지혜가 그렇게만 해 준다면 나는 진정성으로 받아들일 것이다. 왜냐하면 나는 여자가 필요한 게 아니다. 내 아내가 절실하고 두 아들의 어머니가 간절한 것이다. 세상천지간 눈을 씻고 봐도 나와 대영 그리고 소망이 가운데 지혜가 함께한다면 그보다 더 어울림은 없다. 그보다 더 완벽한 가족은 없다. 그보다 더 자연스러운 인연은 없다. 그보다 더 미래지향적 뿌리도 없다. 이것은 확고한 나의 신념이다.

감정은 사멸한다. 실수도 구제된다. 반성은 용서를 부른다. 한때의 실수 화합하지 못할 이유가 없다. 이에 따른 내 의지의 소산은 무엇보다 가족사진이 웅변하고 있다. 그래서 나는 꼭 전할 말이 있다 싶어 지방선거 직후 지혜를 찾아갔다. 지혜는 대림역 근처 '해오름호텔' 주방 책임자로 있다. 해오름은 지혜 손 밑 동생 서필수 건물이다. 처남은 전기 사업을 하다가 큰돈을 벌어 건축까지 뛰어들었다. 꽤 사업수완도 있고, 운도 따른 지 승승장구한 편이다. 사실 당선만 됐으면 보다 더 구체적 대안과 큰 선물을 가지고 좀 더 의기양양 나섰을 텐데 두 번이나 낙선, 패잔병 주제에 혈기방장은 수면 아래로 가라앉아있다.

아무튼 나는 "내 사전에 이혼, 재혼은 없다!" 성문화된 법률 마냥 이 신념만은 요지부동이다. 툭 까놓고 얘기해서 성춘향을 대표적 만고열녀라고 하는데 춘향 사후 눈 씻고 봐도 춘향의 절개를 계승하려고 흉내조차 보인 사람은 없고, 한두 가지 약점 없는 사람이 또 어디 있겠는가? 지혜 역시 불륜 외에는 크게 흠잡을 데 없다. 예쁘고, 음식 솜씨 좋고, 아이들 잘 키웠고, 뿐만 아니라 할아버지가 한학자에 훈장까지 지낸 고을 유지다. 명문 가문이 따로 없다. 그래서 나는 나 자신에게 끝없이 최면을 걸었다. 지혜는 실수를 했노라고, 그렇게 나를 세뇌했다.

그리고 지난주 들었던 목사님의 설교 한대목도 자극으로 남아있다.

"용서는 또 다른 자유를 선사한다. 바로 자신에게!"

이런 모든 것을 총망라하여 포용이라는 용광로에 넣는 순간 기폭제가 되어 면죄부로 승화할지는 미지수일지라도 최소한 실수에 의한 충동적 행위였노라고, 미묘한 반성의 기미만 보인 척이라도 한다면 충분히 회복 가능성은 있다고 점쳐졌다. 대림역 뒷골목 영림중학교 정문에 도착한 시간은 갓 12시를 넘고 있었다.

재회. 해오름호텔은 영림중학교 맞은편에 있다. 경비실에 면회를 신청했다. 지혜는 이른 새벽에 출근하여 정오에 마친다고 한다. 12시 반쯤, 지혜가 나타난다. 얼마 만인가? 반가움에 뛰어가 와락 껴안고 싶다. 누가 뭐라고 해도 하동민의 아내 서지혜가 아닌가? 그 얼마나 긴 시간 애타게 부르며 기다렸던 사람인가. 그 얼마나 참았던 그리움인가. 묘한 감정이 너울져 금방이라도 왈칵 눈물이 쏟아질 것 같다. 나는 애써 감정을 추슬렀다. 그리고 망부석처럼 그 자리에 선 채로 지혜를 맞았다.

그녀가 다가선다. 전혀 반가운 기색이 아니다. 마치 불청객이라도 대하듯 무표정에 다소 불만스런 모습 같다. 그런 느낌은 곧 현실로 나타난다. 때론 예감은 적중되기도 한다.

"사전 연락도 없이 갑자기 찾아오면 어떻게 해요?"

볼멘소리다.

"저 그렇게 한가한 사람이 아니에요."

귀찮다는 뜻이다. 남편이라기보다 그저 문가에서 손 벌리는 거지 취급을 하나보다.

"할 얘기가 있어서 왔는데……."

풍선 바람 빠진 목소리다. 후보자로서 드넓은 광장에서 수많은 청중을 향해 사자후를 토하던 기백은 어디에도 찾아볼수 없고, 애정에 목말라 구걸하는 가엾은 신세가 역력하다. 축 처진 어깨 초라한 인상이다.

"알았어요, 잠깐 기다려요."

메마른 말투다. 변화가 뚜렷하다. 가출 전의 그녀가 아니다. 전혀 새로운 사람 같다. 감정이 경직되고 사무적 언행이 몸에 배인 것 같다. 다만 아직도 아름다움은 여전히 유지하고 있다. 하얀 차가 내 앞에 선다. 소나타다. 골프채를 싣고 다녔던 윈스톰을 정리 했나 보다. 창문이 열린다.

"타요!"

간단명료하다. 그녀는 짙은 선글라스를 끼고 있다. 곁눈질을 해보지만 이제 눈동자를 헤아리기가 쉽지 않다.

약 10여 분을 달리던 차가 보라매공원으로 들어선다. 주차를 하고 지혜가 공원 매점으로 가더니 캔 커피를 두 개 사 들고 와 한 개를 건넨다. 한여름의 불볕더위 갈증 해소의 특약이다. 고마웠다. 아내의 손길을 느낀 게 몇 년 만인가?

오늘 나는 양복을 입었다. 깔끔한 면모를 갖춰 점수를 따보자는 심사였다. 지혜는 외모를 선호한다. 외유내강보다 노출된 카리스마를 열광한다. 고급상표를 좋아하고 눈에 확 뜨인 스타일에 아낌없는 박수갈채를 보낸다. 내가 갖춘 오늘의 모습은 사실 지혜 눈높이에 비교하면 조족지혈에 불과하겠지만 몇 년째 생홀아비로 살아온 마당에 그나마 선거 때 급기야 준비한 파크랜드 바겐세일 9만 원짜리 곤색 양복이다. 사실 나는 겉치레에 별 흥미가 없다. 그렇다고 각설이 스타일을 맹목적으로 좋아하고 때와 장소를 못 가릴 정도로 분별력이 없는 바보는 아니다.

시 낭송 무대도 서보고, 웅변 강사도 하고, 주례까지도 선 마당에 나름대로 평범한 시민으로서 모나지 않게 품위 유지를 한다고 본다. 더군다나 나는 10여 년 헬스를 해왔다. 워낙 운동을 좋아하고 배구, 축구 등 구기 종목은 물론 복싱까지 했다. 여름날 해변남으로서 몸짱을 과시하는 기인 행세도 마다하지 않을 때도 있었다. 이럼에도 지혜와 나는 그녀 말마따나 성격 탓인지 수준 높이인지는 모르지만 분명한 차이를 보이고 있다. 지혜가 무조건 보여주기만을 위해 치장하고 외모에 각을 세워 왔다면 나는 서생처럼 책을 벗 삼아 내면의 세계를 가꾸는데 충실해 왔다고 보면 타당하겠다.

지혜와 나는 벤치에 앉았다. 눈은 마음의 거울이라고 한다. 간만에 만나 지혜의 마음을 읽어보려고 무진장 애를 썼지만 새카만 선글라스에 갇혀 그 옛날의 맑고 고운 눈빛을 볼 수 없어 속상했다. 그렇다고 멋인지 치장인지는 모르지만 이유가 있어 끼었을 것이고, 자존심을 생각해 벗으라는 말은 엄두도 낼 수 없다. 왠지 실존인물 지혜가 아닌 허상과 마주앉아있는 것 같아 쓸쓸하다. 대화는 눈과 눈을 마주 보고, 서로 감정을 헤아리며 이뤄지는데 저하된 기분이 말문을 닫고 있다. 무슨 말부터 꺼내야 할까? 한낮의 뜨거운 태양은 쉴 새 없이 땀방울을 쏟게 한다. 할 말이 많았었는데 이렇게 불편할 줄 알았더라면 차라리 오지 말았어야 하는 생각이 든다.

"할 얘기가 있다면서요? 해봐요!"

쫓기듯 재촉한 목청이다.

"음……."

얼떨결에 목에 힘을 준다. 무슨 말인가 하려다가 다시 입이 얼어붙는다.

"당신은 현실 파악을 제대로 하고 나서야지, 어때요? 두 번 낙선하고 나니까? 돈만 수천만 원 날려 버린 게 아니에요?"

불평불만 날 선 목소리다. 아직도 가족 일원의 여운이 남았는지 간섭하는 반응이다. 싫지 않다.

"애들도 장가갈 나이고, 빈손으로 못 가잖아요……."

선글라스를 끼었지만 어머니의 냄새가 약간 풍긴다. 갸륵하다. 비록 가출했지만 애들의 장래를 염려하는 모성애에 진심으로 존경을 표한다.

"음……."

나는 마른기침을 한다. 용기를 낸다. 기어이 한마디 한다.

"거두절미하고 진심으로 얘기하겠소. 집으로 들어오시오. 다시 한 가족으로 살아갑시다."

나는 간청하다시피 낮은 자세로 임한다. 불편한 심기가 되면 거절할 확률이 높기 때문이다. 잠시 침묵이 흐른다. 공기가 무겁다. 나는 지혜를 바라보며 눈치를 살핀다. 선글라스에 가려 콧잔등과 입술만 보인다. 그녀가 꼿꼿하게 자세를 취한다. 무언가 결심한 모양이다.

"너무 늦었어요. 이제 와서 합치잔 말이 나와요? 당신이 그토록 생사람 잡았잖아요? 나와 마 회장 간 의심하고………. 그래요, 사전에 얘기하지 않는 건 잘못이다 치고, 옷 좀 사 입고 골프 친 게 그렇게 큰 죄인가요?"

감정이 쌓여 북받쳐 오른 목청이다. 저 나름대로 억울한가 보다. 나는 아내를 설득하러 왔지 감정을 유발하여 판을 키우자는 게 아니다. 과거사에 대해 일언반구 없이 내일을 바라보며 다시 뭉치자는 것이다. 이런 나의 진심이 제대로 전달되지 않는 것 같아 안타까움뿐이다. 궁리를 다 해보지만 쉽사리 묘안이 떠오르질 않는다.

"선택의 여지가 없어요. 다시 결합한다 해도 예전처럼 될 리만무하고 이혼해요!"

차갑고 당찬 목소리다.

"이혼?"

나도 모르게 반문한다. 고려한 바가 아니다. 이렇게 쉽게 차마 이혼이란 말을 꺼낼지 몰랐다. 조금은 반성의 기미를 보이고 어느 정도 수긍할 줄 알았는데 전혀 예상이 빗나간다.

"그러니까 이혼함으로써 하 씨 가문과 완전히 인연을 끊겠다? 나는 큰 잘못이 없는데 남편 구박이 심했다? 그래서 가출했고 더 이상 부부간으로 살지 않겠다……"

나는 혼자 중얼거리듯 내뱉고 반응을 살핀다. 그녀는 무슨 생각을 하는지 이번에는 다소 침묵이 길다.

"서지혜! 나는 사실상 당신한테 선택의 기회를 주려고 했어. 이혼이든, 합치든, 그런데 오늘 보니 아직 멀었어. 반성은 커녕 적반하장이야."

나는 괘씸하다는 생각에 선글라스를 녹일 듯 꿰뚫어 본다. 마치 이글거린 태양처럼 열기가 가득했으리라. 나는 자리를 박차고 벌떡 일어섰다.

"같이 살고 안 살고 차치하고라도 반성하지 않으면 발전이 없는 거야. 이혼하면 나와 끝난다. 하지만 무슨 낯으로 애들을 대하려고!"

톤이 높다. 분통이 터진 목소리다.

"애들도 다 컸어요. 요즘 어떤 세상인데 사사로운 감정에 매달리겠어요? 합의 이혼 안 해주면 제가 소송을 청구하겠어요!"

"뭐라고? 사사로운 감정? 소송?"

여태껏 참고 살아온 억울함이 폭발한다.

"천하에 뻔뻔스러운 여자구먼, 전기범이 누구지? 그놈 누구냐고? 대답해봐!"

나는 바싹 다가선다.

"왜 말을 못해! 골프 코치 그놈에게 아현동 가게에서 번 돈 다 바치고, 그것도 모자라 내 돈 3천만 원까지. 얼씨구! 중국 여행까지……."

그녀는 일순간 꿀 먹은 벙어리인 양 홍당무가 된다.

"일말의 양심의 가책은커녕 아직 멀었어. 흥신소에 의뢰해서라도 오늘부터 일거일동을 예의주시할 거야. 인과응보는 진리야. 난 가겠어!"

나는 돌아섰다. 온몸 땀으로 가득 배어있다.

"잠깐만요."

한풀 꺾인 목소리다.

"태워다 드릴게요."

동정인지 인정인지 귓전에 들린다.

"됐어, 혼자 갈 거야. 앞으로도 광야의 늑대처럼 홀로 갈 거야!"

나는 걸었다. 격렬하게 가슴이 끓어오른다. 두 아들의 얼굴이 떠오른다. 가자. 떠난 사람 잊고 애들이 기다린 곳으로…….

망부석. 세상에는 천차만별의 여성상이 있다. 어려운 역경을 헤쳐 가며 소임을 다하고 바른길을 가기 위해 발버둥 치는 사람이 있는가 하면, 본분을 망각하고 욕정과 욕망에 사로잡혀 천방지축 날뛰는 사람이 있다. 날만 새면 목격하지만 노점상 주부들을 볼 때마다 가슴이 뭉클하다. 구청 단속반의 눈을 피해 좌판을 깔고 온종일 흙먼지 뒤집어쓰고도 포기하지 않는 가족 사랑의 투혼을 발휘하는 악착같은 모습은 여전사 이상이다. 존경과 지지를 무궁토록 보낸다.

한편 시각장애인이 판소리로 성공 가도를 달리는 장면이 TV에 방영되었다. 오늘이 있기까지 위대한 어머니의 역할이 있었다. 눈이 되어주고, 손발이 되어주고, 길을 갈 때 지팡이가 되어 주었다. 헌신적인 어머니의 눈물은 수소폭탄보다 강하다고 했다. 어머니, 어미의 품 안처럼 안정되고 안온한 곳이 있을까? 삼라만상 모든 생명체는 모성애의 지고지순한 사랑 안에서 잉태하고 탄생한다. 이를 천륜이라고 한다. 단순한 인연이 아니다. 이러한 인륜을 인위적으로 갈라놓을 수 없다. 만일 사사로운 감정으로 역행했을 때 흔한 말로 천벌을 받을 것이다. 이를테면 순천자행(順天者行)이요, 역천자망(逆天者亡) 은 만고의 진리다.

아무튼 나의 처지는 지혜의 가출로 인해 반쪽이 되어 버렸다. 홀아비에 달랑 두 아들만이 남아있는 불안전한 가족 구성원이 되었다. 누구나 살다 보면 여러 형태의 아픔을 겪을 것이다. 나도 예외가 아니다. 그 모든 아픔 가운데서 나는 이별의 아픔에 방점을 두고 싶다. 이별? 과연 생이별보다 아픈 게 있을까? 나는 천금보다도 소중한 어머니와 이별을 맞았다. 죽음이다. 죽음은 가슴에 묻고 단념할 수 있다. 그러나 생이별은 그 어디에도 묻을 수 없다.

신들은 기고만장한 인간들의 기를 꺾어 놓기 위해 희망을 인간의 마음속 가장 깊은 곳에 숨겨뒀다고 한다. 그러나 이 또한 마음먹기에 따라 희망을 끄집어낼 수 있다. 생이별도 이와 유사하다. 잊고 싶다 해서 마음대로 잊힌 게 아니다. 특히 진정으로 사랑하는 사람과의 이별은 더더욱 그렇다. 한마디로 천지간 그 어디에도 숨길 곳도 없고 잊어버릴 수도 없고 떼어놓을 수도 없다는 걸 나는 지혜를 통해 절실히 체험한다. 나는 지혜가 떠난 후 거의 반년 간 식음을 전폐했다. 그때 자은이가 태산처럼 걱정을 했다.

"마음 아픈 거야 세월이 흐르면 회복될 수 있다지만 몸 상하면 어떻게 하려고 해요. 사장님이 쓰러지면 애들은 누가 돌봐요……. 자식은 신분이자 또 다른 희망이지 않아요? 애들을 생각해서라도 기운 차리세요."

자은이는 큰 바다 같은 마음으로 위로해 줄 뿐만 아니라 대영, 소망이를 챙기는 데 지극정성 어머니다운 애정을 쏟았다. 아무튼 나는 인명은 재천이 아닐까, 그런 체념으로 곡주로 연명을 유지한 셈이다. 그만큼 지혜의 가출은 큰 충격이었다. 그럼에도 용케도 여기까지 왔다. 지혜가 떠난 지 6년, 독수공방 생홀아비 신세를 탈피하기 위해 몸부림칠 때도 됐을 법한데 왜 나는 요지부동, 망부석처럼 제자리에서 한 여인만을 기다리고 있는 것일까. 왜? 2014년 12월, 또 한 해가 저물어 가고 있다. 문득 김대중 전 대통령님의 말씀이 떠오른다.

"사람은 무엇이 되는 게 중요한 게 아니고, 어떻게 사느냐가 더 중요하다!"

그렇다. 연말연시, 새로운 구상으로 보다 더 충전시킬 수 있는 삶의 활력소를 찾아보자. 하동민, 으랏차!

2015년. 을미년, 새해 아침 나는 올해부터는 좀 더 현실을 직시하며 자아실현을 위해 정진해 보고자 한다. 나름대로 산전수전 겪어도 보고 꿈도 이뤄보고 아픔도 맛보고 보다 더 나은 삶을 위해 무진장 애쓰며 발버둥 쳐 보기도 했다. 하지만 만사형통은 섣부른 기대고, 분명한 것은 스스로 할 수 있는 일, 반면 상대적 호응에 의해 이뤄질 수 있는 일이 있기 때문에 이제 나는 이 정도는 식별할 수 있는 혜안이나 경험을 쌓았다고 볼까? 아무튼 이제부터는 한마디로 무소유, 내려놓을 것은 과감히 내려놓고 무리하다 싶으면 아예 쳐다보지도 말자는 것이다.

그렇다면 나이 탓일까? 왜 갑자기 이런 것일까. 그렇다. 솔직히 시인한다. 나이다. 꿈을 포기하겠다는 게 아니고 무모한 도전은 금물이라는 것을 깨달은 것이다. 그리고 이제 쓰러지면 다시는 일어서기 힘들겠다는 자신감 부재일 수도 있다.

톨스토이는 "만약 내가 신이라면 청춘을 생의 가장 마지막에 두겠다!"고 했다는데 나는 순리대로 살고 싶다. 태어나면 나이를 먹게 되고 죽음은 불가피하다. 이러한 자연현상을 존중한다. 그렇다고 나, 하동민이 꼴사납게 주저앉아 아침이슬 정도 빨아먹고 사는 베짱이처럼 게으름은 피우지 않을 것이다. 나태는 나의 적이다. 근면이 나의 친구다. 성실을 존중하고 정직을 사모한다. 이러한 나는 이미 또 하나의 계획을 수립하고 착수에 들어갔다.

고향 마을에 일명 '다문화창조박물관'을 짓기 위해 대지

150평을 사뒀다. 건물만 들어서면 부수적인 문제는 걱정이 안 된다. 나는 오랜 기간 신설동 풍물시장, 동묘, 그리고 인사동을 짬짬이 돌면서 그림, 공예, 골동품, 도자기 등 다량을 구입해 놨다. 이미 조성된 도서관과 박물관이 조화로운 단지로 그 모습을 드러낸다면 그야말로 금상첨화, 또 하나의 꿈이 이뤄지고 벽촌 고을에 찬란한 문화 거점 터가 명실공히 많은 사람으로부터 사랑을 받지 않을까 벌써부터 기대가 부풀어 오른다.

이 사업이 끝나면 나는 곧바로 약 만여 평 야산을 개간하여 과수원을 만들 것이다. 그리고 여생을 희로애락, 이곳과 함께할 것이다. 유자, 복사꽃, 매화 향기가 가득한 이곳, 선산을 지키며 살아생전 못다 한 효, 어머니의 혼백을 위로하리라. 이는 거의 100% 가능한 일이다. 그리하여 누군가의 귀감이고 싶다. 아주 소박한 실천으로 희망을 낳고 싶다.

나, 하동민. 여기 오기까지 단 하루도 곁을 떠나지 않고 지켜준 여인. 힘들 때 위로해주고 어려울 때 용기를 불어넣어 준 그 여인. 나뿐만 아니라 생모가 떠나버린 그 자리, 두 아들까지도 마치 친자처럼 거둬 도시락 싸주고, 지극정성 돌봐준 여인, 그리고 쓰러진 가정을 광풍이 휘몰아쳐도 남산의 정자처럼 흔들림 없이 자리 잡게 해준 그 여인, 바로 이자은이 있었기 때문에 가능했다.

자은이는 지혜 가출 후, 우선 식당 총책임을 맡았다. 그리고 우리 3부자를 눈 여겨봤다. 두 아들의 전역을 반겼고, 그들의 대학 졸업을 진심으로 축하해줬다. 취업에 뜨겁게 응원을 보내며 정성을 다해 손수 끼니를 챙겼다. 어머니의 빈자리를 자은이는 행여 여린 마음 다칠세라 노심초사, 모성애를 발휘한다. 눈물겹도록.

자은이는 2010년, 2014년 두 번의 지방선거를 함께 치렀다. 산 증인이자 천군만마 같은 후원자다. 그리고 도서관을 짓고 또다시 박물관 건립을 준비하기까지 도무지 그녀가 없었다면 과연 가능했을까. 나는 아니라고 단호히 말한다. 포기하고 싶을 때가 많았다. 도저히 혼자의 힘으로 가게를 운영하며 자식을 돌볼 자신이 없었다. 억지로라도 두 아들을 지혜한테 떠맡기고 하직하고 싶다는 생각도 했다. 아니면 쥐도 새도 모르게 그야말로 자연인처럼 무주구천동 어딘가로 사라져버리고 싶다는 충동이 어디 한두 번이었겠는가. 그때 자은이가 나를 사로잡는다.

"마음 약하게 먹지 마세요. 꿈이 있잖아요. 포기하지 마세요. 가게 일은 제가 책임지겠어요. 그러니 지금까지 해온 그대로 꿈을 향해 정진하세요. 애들은 애들이 가야 할 길이 있어요. 각자 그렇게 자기 길을 가면 되는 거예요. 부인이 떠났다고 흔들리면 그보다 어리석은 사람은 없다고 봐요. 남들이 뭐라고 하겠어요. 저 사람, 허우대는 멀쩡한데 마누라 집 나가더니 벌써 망가졌네. 아이고, 여태껏 마누라 등 기대 살았나 봐. 이렇게 비웃지 않겠어요? 용기를 내세요. 결국 인생은 혼자 가는 거예요. 보란 듯이 당당하게 사세요. 꿈이 있잖아요. 애들이나 이웃이 놀라운 눈으로 바라보도록 정말 아무렇지 않다는 듯 기차게 살아보세요. 그게 큰 그릇이고, 대장부 아니겠어요……."

이렇듯 자은이는 어느 순간 나의 십자성이고 3부자의 북극성이 되어 있었다. 이런 자은이가 지금 어디에 있는가? 자은이만은 자은이만은 그토록 건강하길 두 손 모아 빌어 왔는데, 자은이는 지금 정밀검사를 받기 위해 이대 목동병원에 입원해 있다.

2015년 1월 8일. 순천역에서 4시 20분에 출발한 무궁화호가 용산역에 도착한 시간은 늦은 밤 9시 30분이다. 나는 서둘러 역사를 빠져나와 승강장에서 택시를 탔다.

"이대 목동병원으로 갑시다!"

하얀 환자복 가운을 입고 있을 자은이 모습이 잠시도 떠나지 않는다. 입원 후 잠깐 둘러보고 고향 다녀오고 있지만 초조한 마음은 떠나지 않고 있다. 자은이는 믿음직한 나의 기댈 언덕이고 지혜가 떠난 자리를 지키며 보모나 다름없이 두

아들을 보살펴 오고 있다. 그리고 수시로 나에게 격려도 해
줬다.

"기죽지 말아요. 애들의 감수성은 예민해요. 집안의 기둥
인 아버지가 축 처지면 애들마저 맥 빠져요. 힘든 줄 알아요.
그럴수록 용기를 내세요. 더욱 벅찬 꿈을 꾸세요. 희망을 놓
지 마세요. 지금까지 해온 것처럼 의연하게 가세요. 특히 사
내애들한테는 아버지가 전부라고 해도 과언이 아니에요. 아
버지 모습을 보며 자라고 있잖아요. 애들도 아버지 현실의 고
단함을 잊지 않고 기억할 거예요. 어려울수록 올곧게 가세요.
애들은 아버지가 걷는 발걸음 밟으며 뒤따라온다 하잖아요.
저도 부족한 점 많지만 최선을 다해 볼게요. 몇 년 만 꿋꿋하
게 견디면 그때는 애들이 아버지의 노고에 우렁찬 함성의 박
수를 보내줄 거라 확신해요. 장한 우리 아버지였노라고……."

이처럼 자은이는 남달리 나에게 각별했다. 이런 자은이는
지혜가 곁에 있을 때는 보이지 않았다. 너무 귀중해 신이 눈멀
게 했을까? 지혜와 자은이는 동갑내기다. 자은이는 딸과 아
들을 가졌다. 비슷한 처지인데 지혜가 외모선호형이라면 자
은이는 외유내강의 본이다. 늘 웃는 모습이지만 말수가 적다.
말이 없기 때문에 허튼소리를 들을 수 없다. 목살이 훤히 보
이는 티를 입은 것을 본 적이 없다. 단아한 용모에 자기관리
에 철저한 인상이다. 출퇴근 시간이 매끄럽고, 맡은 임무에
매우 충실하다. 순발력이 뛰어나고 음식 솜씨도 남다르다. 욕

심이 없고 베풀기를 좋아한다.

자은이는 불자다. 불심의 깊이가 어느 정도인지는 헤아리지 못하지만 휴무 날이면 그녀는 어김없이 산사를 찾는다. 원주에 있는 용화사는 그녀의 안집이나 다름없다. 나는 햇수로 7년간 자은이를 보면서 느낀 바다. 그녀가 바로 현모양처다. 요즘 같이 요지경 세상에 보기 드문 사람이다. 세 마디로 요약하면 자은이는 정직, 성실, 근면의 상징이다. 그래서 그토록 눈동자가 맑은지 모른다. 늘 봐도 이른 아침 그녀의 눈빛은 찬란한 샛별처럼 반짝거린다. 영롱한 눈빛이 내 영혼까지 홀린다.

밤이면 각자 자기 안식처로 돌아가지만 날만 새면 함께 보낸다. 만리장성을 몇 바퀴 돌았을 정도의 긴 세월이 흐른 셈이다. 이쯤 되고 보면 왜 정이 안 들었겠는가? 옷깃만 스쳐도 인연이라고 하는데 나와 자은이는 잠자리만 안 했을 뿐, 수년간 부부나 다름없는 동반자로서 생활을 함께해왔다.

약 20분을 달리던 택시가 병원 출입구에 들어선다. 급하게 요금을 지불하고 나는 뛰다시피 엘리베이터 쪽으로 향한다. 4208호. 그곳에 자은이가 있다. 행여 잠들었을까? 검진 결과는 나왔을까? 커튼이 닫혀 있다. 발소리를 죽여 다가선다. 그리고 나지막이 부른다.

"자은 씨!"

대답이 없다. 다시 호흡을 가다듬는다.

"자은 씨!"

두 번째 부름이다. 그때 움직임이 감지된다.

"네. 들어오세요."

나는 커튼을 열어젖힌다. 그녀가 힘들게 침대에서 일어나 앉는다.

"시골에 다녀오느라 피곤할 텐데 오셨어요? 식사는요?"

그녀는 나를 먼저 걱정한다. 여전히 미소도 싱그럽고 눈동자는 맑다. 나는 한발 다가서 그녀의 손을 잡는다. 온기가 있다. 정이 흐른다.

"진단결과는요?"

"아직……. 내일이나 모레쯤 나올 거래요."

"그래요."

말없이 서로를 바라본다. 무슨 말로 위로할까? 망설임이다.

"식사 안 했지요?"

재차 묻는다.

"응."

"그럼 빵이라도 드세요."

그녀가 빵과 음료수를 챙긴다.

"여기, 떡도 있어요."

그녀가 권한다. 내가 좋아하는 인절미다.

"고맙소."

맛있다. 정말 맛있다. 시장이 반찬이라는 말이 있지만 그런 의미가 아니다. 이미 나는 자은이의 손맛에 익숙한 식성을 갖고 있다. 그녀가 직접 만든 음식이든, 아니든 그녀의 손길로 전해오는 모든 먹거리는 군침을 돌게 하고 흥미를 거듭하게 한다. 그것은 바로 신뢰이고 애정이다. 지혜는 나에게 너무도 거짓말을 많이 했다. 속임수로 나의 눈과 귀를 멀게 했다. 바보 취급한 것이다. 가증스러운 언행에 환멸을 느꼈다. 학교 자모회에서 중국여행을 다녀왔다 해놓고 사실은 내연남과 동행한 것이다.

이뿐만이 아니다. 어느 날 아침 식사 무렵, 배달을 다녀온 나에게 먹다 절반쯤 남은 된장찌개를 내밀었다. 내가 몹시 언짢은 표정을 짓자 자은이가 벌떡 일어나더니 그것을 가져다 비워 버리고 새롭게 한 그릇 해준 것이 오래도록 기억된다. 자은이가 대접해 준 것이다. 차갑고 무심한 아내보다 자은이의 따뜻한 인간성이 감동으로 다가선 것은 두말할 나위가 없다. 그때 아마도 지혜는 나에게 대단한 권태와 염증을 느꼈던 모양이고, 돌이켜 보면 여러 면에서 불만을 노골화하는 현상이 일어났음을 잊을 수 없다.

아무튼 이후 나는 차츰 자은이와 함께 있는 순간이 편하고 안심이 되고 행복하기까지 했다. 그런 자은이가 지금 환자복을 입고 입원해 있다. 불안한 마음 여전하다. 진단결과가 좋아야 할 텐데, 자나 깨나 이상 없기를 기도하고 기도한다.

"많이 늦었네요. 피곤할 텐데 가서 편히 쉬세요."

자상한 목소리가 가슴을 파고든다. 언제나 이 목소리 들으면서 함께할 수 없을까? 아름다움은 여러 형태로 나타나지만 내가 본 여자의 아름다움의 극치의 상징은 온화한 미소와 자상한 목소리 그리고 애정 어린 눈빛, 그 안에 녹아나지 않는 사내라면 그는 결코 건전치 못하리라. 내가 일어서자 자은이는 거동이 불편하지만 엘리베이터 입구까지 따라나섰다. 그때 낯선 아가씨가 엷은 미소를 띠며 다가선다.

"인사드려라, 사장님이야."

"안녕하세요."

예의 바르고 곱다. 누군가와 영락없이 닮은꼴이다.

"제 딸랑구에요. 호호호……."

자은이의 낮은 웃음이 경쾌하다.

"오, 그래. 반가워요."

나는 손을 내밀어 악수한다. 자은이 손길같이 한없이 정겹다.

"효녀군, 늦은 밤까지 어머니 곁에 있어주고……."

"네, 효녀예요."

자은이가 자랑스럽게 얘기한다. 모녀간이 함께 있으니 더욱 안심이다. 이런 다정다감한 모습을 늘 곁에서 보았으면 좋겠다. 건강한 삶이 오래도록 지속되길 바라는 마음 간절하다. 좋은 사람들은 하늘의 축복을 무한히 받을 가치가 있는 것이다. 현관문을 나서자 불빛 사이로 눈이 내린다. 자은이에게 문자메시지를 보낸다.

함박눈이 쏟아진다.
끝없이 걷고 싶다.
말이 무슨 소용 있으랴.
꼭 잡은 두 손 하얀 눈길 위에
그대와 나의 발자국을 남기고 싶다.

백담사, 2015년 1월 9일. 나는 이른 아침, 동서울종합버스터미널로 갔다. 백담사를 다녀올 참이다. 그곳에 가 기도하면 반드시 한 가지 소원을 들어준단다. 물론 종교가 아니라 진리가 인간을 구원한다는 데는 이견이 없다.

오전 11시쯤, 백담사 입구 대로변에 있는 매표소에서 내렸다. 눈이 내리고 길바닥이 얼어 일체 차량은 통제다. 나는 백담교 근처 원통식당으로 들어가 아침 겸 점심 식사를 한다. 산채 비빔밥에 토속 막걸리 한 사발을 마셨다. 배가 차오른다. 걷자. 백담사까지는 왕복 14km다. 나는 중학교 시절 17km를 통학한 경험이 있다. 걷는 데는 이골이 나지만 일가견도 있다. 더군다나 산천경계 아름답고 구절양장, 굽이굽이 산골길을 가는 즐거움은 배가 되지 않을까. 먼 목적지를 생각하기보다는 바로 좌우, 눈앞에 펼쳐지는 풍경을 산수화 삼아 걷노라면 천 리 먼 길도 금방이다.

청설모도 만나고 다람쥐도 보고, 눈꽃송이도 구경하며 난고 김병연이 죽장에 삿갓 쓰고 시를 읊으며 걸었을 법한 이 길, 그리고 누구보다 독립운동가요 시인인 만해 한용운 선생의 발자취가 뚜렷하지 않은가. 벌써 절간으로부터 「님의 침묵」을 읊던 만해의 음성이 들려오는 듯하다. 백담사가 그곳에 있다. 난생처음 대한다. 산맥이 병풍을 이루고 경계가 수려하다. 예외 없이 천하명당에 자리한 것 같다. 만년 고찰 유서 깊은 산사다. 거룩하고 위대한 고승들이 영면한 곳이요, 혼백이 머무는 곳이다. 그 가운데 만해가 있다.

그러나 이곳에 탐탁지 않은 인물이 한동안 머물렀다. 5·18 민주화 운동 때, 광주시민을 무차별 학살하고 탄생한 정권의 통수권자가 다녀갔다. 유배지다. 중생인 나는 못마땅하지만 삼천 대세계 무량한 삼라만상을 보듬어 안은 부처님의 오묘한 뜻을 감히 누가 헤아리겠는가?

나는 법당으로 들어선다. 그리고 108배를 한다. 법도는 미숙할지 모르지만 내 마음은 절실하고 간절하다. 오직 자은이 건강을 지켜달라고 대자대비 부처님께 기도 올린다. 나는 열렬한 불자는 아니지만 부처님 행적을 존경한다. 인류의 4대 성인의 한 사람으로 그분은 몸소 자비를 실천한 분이다. 갑

질을 과감히 벗어던지고 을의 세상에 나와 중생과 함께한 것이다. 예수, 소크라테스, 공자, 모두 철학이 확고했고 발자취도 훌륭하다. 성자임에 틀림없다. 그분들의 가르침은 만고의 진리요, 영원불변 생명의 말씀이다. 빈약한 영혼을 살찌우는 불가사의한 존엄이다.

나는 법당을 나와 이곳저곳을 둘러보며 잠시 만해를 그리다가 산사를 벗어난다. 그리고 뛰다시피 원점으로 향한다. 겨울 찬바람은 매섭지만 아직 햇살이 남아있다. 여긴 쉽게 오는 길이 아니다. 이왕 왔으니 '만해마을'까지 들려보고 싶다. 나는 내린천을 따라 뛰었다. 택시나 대중교통을 이용하기가 쉽지 않다. 뛰다 보니 땀이 난다. 매표소에서 그곳까지는 빠른 걸음으로 왕복 1시간 거리다. 어디만치 가다 보니 여초(如初) 김응현 서예관이 있다. 들려 묵향을 맞는다. 고고함이 성스럽다. 이런 곳에 이토록 정성 어린 전시관이 있다니 축복이다.

바로 옆 건물은 한국시집박물관이다. 개인 박물관을 꿈꾸는 내가 그냥 지나칠 수 없다. 한달음에 입구에 들어선다. 안내원이 팔에 깁스를 하고 있다. 얼음판에 미끄러진 사고란다. 빨리 회복되길 기원한다. 안내원의 섬세한 설명이 잔잔한 감동으로 다가온다. 책은 건물규모와는 달리 많지 않지만 이 나라 시인다운 시인의 면모가 적나라하게 묘사돼 있다. 사진은 물론, 애송시를 비롯하여 영상물도 있다. 교육 자료로 손색이 없어 보인다. 강가, 사시사철 늘 푸른 울창한 숲 속에 이토

록 각고의 노력과 정성으로 시집박물관을 마련해 놓았다는
데는 뜨거운 찬사와 감사를 전한다. 무엇보다 지역 토착민의
선물이요 행복이 아닌가 싶다.

다음에 이른 곳이 바로 만해 마을이다. 나는 그토록 척박
한 시기, 독립운동을 하신 한용운 선생의 「님의 침묵」을 되
뇌어 본다.

> 님은 갔습니다, 아아, 사랑하는 나의 님은 갔습니다
> ......
> 황금의 꽃같이 굳고 빛나던 옛 맹세는
> 차디찬 티끌이 되어서 한숨의 미풍에 날아갔습니다
> 날카로운 첫 키스의 추억은 나의 운명의 지침을
> 돌려놓고 뒷걸음쳐서 사라졌습니다
> 나는 향기로운 님의 말소리에 귀먹고
> 꽃다운 님의 얼굴에 눈멀었습니다
> ......
> 아아, 님은 갔지마는 나는 님을 보내지 아니하였습니다

애국충정으로 절절한 가슴 얼마나 뜨거웠을까? 얼마나 가
슴 타들어 갔을까? 날이면 날마다 얼마나 많이 울었을까? 만
해의 흔적이 고스란히 남아있는 마을 이곳저곳을 둘러보자
가슴이 저미어 오고, 눈시울이 붉어진다.

해가 서산에 기울인다. 첩첩산중 갈 길이 바쁘다. 여기는 강원도 낯선 산골짜기 강가, 내가 갈 곳은 서울이다. 그리고 기어이 찾아갈 곳은 이대 목동병원 자은이 곁이다. 나는 서울행 직행버스에 오르면서 자은이에게 문자메시지를 보낸다.

내가 홀연히 속세를 떠나
유유자적 산사(山寺)를 찾는 것은
인간성 회복을 위함이다.
아무래도 물질추구의 속성을 가진
군상들과 어울리다 보면 끝이 보이지 않는다.
그래서 나는 무량한 사색의 장을
펼쳐주는 산사, 숲길을 거닐며
자아 세계를 발견하는데
몰두한다.

고양종합버스터미널에 내린 나는 대로변으로 나와 택시를 탄다.

"이대 목동병원으로 갑시다!"

택시는 어둠을 가르며 질주한다. 30분 후, 병원에 도착한다. 빠른 감이 있어 잔돈을 받지 않았다. 고마움의 표시다. 자은이를 단 몇 초라도 빨리 대하고 싶다는 게 내 마음이기 때문이다.

4208호에 들어선다. 밤 9시다. 자은이 곁에 딸애와 낯선
청년이 있다.

"인사드려라, 사장님이시다."

건장한 사내가 공손히 절을 한다.

"아들이에요."

자은이가 밝은 모습으로 소개한다.

"그래, 잘 생겼구나. 반가워."

내가 손을 내민다. 첫 만남이지만 자은이 피붙이라서인지
금방 정감이 넘친다. 잡은 손도 따뜻하고 믿음직하다. 부전자
전, 애들도 어머니 닮아 매사 성실하겠다는 느낌이다. 무조건
믿음이 간다. 자은이에 대한 100% 신뢰가 그대로 반영된 것
이다. 둘 다 대학을 졸업하고 취업해 있단다. 아들은 중소기
업 사원이고 딸은 미용 기술을 마스터했다. 그리고 딸은 아예
휴가를 내고 어머니 곁에서 24시간 병상을 지키고 있다. 요
즘 보기 드문 효행이다.

"바쁘실 텐데 또 오셨어요?"

그녀는 예의범절이 잘 무장되어 있는 듯하다. 인삿속이
밝다.

"이것 드세요."

자은이가 소형 냉장고에서 캔 음료를 꺼내준다. 자상함이
몸에 배어있다.

"고맙소."

갈증이 해소된다.

"경기도 안 좋은데 이러고 있어서 미안해요."

책임 의식이 강렬하다.

"무슨 소리 하는 거요. 그동안 얼마나 고생 많았소. 휴가 낸 셈 치고 편하게 생각하세요. 이참에 철저히 검진해서 모든 질병 박멸해야 돼요."

"네. 고마워요. 내일 결과 나온다고 했어요."

"그래요. 너무 걱정 마세요. 별일 있겠어요?"

"담담해요. 기다려 봐야지요."

"응……."

나는 병실을 나왔다. 든든한 자식이 곁에 있기 때문에 외롭지 않겠다는 생각이 들었다. 자은이가 애써 엘리베이터 앞까지 따라와 가볍게 손을 흔들며 작별을 고한다.

"편안한 밤 되세요."

"고마워요. 조심히 가세요."

나는 마음속으로 기도하고 기도한다. 저 고운 눈동자에 슬픈 이슬이 맺지 않기를.

현관으로 나와 택시를 탄다. 그리고 자은이에게 문자메시지를 보낸다.

부활이라는 이름으로 만천하에 맹세하노니,

이글거린 태양보다도 그 어떤 장작불보다도

뜨거운 생명이고 사랑이고 싶다.

🌱

　부석사. 지옥은 죽음이다. 천국은 삶이다. 단테의 『신곡』
에서 단테는 고대 로마의 시인 베르길리우스의 안내로 지옥
을 여행하게 된다. 청동 지옥문에 새겨진 글귀 말미에 '이곳
에 들어오려는 자, 모든 희망을 버려라!'라고 쓰여 있다. 그렇
지만 나는 이대 목동병원에 들어설 때마다 두 주먹 불끈 쥐
고 외친다.
　"이곳에 들어오는 모든 환자는 희망을 가져라! 두려워 마
라. 천국의 문이 기다리고 있다!"
　이는 진정으로 자은이에 대한 간절한 기도문이기도 하다.
아무튼 자은이가 입원해 있는 동안은 가게 문을 닫을 수밖에
없다. 그렇다고 온종일 자은이 곁에 있기도 뭐하고, 내친김에
오늘은 영주 부석사를 다녀오겠다는 마음으로 집을 나섰다.
　부석사도 영험하다고 내 귀까지 들려온다. 석가모니야 동
서고금을 통해 딱 한 분이지만 여느 법당에 가서 예불 드리
냐에 따라 복 차이가 크게 다르다고 한다. 근거가 불충분하
고 속설일망정 지금 나는 지푸라기라도 붙들고 자은이의 건
강 무사를 기원하고 싶다. 이 간절한 염원을 안고 부석사를

찾아 나선 것이다.

2015년 1월 10일, 동서울종합버스터미널에 도착하여 조간 신문을 사 들고 영주행 버스에 오른다. 사찰 답사까지 왕복 8 시간이 걸릴 예정이다.

신문을 펼치자, 성공하는 입버릇이란 제목이 눈에 쏙 들어 온다. 일본 작가 사토 도미오의 『인생은 말하는 대로 된다』는 책이 있다. 우리 주변에는 매사를 부정적으로 말하는 사람이 있다. 결국 부정적으로 말하다 보면 인생을 망친다는 게 저 자의 주장이다. 우리 뇌에는 오래된 뇌인 변연계와 새로운 뇌 인 신피질이 공존하는데, 신피질에서 어떤 생각을 하느냐에 따라 변연계가 우리 몸의 생리를 그에 맞게 조율한다. 또한, 우리는 다른 동물과 달리 생각을 말로 내뱉는 순간 그걸 귀 가 듣고 다시 뇌로 전해 효과가 가중된다. '실패하는 입버릇' 에서 '성공하는 입버릇'으로 바꾸는 순간 인생이 180도 달라 진단다. 그래서 "바빠서 힘들어 죽겠다" 대신 "신나서 행복해 죽겠다"면 얼마나 좋을까? 날마다 유쾌, 상쾌, 통쾌 노래를 부르는 것도 괜찮을 성 싶다.

영주 버스터미널에 도착했지만 부석사 가는 교통이 시원치 않다. 버스를 타자니 꽤 기다려야 하고. 택시 승강장을 가자 약 10여 대가 줄을 서서 대기 하고 있다. 맨 앞차의 기사와 상 의한 끝에 왕복 4만 원, 약 1시간 남짓 소요된다.

부석사는 무량수전이 상징이다. 학창시절에 한 번 다녀갔고, 이번이 두 번째이지만 기억이 희미하다. 사찰 입구에 들어서자 길 양편 하늘로 치솟은 가로수가 씩씩한 의장대처럼 반긴다. 비록 겨울 나목이지만 움추림없이 기세등등하다. 대웅전에 이르자 오후의 햇빛이 너무도 찬란하게 비추고 있다. 풍수지리에는 문외한이지만 굳이 지관 행세를 흉내 내본다면 문득 이곳이야말로 좌청룡 우백호의 기를 모은 천하명당이 아닌가 하는 느낌이다.

나는 경내를 둘러본 후 법당으로 들어선다. 대자대비 부처님전에 무릎을 꿇는다. 형식에 구애 없이 진심을 담는다. 108배에 혼신을 쏟는다.

"부처님, 자은 씨를 보살펴 주소서. 속세 번뇌 말끔히 씻어 주시고, 건강이 완전히 회복하도록 무량한 자비를 베풀어 주시옵소서……. 대자대비 나무관세음보살."

나는 비지땀에 흠뻑 젖는다.

청천벽력. 기도는 염력이 중요하고 진심을 담을 때만이 효력이 있다고 한다. 지성이면 감천, 나의 간절한 기도의 울림으로 자은이 건강이 100% 유지, 여생이 행복하기를 부처님전 예불을 마치고 상경을 서두른다. 자은이와 저녁 식사를 함께하고 싶어서다.

병원에 도착하자 8시다. 오늘 검진 결과가 나온다고 했다. 자은이와 마주한 순간 웃음으로 대하면 이상 없다는 안심이다. 그러나 풀이 죽어 있거나 안색이 굳어 있으면 이상이 있다는 적신호다. 나는 당연히 자은이가 꽃처럼 밝은 웃음으로 맞이해 주기를 기대한다. 병실 입구로 다가서자 커튼이 열려 있다.

"자은 씨!"

나는 그녀의 이름을 부르며 다가선다. 그리고 영주에서 가져온 동자승을 손에 쥐어 준다. 소원성취를 들어주는 목상이다. 자은이는 불심이 강하다.

"귀엽네요, 고마워요."

무척 반가운 표정으로 활짝 웃는다. 어제나 그제나 평소처럼 그 모습 다를 바 없다. 괜찮나 보다. 결과가 좋게 나왔나 보다. 천만다행이다. 긴장이 풀리고 웃음이 나온다. 나는 덥석 그녀의 손을 잡는다. 기쁘다. 울상이면 어쩌나 무척 걱정했는데 이렇게 편한 웃음으로 대하니 얼마나 다행이고 기적과도 같은 큰 들뜸이다.

"괜찮소? 결과 좋았어요?"

그녀는 대답을 아끼며 배시시 웃고만 있다.

"왜 그래요? 답답한데. 어서 얘기해 봐요. 부석사 부처님전에 다녀오는 길이에요. 간절히 기도했어요……."

나는 그녀의 눈동자와 입술을 유심히 살펴본다. 무슨 얘기를 할까? 저토록 맑은 눈동자, 저토록 정직한 입술은 무슨 얘기를 꺼낼까. 짧은 순간이지만 또다시 긴장이 고조된다. 속 시원히 답을 듣고 싶은데 자은이는 소리 없이 웃고만 있다.

"괜찮지요? 정말 괜찮지요?"

나는 잡은 두 손에 힘주어 되묻는다.

"네, 괜찮아요."

나지막하게 대답하며 고개를 끄덕인다. 순간 입술이 가늘게 떨리고 눈동자가 흔들린다. 심상치 않다. 애써 웃는 것 같다. 괜찮다고 말은 하지만 그렇지 않다는 직감이다.

"나한테 숨길 것 뭐가 있어요. 사실대로 얘기해 봐요."

나는 진지하게 묻는다. 얼렁뚱땅 웃음으로 넘길 분위기가 아니다.

"네."

그녀가 힘겹게 입을 연다.

"자궁경부암 3기라 했어요."

"뭐? 암?"

순간 내 몸은 얼어붙고 만다. 모든 생각이 정지된다. 말문이 꼭꼭 닫힌다. 세상이 온통 새카맣게 변해 버린다. 암이라는 그녀의 떨리는 음성이 맴돌 뿐이다. 이럴 수가. 도대체 이럴 수가. 왜 하필 자은인가? 왜 하필. 부도덕하고 부정한 사람들이 얼마나 많고 벌을 받아야 할 부조리한 인간들이 얼마나 많은데, 그토록 정직하게 성실하게 근면하게 살아온 자은이가 이 고통을 겪어야 할까. 이토록 감당하기 어려운 멍에, 십자가를 짊어져야 하나. 신의 가호가 있기를 그토록 빌었는데, 신은 신봉의 대상이 아니라 아, 저주의 상대가 되고 말았구나.

어깨가 들썩이고 하염없이 눈물이 쏟아진다. 이게 청천벽력이 아니고 무엇인가? 탄식이 절로 나온다. 누군가에 대한 원망이 심연으로부터 솟구쳐 벽면을 뚫고 메아리쳐 간다.

"저 괜찮아요. 저 안 죽어요."

그녀가 되레 나를 위로하며 손수건을 꺼내 눈물을 닦아준다.

"울지 말아요. 괜찮대도……."

10여 분이 흐른다.

"힘들수록 마음을 단단히 먹으라고 했어요. 저 이겨낼 거예요. 내 의지로 반드시 이겨내 건강을 찾을 거예요."

또렷한 목소리다.

"당연히 그래야지요. 자은 씨는 해낼 거예요. 신념이 얼마나 강한데……."

나는 잡은 손을 뗄 수가 없다. 용기를 북돋고 있지만 충격은 사라지지 않고 있다.

"수술은 위험하고 일단 항암치료와 방사선치료를 받기로 했어요. 약 열흘 정도 입원해 있으면서요……."

"수술마저 어렵다고요?"

"네."

나도 모르게 크게 한숨이 나온다. 수술이 어려운 병이라면? 많이 악화됐단 말이 아닌가? 나는 어머니를 떠올려 본다. 간암 말기 환자. 불치병이다.

'현대의학으로는 어쩔 도리가 없어요. 집으로 모셔다가 드시고 싶다는 것 해드리고……'

담당의사의 말이다. 그럼 자은이의 상태는 어느 정도일까? 경부암 3기? 수술을 할 수 없다는데 항암치료와 방사선으로 치유가 가능할까?

"경부암은 다른 암보다 치유 가능성이 크다고 했어요. 잘 치료 받으면 건강해질 수 있을 거예요."

그녀는 의사의 처방을 믿고 담담한 표정이다. 전혀 겁먹지 않고 의연하다. 호들갑 떨지 않고 태연자약이다. 암 선고를 받은 환자라고 볼 수 없다. 보통 사람은 이런 경우 울며불며 원망부터 해댄다. 왜 하필 나냐고 난리법석이다. 일사불란하게 마음잡아 대처한다기보다는 마치 저승사자가 문지방에 들어선 것처럼 체념으로 일관한다.

그러나 자은이는 다르다. 물론 그녀도 믿고 싶지 않을 것이다. 처음 진단결과를 통보 받고 무척 놀랐을 것이다. 그럼에도 시간이 흐르면서 벌써 혼란스런 마음을 다잡은 것 같다. 불심이 깊은 그녀는 의지의 대상을 찾고, 대응 방안을 이미 강구한 것 같다. 그녀는 평범한 자연인이 아니라 불심으로 거듭난 미륵보살이 아닌가 싶다. 윤회와 환생을 강조한 종교가 위대한 게 아니라 그녀가 훌륭하다는 느낌이다.

종교는 제자리 그대로 있다. 그녀가 움직인다. 그녀의 정성이 심취하여 종교의 깊은 뜻을 깨달아 오늘의 의연한 모습을 부활시킨 것이다. 보통 사람이 비범한 부처가 된 것이다. 그것도 돌부처가 아니라 살아 숨 쉬는 부처 말이다. 어떻게 저렇게 태연할 수가 있을까. 생명을 초월하고 진리를 섭렵한 도인이 아닌가 싶다. 지금 자은이는 이런 모습으로 나에게 비춰오고 있다.

나 역시 생각이 바뀐다. 안타깝다고 손만 붙들고 흐느낄 때가 아니다. 적은 이미 성안으로 침투했다. 무릎 꿇고 항복하든지 아니면 최후의 일각까지 투쟁으로 맞서 격퇴시키든 양자택일뿐이다. 그렇다. 싸워서 이겨야 한다. 완전히 물리쳐야 한다. 박멸해야 한다. 이것만이 살길이다. 나는 마음을 새롭게 한다. 절망이란 단어를 지우고 가슴속에 희망을 새긴다. 맞아. 자은이는 이겨낼 거야. 부처님도 자은이편에 설 것이다.

자은이의 존재를 절대적으로 필요로 한 사람들이 이웃에 많이 있다. 자은이는 그만큼 가치 있게 살아 왔다. 한눈팔지 않고 등불처럼 별처럼 주변을 밝혀왔다. 문가에 어려운 사람이 와 손 벌리면 자은이는 주저 없이 보시를 한다. 사회 일원으로서 아내로서 어머니로서 자은이는 최선을 다해 자기 역할을 톡톡히 해왔다. 무엇보다 인성이 아름다운 그녀, 더욱더 왕성하게 건강을 누려야 할 자격이 있다. 조물주라도 자은이의 생명을 가볍게 여겨서는 안 된다. 누구도 자은이를 손쉽게 대해서는 안 된다. 천지간 그 누구도.

"식사 안 했을 테고, 시장할 텐데……."

나에 대한 염려다. 일상의 언어다. 환자의 목소리가 아니다.

"음, 아직. 같이 저녁 먹을까 했는데……."

내 마음도 평상심으로 돌아오고 여전히 자은이 표정은 밝다. 그윽한 웃음에 다소 위안이 된다.

"어떻게 하지? 저는 아까 한술 했고. 지하에 식당이 있긴 한데……."

"아니요. 자은 씨가 들었다면 전 괜찮아요. 별생각이 없네요."

"그래도 뭘 좀……."

그녀는 냉장고에서 음료를 꺼낸다.

"참, 케익이 있는데 드세요. 친구가 사 왔어요."

"그럴까?"

나는 케이크를 좋아한다. 그녀가 케익, 딸기, 음료 등 쟁반 가득 먹거리를 마련한다. 맛있다. 자은이 손길은 그야말로 어머니 손맛이다. 나는 자은이 손맛에 길들어져 있다. 지혜의 손맛은 까마득하고 오로지 자은이의 향기만이 나를 설레게 하고 감동시킨다. 꽤 시간이 흘렀다.

"늦었네요, 가보셔야지요."

거의 자정이다.

"응. 참, 애들은요?"

"혼자 있고 싶어서 보냈어요. 큰일도 아닌데 밤새 곁에 있는 것도 미안하고……."

"응."

나는 고개만 끄덕였다. 순간 오늘 밤은 내가 곁에 있어야겠다는 생각이 든다. 행여 저승사자가 얼씬거리면 파수병의 역할을 단단히 하련다.

"자은 씨! 집에 가 봤자 홀아비 냄새 진동하고, 오늘 밤은 여기서 보내고 싶은 데요."

"네?"

그녀가 의외라는 듯 큰 눈을 뜨고 나를 바라본다.

"왜? 오늘 밤만이라도 곁에 있고 싶은데……."

애원의 목소리다.

"불편하잖아요. 고맙긴 하지만 좁은 공간에서……."

"괜찮아요. 이렇게 이대로 있어도 상관없어요. 애들도 그랬잖아요."

"그래도……."

자상한 눈길로 쳐다본다.

"허락한 거죠? 홀아비 딱 한 번, 오늘 밤 거둬 주신 거죠? 하하하……."

"호호호……."

나는 그렇게 난생처음 자은이 곁에서 밤을 지새우게 된다. 어머니의 병상을 지켰듯이 나의 간병이 자은이 건강을 회복하는 데 도움이 된다면 나는 하루뿐만이 아니라 이틀, 사흘, 나흘 언제까지나 곁에 있을 마음이 준비돼 있다.

새벽 2시경, 자은이 잠든 모습을 바라본다. 곱다. 시름없이 잠자는 모습을 보는 것은 처음이다. 한 송이 흰 백합처럼 순결하고 아름답다. 깨고 나도 고통 없이 보이는 이 모습 이대로면 얼마나 좋을까? 왜 이렇게 천상의 여인처럼 고운 사람이 암이라는 병마와 싸워야 하는 것일까? 이놈의 병이 눈이 멀어 엉뚱한 곳에 서식하고 있는 것은 아닐까? 악귀를 쫓는 주술을 부려서라도 단번에 내치고 싶다. 아픈 데를 도려내고 내 살점을 떼 붙여서라도 고통을 없애고 건강을 회복할 수 있다면 얼마나 좋을까? 그럴 가능성은 전혀 없는 것일까? 만물의 영장이라고 기고만장한 인간의 교만은 어디서 비롯됐을까? 불가사의한 사태 앞에 발만 동동 굴리면서 속수무책, 한없이 무기력하지 않은가? 나는 고백이자 선언한다.

'나는 하등동물이요, 자은이 고통 앞에서 그 어떤 처방도 할 수 없는 나약한 자다!'

나는 다시 한 번 나의 한계를 느끼며 커튼을 바로 하고 병실을 나와 통로 끝에 있는 휴게소로 간다. 밤공기는 차지만 견딜 만하다. 자은이가 처한 심적 부담에 비하면 아무것도 아니다. 나는 잠시 회상에 잠긴다.

그러니까 작년 지방선거 후 자은이와 나, 단둘이 대흥역 부근 남도횟집에 들렸다. 자은이가 고생했다면서 기어코 위로주 한잔을 사겠다는 것이다. 자은이는 술을 안 마신다. 나는 한 병이 정량이지만 상황에 따라 두 병도 가능하다. 둘만의 오붓한 자리, 술상이 차려지고 마주한 눈길 묘한 감정이 모락모락 피어오른다. 의외로 기분이 상쾌하다. 평소 말수가 적은 자은이가 입은 연다.

"사장님은 대단한 분이라고 생각해요. 여자인 나도 가정을 꾸려 나가기가 힘든데 홀로 사시면서 애들 둘 잘 키우고, 이렇게 두 번씩이나 큰일을 치러낸 것을 보면 도대체 저 기개가 어디서 나올까 경외로움마저 들어요. 보통 사람 같지 않아요. 시인이면서 소설가, 주례도 봤잖아요? 참 대단해요."

그녀는 음료수를 한 모금 하더니 다시 말문을 연다.

"저는 몇 년간 사장님을 쭉 지켜보면서 세상에 이런 사람도 있나 생각했어요. 뜻을 세웠다 하면 어떠한 난관이 있어도 굽히지 않고 헤쳐가는 그토록 강력한 집념과 소신 그리고 추진력에 감탄했어요. 그래서 저 나름대로 힘껏 도왔고요. 비록 이번에 실패했지만 용기를 잃지 마세요. 다시 시작하세요. 4년 금방 다가올 거예요. 2016년 국회의원 선거, 2017년 대통령 선거를 치르고 나면 그다음은 또 지방선거잖아요……."

나는 놀랐다. 말 없는 자은이가 이토록 정치판 돌아가는 것을 훤히 꿰뚫고 있다니 새길 만하다.

자은이는 그동안 불문율 같던 가정사에 대해서도 어필한다. 남편은 무능력한 사람은 아닌데 역마살이 끼고 무책임하다. 직업이 일정치 않기 때문에 소득이 불합리하고 경제적으로 도움이 안 된다. 더 이상 깊은 사연은 함구하지만 남편과 잠자리한 지도 오래고, 아직 결혼식을 올리지 않았다. 한때 노점서 포장마차도 하고 어지간히 쓴맛도 봤다⋯⋯.

나는 상상을 초월한 그녀의 얘기를 들으며 아린 가슴을 달래느라 소주잔을 비우고 비웠다. 순전히 그녀의 수고로움 덕으로 가정이 유지되고 있다. 부부지간 혼연일체가 되어 발버둥 쳐도 힘들다고 아우성치는 세상이고 비정한 형국인데 가녀린 여자의 힘으로 자식 둘을 키우며 저토록 고생하고 있다고 생각하니 울컥 눈물이 솟을 것 같다.

나는 자은이 손을 잡았다. 매우 거칠다. 주방에 있다 보니 그럴 수밖에 없다. 달걀만한 작은 손이 내 손 안에 쏙 들어온다. 아, 이토록 작고 거친 손이 실제 두 가정을 지켜오고 있다니, 안쓰럽기도 하지만 결론은 위대하지 않은가? 나는 더 가까이서 찬찬히 자은이 모습을 훑어본다. 현미경으로 세포를 드려다 보듯 신경을 곤두세운다. 전혀 화장기가 없다. 귀고리도 없다. 흔하디흔한 목걸이도 없다. 단 하나 손목에 까만 염주가 채워져 있다. 초봄에 내가 양평 용문사에 다녀온 기념 선물로 준 것이다.

지혜와 정반대다. 사치와 허영심으로 가득 찬 지혜는 가출한다. 자은이는 외롭고 힘든 상황을 오뚝이처럼 일어나 극복해 오면서 오늘에 이르고 있다. 누가 현모양처 감이며 여인다운 여인상의 본이 되겠는가? 고맙다. 자은이가 눈물겹도록 고맙다. 이 고마움을 무엇으로 보은할까? 무소속으로는 희미한 꿈이었지만 당선만 되면 식당을 자은이에게 일임하고 나는 의회에 전념코자 했다. 희망이 수포로 돌아가 아쉽다. 지혜는 욕망과 욕정에 사로잡혀 가정을 박차고 나갔지만 자은이는 다소곳이 가정을 지키고 있다. 그리고 가게도 도맡고 있다. 무엇보다 나의 꿈을 존중해주고 적극 지지하고 있다.

아무튼 세상에는 천복을 누릴 사람이 있고 천벌을 받아야 할 사람이 있다. 이럼에도 지금 자은이는 전혀 예상 밖, 위험수위에 놓인 환자가 아닌가? 나는 아무도 없는 휴게소에서 흐느끼며 기도한다. 내가 할 수 있는 것은 기도밖에 없다. 간절히, 간절히……

언제 깜박 졸았는지 인기척에 눈을 떠보니 동이 터온다. 벌떡 일어나 병실로 들어선다. 커튼이 열려 있다.

"아니, 집에 안 가셨어요?"

자은이가 약간 놀란 눈빛으로 바라본다.

"네."

"그럼, 어디에서?"

근심이 여전하다.

"여태 여기 있다가 잠깐 바람 좀 쐬고 오는 거요."

"드신 것도 변변찮은 데 밤샘을 하다니요……."

"아침을 넉넉하게 먹으면 되지 뭐. 허허허……."

나는 아무렇지 않다는 듯 웃었다. 자은이도 햇살처럼 밝게 웃는다. 아, 저 모습 저대로 오래오래 볼 수 있길…….

7시 무렵, 딸이 왔다. 나는 작별인사를 하고 엘리베이터를 탔다. 현관문 쪽으로 향하던 차 좌측 벽에 병원 문고가 있다. 뭔가 손에 잡힐 것 같다는 예감이다. 의학 서적이 꽂혀 있다. 펼치자 건강도약 부인암센터라는 글자가 눈에 띈다. 소홀이 넘길 분야가 아니다. 마음을 가다듬고 집중한다.

자궁경부암, 자궁내막암, 난소암은 여성의 생식기에 발생하는 대표적인 부인암이다. 자궁경부암은 줄어들고 있는데 자궁내막암이나 난소암은 지속적인 증가세를 보인다. 자궁경부암은 퇴치 가능한 암으로 적절한 자궁경부암 검진과 백신 접종을 통해 앞으로 20~30년 안에 완전 퇴치를 목표로 할 수 있다. 그러나 자궁내막암과 난소암은 조기진단과 효과적인 치료방법에 대한 많은 연구가 필요하다. 자궁경부암은 잘 알려진 대로 인유두종바이러스(HPV)가 거의 100% 원인이다. 자궁경부암의 1차 예방은 자궁경부암 백신 접종이다. 아직 모든 유형을 예방하지는 못하지만 70~90%는 예방할 수 있다. …… 배우자든 가족의 헌신적인 노력이 투병의 고통을 이겨내는데 몇 배의 힘을 준다. 입원과 퇴원을 반복하면서 환자는 물론 보호자도 지치는 경우가 종종 있다. 그럴 때일수록 가족애, 가족의 연대의식, 사랑의 힘이 절대 필요하다.

그렇다면 자궁경부암은 치유 가능하다고 맘 놓아도 되는 것일까? 자은이에 대해 큰 걱정을 안 해도 된다는 말인가? 아니다. 방심은 금물이다. 담당의사가 완치됐다고 선언할 때까지는 성실하게 치료를 받으며 긴장의 끈을 놓아서는 안 된다. 자, 이제 시작이다. 아니, 출정이다. 자은이 몸속에 도사리고 있는 암 퇴치를 위해 선전포고를 하고 메스를 들이대야 한다.

나는 간단히 빵과 우유로 아침식사를 때우고 김천 직지사로 향한다. 내가 할 수 있는 일은 기도밖에 없다. 108배가 아니라 일흔 번씩 일만 배를 해서라도 반드시 자은이 건강이 완전 회복되기를 염원한다. 나무관세음보살.

퇴원. 큰일을 치러 봐야지 비로소 세상이 보인다고 한다. 나는 두 번의 선거를 치르고 수천 명의 노동조합위원장을 지냈다. 해고노동자가 되어 보기도 하고 정치판에 뛰어들어 대중 앞에서 열변을 토해 보기도 했다. 모든 일이 세상사이고 사람과의 관계에 있다. 특별한 관계일 수도 있고, 일반관계일 수도 있다. 아무튼 일가친척이건 친구건 편리를 도모할 수 있는 사람들이 아주 절박한 순간에 놓여 있는데도 이를 외면한다면 더 이상 우애의 가치는 소멸된 것이다.

상황은 다르지만 자은이 역시 태연자약해 보이지만 암 선고를 받아 절체절명의 절박한 위기에 처해 있다. 나는 어머니 간병 차 병원에 있으면서 많은 불치병환자를 보았다. 한결같이 생명에 대한 애착은 강렬하다. 현대의학이 포기하자 민간요법을 찾아 나섰고, 점술은 물론 선택의 여지없이 무신자가 종교에 귀의하기도 했다. 나이 든 사람들도 이런데 하물며 이제 갓 50, 자은이의 심정은 어떠하겠는가.

나는 자은이를 포기할 수 없다. 그녀에게 신세를 많이 졌다. 은혜를 갚아야 한다. 자은이 외에는 별로 신경 쓸 사람이 없다. 가장 어려운 시기에 내 곁을 지켜준 사람, 나는 그 사람을 위해 나머지 생은 보은하고 싶다. 그녀는 의무적으로 나에게 기회를 줘야 한다. 그래야지만 나도 보람을 찾고 생을 마감하는 날 비로소 웃으며 맘 편히 눈을 감지 않겠는가.

나는 7년간 자은이와 함께했다. 오만 정이 다 들었다. 그녀는 험혹한 이 시대 여인상의 본이다. 이제 나는 자신을 기만하지 않고 요령을 피우지 않는 참된 마음으로 하늘에 맹세코자 한다.

'하늘이시여! 자은이의 생명을 구하는 길이 있다면 무엇이든 두려움 없이 하겠나이다. 만병통치, 불로초 한 뿌리만이라도 내려 주소서! 하늘의 뜻이라면 이 목숨도 주저하지 않겠나이다……'

자은이가 보름간 입원 중 항암, 방사선치료를 받고 퇴원한다. 앞으로는 한 달에 5일간 입원치료를 하고, 매일 통원치료를 받기로 한다.

드디어 닫혔던 가게 문이 열린다. 자은이가 돌아오자 활기가 넘치고 웃음꽃마저 싱그럽다. 나는 시간 나는 대로 가까운 절을 찾는다. 봉원사, 봉은사, 조계사, 길상사, 도원사……. 그리고 얼마 전에는 안동 봉정사와 부여 고란사, 공주 마곡사도 다녀왔다. 산새 좋은 곳에 자리한 산사의 기를 받아 자은이한테 쏟기 위함이다. 현대 의학과 천지간 영험한 기가 합의 일치되면 반드시 자은이 병이 나을 것으로 믿어 의심치 않는다.

담당의사도 충분히 가능하다면서 자신감을 가지라고 격려를 아끼지 않는다. 여성의학박사이고 TV에도 강연 차 자주 등장한 낯익은 얼굴이어서 그런지 신뢰가 더한다. 환자에게 있어 의사는 구세주나 다름없다. 확고한 믿음으로 다가서야 한다. 솔직 담백하게 심경도 토로하고 모든 것을 맡겨야 한다. '100% 신뢰가 100% 완치다!' 이런 치유의 정신이 전제됨으로써 회복속도가 빠르다는 분석은 충분히 일리가 있다. 아무쪼록 자은이의 고통이 담당의사의 손에 의해 완전히 해소되기를 간절히 염원해 마지않는다.

그리고 세상에는 창조적 손이 있고, 파괴적 손이 있다. 자은이가 전자라면 지혜는 후자다. 지혜가 파괴하고 간 가정과 가게를 자은이가 붙들어 매고 제자리로 돌려놓았다. 자은이는 이처럼 나의 버팀목으로 오늘에 이르고 있다. 한없이 고맙고 참으로 올곧게 살아온 사람, 나도 이제 그녀의 일부가 되어 아픔을 나눠 갖고 싶다. 그녀가 건강을 되찾고 행복한 미소를 지을 때까지 나의 모든 역량을 바치련다.

❧

재개발. 지금 우리 가게는 재개발 대상구역에 속해있다. 나는 이곳 대흥2구역 주택재개발상가영업권손실보상 대책위원장을 맡고 있다. 이미 감정평가사가 다녀갔고, 재개발 조합 측에서 주거 세입자 이주를 서두르고 있다. 머잖아 추진이 급물살을 탈 것 같다. 그럼 대책위원장의 역할도 중요한 쟁점사항에 부딪히리라 본다. 공인으로써의 본분을 지키고 최선을 다해 상가 회원들의 권익확보에 만전을 기하겠다는 다짐이다.

또한, 대흥 2구역 상가대책위는 전국철거민연합협의회의

기조인 강제철거 없는 세상을 위하여 이주대책, 생계대책, 현실적 보상이 먼저 이뤄진 다음 재개발이 추진되길 바라고, 나는 대책위원장으로서 전철연의 정책대안을 전폭 지지하며 거주권, 영업생존권, 재산권 완전 쟁취를 위해 불사할 것을 각오한다.

2015년 2월 15일 일요일 오후다. 나는 안산에 위치한 봉원사를 가기 위해 이화여대 교정을 가로질렀다. 나는 비록 졸업장은 없지만 어지간히 대학물을 먹어본 놈이다. 80년대는 부산에 거주하면서 반독재 투쟁에 동참했고, 부산대, 동아대, 동의대를 찾아 물을 마셨다. 2000년 이후, 서울에 거주하면서 철가방 들고 이대, 서강대, 연대, 홍대까지 배달하면서 갈증 해소하느라 물을 많이 마셨다. 고로 대학 냄새가 수년간 몸에 배어 진동할 터이니, 허허허 웃자는 얘기다.

한마디로 학벌이 행복을 좌우하는 게 아니다. 학벌이 절대적으로 성공의 지렛대 역할을 하는 것도 아니다. 어느 정도야 문맹 퇴치에 도움은 되겠지만 행복지수나 감성지수에 큰 영향을 미치지는 못한다. 우리 조상들은 배움의 전당 문턱도 안 밟았지만 저 나름대로 행복을 맛보며 살았고, 시대에 맞춰 성공의 흔적도 남겼다. 자자손손 대를 잇게 해주고 영락없는 뿌리가 오늘의 부귀영화로 만발하고 있는 것으로 보아 그 방증이 아닌가?

나는 이대 후문을 나와 봉원사 경내 진입로로 들어선다.

오르막길이다. 좌측에 숲 속 찜질방이 나오고 곧 경비실이다. 법당에 들어가 108배 한다. 거대한 황금부처상이 나를 보듬어 안을 듯 무량 평온하다. 자은이 얼굴을 그리며 이름을 되뇐다. 자은이가 이토록 내 맘 속 깊이 들어온 것은 그녀가 그만큼 가치적 삶을 살았기 때문이다. 가치적 삶이 내 마음을 사로잡은 것이다. 108배가 아니라 무릎이 닳고 녹아 없어지더라도 자은이 병만 낫는다면 이 하동민은 유한이 없겠노라.

나는 예불을 마치고 불상을 유심히 쳐다본다. 배시시 웃는다. 말씀은 없지만 내 뜻을 받아들인 양 삼천대세계무한량 대자대비 나무관세음보살.

설날. 2015년 2월 19일, 설날이다. 나는 일곱 번째 반쪽 명절을 맞이하고 있다. 지혜가 떠난 후 아들 둘과 쓸쓸히 보낸다. 추석이건 설이건 그녀의 흔적은 어디에도 없다. 남편이 싫을망정 애들 봐서라도 엄마의 향기가 형식적이나마 날법한데 김치 한 가닥도 보이지 않는다. 무심하고 비정하다는 생각뿐이다. 도대체 여느 백만장자를 만나 호의호식 누리며 단꿈을 꾸느라 인륜을 져버리고 사는지 안타까움 금할 길이 없다.

마침 올해는 둘째 소망이가 여자친구와 태국여행을 떠났

다. 나는 18일 밤 대영이와 보내고 19일 새벽 용산역으로 가 첫차를 타고 고향으로 향한다. 성묘라도 하고 와야 마음이 놓이기 때문이다.

때마침 오늘은 모교인 영주 과역중학교에서 동문회 설날 체육대회가 있다. 순천역에서 내려 과역에 도착하자 11시다. 나는 윷놀이도 하고 특히 배구선수로 출전한다. 거의 30년 만에 공을 잡은 셈이다. 학창시절 선수생활 경험을 살려 열심히 뛰었지만 상대팀에게 지고 만다. 아쉽지만 흥미진진한 시합이었다. 나는 자은이에게 문자메시지를 보낸다.

고흥의 햇빛이 찬란하네요. 건강한 명절 보내시길!

2015년 2월 20일 정월 초이틀이다. 오전에 성묘를 마치고 친구 김종재, 최용인과 셋, 해안도로 일주에 나섰다. 늘 봐도 생동감 넘치는 바다의 풍광은 설렘으로 가득 찬다. 고흥의 여덟 가지 자랑거리는 유자, 석류, 해미(수미쌀), 마늘, 참다래, 꼬막, 미역, 유자골 순한 한우다. 더군다나 우주발사 전망대에 오르면 한눈에 보이는 다도해의 수려한 경관에 절로 탄성이 나온다. 전망대 7층에는 회전식 미르마루 카페가 있다. 그리고 우미산을 거점으로 주변에는 총 연장 6.1km의 미르마루길(용(龍)의 순우리말인 '미르'와 가장 높은 곳, 최상의 뜻인 '마루'를 합친 명칭)이 있다. 다랑이논길, 해맞이길, 용바위길, 해돋이 해수욕장길, 우미산 등산로다.

가히 지붕 없는 미술관이라고 할 정도로 천혜의 땅 고흥의 10대 경관 또한 혼을 뺄 정도로 아름답지 않은가? 눈으로 다가와서 마음 가득 머무는 팔영산, 소록도, 고흥만, 나로도 해상공원, 금탑사 비자나무숲, 영남용바위, 금산해양경관, 남열리 일출, 마복산기암절경, 중산 일몰이 천하 절경임은 두말할 나위 없다. 이외에도 통일발원지 공원, 마복산 목재문화체험장, 국립고흥청소년우주체험센터, 우주과학관, 나로우주센터, 우주천문과학관, 발포역사전시체험관, 해창만수변공원 오토캠핑장, 오마간척한센인추모공원등은 여러모로 시사한 바가 크다.

약 3시간 걸쳐 일정을 소화한 우리는 저녁 7시경, 과역 선창횟집에 들려 여정을 푼다. 민어가 술상에 오른다. 푸짐한 안주다. 때마침 도림선사 최응주가 합류하니 우정의 불꽃이 더 없이 만발한다. 이토록 충만함이 넘실대고 화기애애한 분위기 속에서도 나는 잠시도 자은이를 잊지 못하고 있다. 물론 가족과 명절을 뜻깊게 보내고 있겠지만 마음 한구석은 초조함이 일렁일 것이다. 자나 깨나 자은이의 건강을 기원한다.

그리고 따사로운 봄 햇볕 기운차고 산과 들에 꽃 내음이 풍요로울 때쯤 기어이 자은이와 함께 이곳 고흥의 아름다움을 즐기며 영원한 추억을 남겨 보리라 마음먹어본다. 정월초사흘, 봄의 전령은 누가 뭐래도 꽃이다. 꽃 중에서도 일지춘색

(一枝春色) 매화다. 남녘 이곳 고흥에는 벌써 매화꽃이 피고, 이름 모를 잡초들도 뒤질세라 너도나도 꽃망울을 터트리고 있다. 입춘이 지나고 봄이 성큼 품 안에 안긴 느낌이다.

어제저녁 무렵부터 구름이 차오르더니 오늘 새벽녘 비몽사몽 창밖에서 나지막이 빗소리가 들린다. 봄비는 사랑의 죽비처럼 맞아도, 맞아도 아픔이 없다. 겨울날의 이별은 아픔이 크지만 봄날의 이별은 아마도 덜할 것 같다. 차라리 지혜도 봄에 떠났더라면 그토록 꽁꽁 얼어붙지 않았을 텐데 지나간 일이지만 아쉽다. 문득 즉흥시 한 수가 나온다.

봄비는 맞아도 맞아도 아픔이 없어요
......
그대여!
기어이 떠나시려거든 봄날에 떠나요
이왕이면 매화향 가득한 들길을 택해주오
지평선 저 멀리 사라지는 그대 모습
오래도록 보고 싶어요

순천역에 도착하니 오후 3시 30분이다. 입석뿐이다. 3시 57분의 새마을호 표를 끊었다. 장장 4시간을 서 있어야 서울에 간다. 그래도 가야지. 내키지 않더라도 가야 한다. 파경의 아픔이 분화구처럼 뻥 뚫려 상처가 채 아물지 않고 있지만 서울 그곳, 그곳에는 두 아들이 있고 자은이가 있다. 모두가 떠나 돌아오지 않을지라도 자식 둘만은 나를 기다리고 있을 테고, 누구보다 자은이 역시 명절휴무가 끝나면 촌음도 어김없이 가게에 나와 제 역할에 충실할 것이다.

자은이는 성치 못한 몸이다. 암 선고를 받았다. 보통 사람들 같으면 원망으로 가득 차 몸부림치며 별난 짓을 다 할지 모른다. 그러나 자은이는 의연하다. 그런 모습이 더욱 안쓰럽다. 2015년 2월 22일, 명절휴무가 끝나고 정상 영업이다. 누구보다 자은이를 대하니 반갑다. 단 며칠간이지만 일일여삼추, 학수고대의 날이었다. 자은이를 보면 왜 그런지 까닭 모르게 기가 산다. 그녀의 웃음은 봄꽃인 양 싱그럽다. 자은이 같은 여자가 반려자로 함께 해준다면 자신감이 배가 되겠다는 확신이 선다.

자은이는 7년간 곁에 있으면서 직장동료요 때로는 친구, 동지적 차원에서 나의 취향을 너그럽게 이해하고 전폭 지지해왔다. 그녀는 또한 한 가닥 흐트러짐 없이 본인 가정은 물론 대영, 소망이까지 챙겼다. 생일이면 미역국도 빠뜨리지 않았다. 생모의 빈자리를 빈틈없이 채워준 것이다. 거듭 말하지만 현모양처로서 여인상의 본으로 우러르고 싶다. 이러한 자은이는 기필코 건강을 완전히 회복할 것이고, 소망까지 이뤄 행복한 삶을 영위하리라 믿어 의심치 않는다.

2015년, 춘삼월. 시인은 계절에 민감하다고 누가 얘기
했을까? 서산에 잔설 녹고 꽃향 묻어오니 나도 예외는 아닌
듯싶다.

　내 고향 남녘 땅 봄이 왔는가
　매화향 그윽한 춘삼월이며
　물오른 처녀들 달맞이 가겠지

　한편 일요 칼럼에 실린 이필상 교수의 〈찬란한 청춘〉이란
글이 금과옥조와도 같이 너무도 출중하다는 생각이 들어 마
음에 아로새겨보고자 한다.

　　'청춘. 이는 듣기만 하여도 가슴 설레는 말이다. 청
　춘. 너의 두 손을 대고 물방아 같은 심장의 고동을 들

어 보라. 청춘의 피는 끓는다. 끓는 피에 뛰노는 심장은 거선의 기관같이 힘 있다. 청춘의 끓는 피가 아니면 인간이 얼마나 쓸쓸하랴. 얼음에 쌓인 만물은 죽음이 있을 뿐이다.'

이 글은 소설가 민태원이 일제강점기에 나라를 잃고 암흑을 헤매는 젊은이들에게 용기와 기백을 불어넣기 위해 쓴 『청춘예찬』의 한 대목이다. 청춘의 의미가 얼마나 소중하고 큰 것인지 웅변하는 글이다. 젊은이들의 순수와 열정이 있었기에 우리 민족은 일제의 압박을 이겨내고 해방을 맞았다. 곧이어 터진 동족상잔의 6·25 전쟁에서 나라를 지켰다. 그리고 끈질기게 독재와 군사 정권에 맞서 민주주의를 차지했다. 젊은이들의 몸부림은 여기에서 그치지 않는다. 지긋지긋한 가난의 역사를 바꾸기 위해 영혼을 던졌다. 그 결과 우리 경제는 한강의 기적을 이루었다.

젊음을 불태워 이루어낸 환희의 역사는 이것이 끝인가. 요즈음 청춘들이 다시 어둠에 빠졌다. 원하는 대학을 가기 위해 어릴 때부터 자신을 학대하며 공부를 한다. 대학을 들어가면 학점과 스펙의 노예가 되어 도서관에 파묻힌다. 천신만고 끝에 졸업을 해도 청년들을 기다리는 것은 취업 전쟁뿐이다. 수많은 청년이 실업자로 전락하여 결혼과 출산까지 포기해야 한다.

가장 큰 문제는 경제의 3무현상이다. 자본주의가 올바르게 발전하려면 소유분산, 공정경쟁, 고용창출의 3대 요건을 충족해야 한다. 그러나 우리나라의 경우 대형자본이 기업을 집중적으로 소유하고 시장을 독과점하는 것은 물론 이익의 극대화를 위해 자동화를 하여 경제가 임금 없는 성장, 분배 없는 성장, 고용 없는 성장 등 3무의 덫에 걸렸다. 이러한 모순이 젊은이들의 희망을 빼앗고 있다.

최근 세계경제가 위기를 반복하며 우리 경제를 압박하고 있어 젊은이들의 좌절이 더 크다. 젊은이들을 이대로 놔둘 수 없다. 이들에게 일할 기회를 주어 다시 나라가 요동치게 만들어야 한다. 이런 견지에서 우선 필요한 것이 기성세대의 이해다. 젊은이들이 내 동생이고 내 자식인 것은 물론 이들이 어떻게 하는가에 나라와 국민의 앞날이 달려 있다는 것을 알아야 한다. 따라서 과감한 근로시간 단축과 임금피크제 확대를 통해 젊은이들과 일자리를 나누는 배려가 있어야 한다.

더 근본적인 것은 미래 산업을 발굴하여 경제가 국제경쟁에서 앞서고 중소기업을 발전시켜 고용창출능력을 높이는 것이다. 그리하여 기성세대와 청년들이 함께 일을 하고 경제와 사회발전을 이끄는 새로운 산업구조를 만들어야 한다. 이를 위해 정부는 대학, 연구소, 기업을 연결하는 전방위적 연구개발체제를 구축하고 투자를 대폭 확대해야 한다.

그리고 대기업과 중소기업이 상생하는 구조개혁에 박차를 가해야 한다. 실로 중요한 것은 청년들의 마음가짐이다. 나라의 미래는 자신들이 만들어야 한다는 주인의식으로 스스로 기업을 일으키고 일자리를 만들며 자아실현과 나라발전에 열정을 쏟아야 한다. 그리하여 희망과 기쁨의 맥박이 자신들은 물론 온 국민의 가슴에 뛰게 해야 한다.

❧

동행. 내가 아파할 때 자은이가 함께 했다. 이제 어쩌면 자은이가 더 아파하고 있는지 모른다. 그 아픔을 내가 나눠 가져야겠다. 그게 마땅한 사람의 도리고 인지상정이 아니겠는가? 자은이는 그동안 통원치료를 성실히 받았다. 담당의사가 많이 좋아졌다고 한다. 이보다 기쁜 소식, 기분 좋은 소식이 어디 있겠는가? 약이 독해서인지 얼굴은 예전 같지 않아 살집이 빠졌지만, 맑은 눈동자는 여전히 신새벽 찬란한 별빛처럼 아름답다.

눈은 마음의 거울이라고 한다. 심연의 세계가 오롯이 눈으로 투영되나 보다. 정직, 성실, 근면이 보인다. 저토록 해맑은 사람을 어찌 곱다고 말하지 않을 수 있으랴. 향기로운 꽃을 기꺼이 대하고 싶듯 나는 언제까지나 자은이 곁에서 손발이 되어 주고 싶다. 마음의 벗이 되어주고 싶다. 힘겨워할 때 어깨동무하고 용기를 불어넣어 주는 정다운 친구가 되어 주고 싶다. 의기투합, 평생 동지이고 싶다. 그녀는 이렇듯 내 영혼 깊숙이 똬리 틀고 있다.

2015년 4월 18일 토요일. 오늘은 시골 마을에 경로잔치가 있다. 전국 각 지역에 흩어져 살고 있는 향우들이 한자리에 모여 마을 주민들을 모시고 위안을 드린다. 8년째 이어온 자랑스러운 행사로 나는 어머니 사후 크게 느낀 바 있어 주도적으로 경로잔치 필요성을 강조했고, 부족한 점이 많지만 행사 진행요원 한 사람으로 사회를 맡기도 한다. 무엇보다 이번 고향 방문은 특별하다. 설렌 마음으로 어젯밤 잠 못 이뤘다. 자은이가 함께 가기로 했기 때문이다.

나와 자은이는 용산역에서 새벽 첫차 KTX에 몸을 실었다. 몇 번이고 권유한 끝에 간신히 동행이 성사된 것이다. 자은이는 순천, 여수 등 남도 여행은 해봤어도 고흥은 초행이다. 굳이 자은이를 내 고향으로 안내하는 것은 그동안 자은이가 협조하고 고생한 것에 대한 간접적이나마 보람을 느끼게 하고 싶어서다. 그래서 잠시 경로잔치 행사도 참석하고 이

후 산수가 절경인 고흥반도 구경은 물론, 도서관이며 형님과 함께 조성해 놓은 3천여 평 과수원 등을 자랑하고 싶다. 여기 오기까지 자은이가 지혜의 빈자리를 지켜줬기 때문에 가능한 일이다. 나는 서울에 거주하지만 한 달에 서너 차례 고흥을 오가며 이뤄낸 결과물이다. 우리는 8시 30분에 순천역에 도착한다.

"이봐! 하동민!"

역사가 쩌렁 울린다. 한눈에 친구가 들어온다. 키가 큰 데다 우렁찬 목소리의 주인공, 김종재가 벌써 마중 나와 있다. 곁에 최용인도 있다.

"반갑네요, 잘 오셨어요."

용인이가 자은이에게 바싹 다가가 인사한다.

"네. 오랜만이네요. 반가워요."

자은이가 상쾌한 모습으로 손을 내민다.

"자은 씨는 여전히 예쁘네요. 허허허……."

종재가 덕담 한마디 한다. 정말 모두 반가운 사람들이고 좋은 친구다.

"성 왔어?"

누가 뒤에서 어깨를 툭 친다. 뒤돌아본다.

"아니, 소동까지? 하하하……."

후배 최웅주다. 법명은 도림이고 호는 소동이다. 승복을 입고 있다. 안광이 번쩍이고 우람한 풍채가 주위를 압도한다. 도림은 여러 산사를 찾아 수행을 했다. 기가 넘치고 도량이 무한으로 보인다. 염불도 탄복을 자아낸다. 나는 도림을 벗 삼아 존경한다. 아무튼 이들 모두 놀부김밥집을 몇 번씩 다녀가고 자은이와도 안면이 굵고 친분도 넉넉하다. 마치 죽마고우, 동창생 만난 것처럼 들뜬 분위기다. 공자님 말씀이 떠오른다.

'친구가 멀리서 찾아오니 이보다 큰 기쁨이 또 어디 있겠는가!'

차 주인 종재가 운전석에 앉는다. 종재는 초등학교 교사다. 한마디로 종재는 난 사람, 든 사람, 된 사람이다. 다재다능하고 친구 모임 약방에 감초나 다름없는 보배다. 일행은 동강면 소재지에 자리한 소문난 갈비탕으로 아침식사를 마치고, 곧바로 과역면 소재 참살이 조가비촌 공원에 들렸다. 과역버스터미널 맞은편에 있고, 작년에 문을 열었다. 그곳에는 나의 시 「향수」라는 제목의 시비가 있다.

고향의 별은 별이 아니다
숭고한 어머니 눈빛이다
지고지순, 끝없는 사랑이다

자은이와 함께 구곡, 고향마을을 찾아 도서관이며 박물관 부지, 그리고 매화, 단감, 포도, 석류, 모과 등이 자라고 있는 과수원까지 둘러본다. 경로잔치 1부 행사를 마친 일행은 다시 차에 오른다. 자은이가 뒷좌석 내 곁에 앉는다. 다음 목적지를 향해 차가 출발한다. 자은이가 내 손을 꼭 잡는다.

"훌륭해요. 애 많이 쓰셨어요. 박물관만 들어서면 더 이상 부러울 게 없을 것 같아요."

그 어느 때보다도 힘차고 미소가 살갑다.

"모든 게 자은 씨 덕분이오. 자은 씨가 곁에서 응원해 주었기 때문에 가능한 일이었소."

"제가 뭘 했다고……."

그녀는 한없이 겸손하다. 20여 분 후, 차량은 능가사에 도착한다. 신라시대 창건된 고찰이다. 무엇보다 이곳의 사천왕은 보기 드문 거상이다. 위엄이 있고 위용이 있다. 자은이를 필두로 경내로 들어서 대웅전으로 향한다. 자은이가 먼저 법당 안으로 들어간다. 세 사람 뒤를 이은다. 자은이가 향을 피우고 예불을 드린다. 자연스러운 모습에 불심이 무르익어 보인다. 나도 마음속으로 기원한다.

'견성성불(見性成佛) 나무관세음보살. 자비희사(慈悲喜捨) 나무관세음보살.'

춘사월 정오의 태양은 찬란한 황금빛이다. 초록 들녘에 꽃들이 만발해 있다. 아지랑이가 피어오르고 상춘객들의 발걸음은 마냥 경쾌하다. 봄의 향연이 절정에 이르고 있다. 봄. 봄. 봄은 약동의 계절이다. 봄은 청춘이다. 삼라만상의 모든 생명들이 활기차게 발돋움하며 기지개를 켠다. 하물며 만물의 영장이라고 하는 사람들이야말로 의기충천하지 않겠는가?

차량은 운대 덤벙분청문화관건립 및 공원조성 터를 에둘러 두원면사무소 방향으로 우회전하나 싶더니 벌써 풍류길로 들어선다. 쌍계사 십리벚꽃이 장관이긴 하지만 풍류벚꽃 역시 이에 못지않다. 청춘처럼 팔팔하고 환상적인 멋이야말로 보는 이의 탄성이 절로 난다.

잠시 후, 고흥만과 득량만이 한눈에 들어오고, 수천 평 노오란 유채꽃밭이 너른 가슴 활짝 벌려 반긴다. 봄맞이 손님들은 삼삼오오 모여 사진도 찍고 원두막에 둘러앉아 유유자적 파안대소다. 이런 곳을 두고 지상천국이라고 하지 않던가? 시흥이 발동하니 가슴이 벅차다. 나는 단박에 일필휘지 써내려간다. 제목은 「고흥예찬」이다.

고흥반도, 내 사랑 내 자랑이여!
삼면이 파아란 바다
밤낮으로 파도소리 들려오고
선비들의 글 읽는 소리
팔영산 기슭에 메아리치네

고흥을 이름하여
지붕 없는 미술관

사방팔방 경이로운 산하
지고지순 아름답고
외지인 발길이 뜸한 태곳적 맛
상서로운 기운 마을마다 넘치네

고흥은 늘 푸른 소나무처럼 새파랗게 젊다네
하늘 잇는 우주발사전망대 입구
통일 발원지가 자리하고
하늘 바다 사람, 삼위일체 희망 터 일구며
영원한 미래를 꿈꾸는 천혜고장
그곳이 차마 자나 깨나 가고픈 고흥이라네

　모두가 희망. 일행은 녹동항에 도착한다. 이곳에서 자연
산 횟감을 안주 삼아 돈독한 우정 쌓으리라. 파도는 너울져
출렁이고 갈매기떼는 비행을 하며 묘기 대행진이다. 수십 척
의 선박은 나른하게 휴식을 취하고 어부들은 그물을 손질하
고 있다. 참으로 자연의 섭리는 오묘하다. 누가 가르치지 않
아도 스스로 변화를 추구하며 생명력을 키우고 그토록 만고
불변 위대함을 유지한다.

우리는 종합회센터 2층 창가에 자리를 잡는다. 풍광이 수려하고 바다가 한눈에 들어온다. 시원하다. 맞은편은 소록도다. 잠시 후 차려진 횟상, 진수성찬이다. 자은이는 평소 소식을 하지만 음식상을 보자 꽤 만족한 표정이다.

"소문대로 남도의 식당은 정갈하고 넘치네요. 도대체 찬 종류가 몇 가지예요? 인심이 후한 것 같아요."

"맞아요. 인정도 넘치지만 오늘은 자은 씨를 위해 특별히 주문했으니까 허리띠 확 풀고 양껏 드세요. 하하하……."

최용인이 덕담을 한다.

"고마워요."

낭랑한 목소리다.

"어서 드세요. 눈치 보지 마시고."

나는 맛있는 부위를 골라 자은이에게 권한다. 그녀의 밝은 모습을 보니 무척 기분이 좋다. 아픔을 잊고 늘 이런 표정이면 얼마나 좋을까? 아니다. 빨리 완치되어 이런 날을 종종 가졌으면 좋겠다.

식사가 끝나 일행은 소록도로 향한다. 소록도는 나병환자 집단수용소다. 거의 치유가 가능한 병이고, 요즘은 발생률이 전무하다. 희귀병이지만 전염이 되지 않는다. 나는 학창시절 이곳을 찾아 교회에 가서 예배도 드리고 친구들과 어울려 운동도 하고 식사도 함께한 기억이 역력하다. 한때는 무서운 병이라고 피했지만 사실은 손을 잡아도 아무렇지 않다. 전혀 두려운 병이 아니다.

차를 주차장에 세우고 약 10여 분을 걸어 중앙공원에 이른
다. 참으로 아름다운 공원이다. 손질도 잘 되어 있고 보존도
여전하다. 나는 한하운 시비 앞에서 묵념을 올린다. 선생님은
나병환자였다. 그의 「보리피리」 시를 읊어 본다.

보리피리 불며 꽃 청산 고향 그리워 피리 닐리리
보리피리 불며 인환의 거리 인간사 그리워 피리 닐리리
……

소록도를 벗어나 거금연륙교에 이른다. 이곳은 국내 유일
한 2중 다리로 상판은 차도지만 아래는 자전거 도로다. 소록
도와 거금도를 잇는 웅장한 대교가 일행을 반긴다. 휴게소에
들려 잠시 차 한잔 마시고, 곧바로 거금도 해상일주에 나선
다. 거금도는 전설적 박치기왕 프로레슬러 김일 선수의 고향
이자 김일 체육관이 육중하게 자리하고 있다. 드넓은 바다에
는 양식장이 장관을 이루고 풍요로운 어획고는 주민들의 삶
의 질을 향상시킨다. 이곳 역시 섬섬옥수 다도해의 풍광이 절
로 감탄을 자아낸다. 어느 한 곳 무심코 넘길 수 없을 정도
로 아름답다.

일행이 약 40여 분에 이른 시간, 해상일주를 마치자 거금
도의 심장이나 다름없는 적대봉에 차오른 흰 구름이 나래를

활짝 펴며 잘 가라 인사한다. 연륙교를 벗어난 차량은 녹동항을 휘돌아 풍남해안도로를 질주한다. 도화면 소재지를 지나자 남성마을이 나오고, 곧바로 나로도 연륙교가 반기지만 시간이 모자라 아쉬움을 묻어두고 서둘러 해창만 방조제를 타고 오토캠핑장에 도착한다. 광활한 곡창지대 끝자락에 포두면 소재지가 아득하게 보이고, 길두리 저편 따사로운 햇볕에 비춰온 농촌의 풍경이 한없이 고요롭다. 물새들은 강줄기 따라 노닐며 물장구치고, 왜가리 한 쌍이 한가로이 날개 저어 너른 들을 가로지른다. 지상낙원이다.

일행이 영남면 소재 우주발사전망대에 이른 시간은 오후 5시경이다. 해가 서산 쪽으로 많이 기울어져 있다. 낮이 밤으로 이동하는 과정이다. 이는 우주의 섭리요 만고불변이다. 또한 어김없는 진리다. 전망대 7층 미르마루 카페에 오른 자은이는 한동안 말을 잇지 못하고 눈만 반짝인다. 바닥이 회전되기 때문에 제자리 가만히 있어도 한 바퀴, 두 바퀴 온종일 돌고 돈다. 참으로 이곳 우주발사전망대는 무궁무진한 사람의 지혜와 불가사의한 자연의 힘이 합의 일치로 일궈낸 최고의 명작이 아닌가 싶다. 더러는 중국 장가계(長家界)가 지상의 무릉도원이라고 한다지만 나는 천혜의 고장 고흥반도에 펼쳐지는 다도해의 경관이야말로 천하절경이라고 주저 없이 자랑하고 싶다. 보면 볼수록 신비롭고 경이롭다.

한동안 말없이 주변을 둘러보던 자은이가 다가선다.

"제 생애 이런 곳은 처음이에요. 왜 진작 오지 못했을까? 너무도 감동이에요."

"그게 자은 씨의 진심이라면 이제 안심이네요. 초행인데 행여 실망하면 어쩌나 내심 걱정했는데……."

"아니에요, 만족해요, 대만족해요. 호호호……."

건강한 웃음이다. 가슴 속 깊이 파고든다.

"다행이오."

누가 먼저랄까 서로 손을 꼭 잡는다. 따뜻하다.

"백만 송이 장미보다 자은이라는 꽃 한 송이가 저에겐 더욱 소중해요. 이렇게 늘 곁에 있어 줄 거지요?"

나는 자은이의 맑은 눈동자를 바라본다. 그녀가 쳐다본다. 영롱한 눈빛 사이로 작은 미소가 피어난다.

"그럼요. 지금처럼!"

옥구슬처럼 맑은 목소리다.

"고마워요."

손에 힘이 들어가고 온몸에 기운이 차오른다. 지혜는 아내지만 탈진시키고 떠났다. 자은이는 남남이지만 소진된 기를 모아 한없이 북돋아 주고 있다. 지혜는 멀쩡한 가정을 파탄시키고 떠났지만 자은이는 쓰러진 가정을 반듯하게 일으켜 세웠다.

인연은 운명을 결정짓는다고 한다. 인연을 맺지 못하면 어떠한 창조나 인간관계는 애당초 없는 것이나 다름없다. 그런

맥락으로 보아 하동민과 이자은과의 만남이야말로 무에서 유를 창조하는 위대하고 값진 인연이 아니고 무엇이겠는가. 이런 소중한 인연을 사랑으로 결실을 맺지 못한다면 크게 후회되지 않겠는가.

뿐만 아니라 나에게 가장 중요한 시기는 현재다. 과거를 기억하는 능력과 미래를 상상하는 능력이 있다지만 이것은 현재의 일을 잘하기 위해서 주어진 게 아닌가. 지난날의 쓰라린 기억을 지우고 오늘의 소중한 추억만을 안고 더 큰 축복을 얻기 위해 매진하고 싶다. 그래서 현재의 삶이 최고의 가치임을 증명하고 이 기쁨을 누구보다 자은이와 함께 하고 싶다.

나는 잠시 하늘과 바다가 맞닿은 수평선을 바라본다. 외딴 섬 하나가 바다 가운데 떠 있고, 저 멀리 낭도, 백야도, 사도, 상화도, 개도, 둔병도가 선명하게 보인다. 석양 황금 노을이 눈부시도록 찬란하다. 곁에는 우정 어린 친구가 있다. 그리고 지상에서 가장 신뢰하는 자은이가 있다. 조각가 오귀스트 로댕은 '사랑하고, 감동하고, 희구하고, 전율하며 살라'고 했다. 그렇다. 일일신, 늘 새로워서 신비롭고, 신비로워서 감동할 수 있도록 삶을 채워 갔을 때 진정한 행복이 아니겠는가? 모두가 희망이다.

하늘이 말한다.
"하동민! 너는 대찬 인생의 본이다!"

바다가 말한다.

"하동민! 너는 옹골찬 삶의 본이다!"

나는 말한다.

"자은이는 여인상의 본이다!"

이하 다음의 시(詩)로 여정을 마무리 짓고자 한다.

꽃이 봄에만 피는 게 아니다

사랑이 가득한 가슴에는 늘 꽃이 핀다

끝까지 함께 해주신 독자 여러분! 감사합니다. 🐟